2022
中国
年选系列

2022年中国
随笔
精选

中国作协创研部 选编

长江出版传媒 | 长江文艺出版社

图书在版编目（CIP）数据

2022 年中国随笔精选 / 中国作协创研部选编. -- 武汉：长江文艺出版社，2023.1
（2022 中国年选系列）
ISBN 978-7-5702-2938-3

Ⅰ.①2… Ⅱ.①中… Ⅲ.①随笔－作品集－中国－当代 Ⅳ.①I267.1

中国版本图书馆 CIP 数据核字(2022)第 208490 号

2022 年中国随笔精选
2022 NIAN ZHONGGUO SUIBI JINGXUAN

| 责任编辑：马　蓓　陈欣然 | 责任校对：毛季慧 |
| 封面设计：徐慧芳 | 责任印制：邱　莉　胡丽平 |

出　版： 长江出版传媒　长江文艺出版社
地　址： 武汉市雄楚大街 268 号　　邮编：430070
发　行： 长江文艺出版社
http://www.cjlap.com
印　刷： 湖北恒泰印务有限公司

开本：680 毫米×980 毫米　　1/16　　印张：14　　插页：2 页
版次：2023 年 1 月第 1 版　　2023 年 1 月第 1 次印刷
字数：223 千字

定价：33.00 元

版权所有，盗版必究（举报电话：027—87679308　87679310）
（图书出现印装问题，本社负责调换）

编选说明

每个年度，文坛上都有数以千万计的各类体裁的新作涌现，云蒸霞蔚，气象万千。它们之中不乏熠熠生辉的精品，然而，时间的波涛不息，倘若不能及时筛选，并通过书籍的形式将其固定下来，这些作品是很容易被新的创作所覆盖和湮没的。观诸现今的出版界，除了长篇小说热之外，专题性的、流派性的选本倒也不少，但这种年度性的关于某一文体的庄重的选本，则甚为罕见。也许这与它的市场效益不太丰厚有关。长江文艺出版社出于繁荣和发展文学事业的目的，不计经济上一时之得失，与我部合作，由我部负责编选，由他们负责出版，向社会、向广大读者隆重推出这一套选本，此举实属难能可贵。

这套丛书的选本包括：中篇小说选、短篇小说选、报告文学选、散文选、诗歌选和随笔选六种。每年一套，准备长期坚持下去。

我们的编辑方针是，力求选出该年度最有代表性的作品，力求选出精品和力作，力求能够反映该年度某个文体领域最主要的创作流派、题材热点、艺术形式上的微妙变化。同时，我们坚持风格、手法、形式、语言的充分多样化，注重作品的创新价值，注重满足广大读者的阅读期待，多选雅俗共赏的佳作。

我们认为，优良的文学选本对创作的示范、引导、推动作用是非常重要的，对读者的潜移默化作用也是十分突出的。除了示范、引导价值，它还具有文学史价值、资料文献价值、培育新人的价值，等等。我们不会忘记许多著名选本对文学发展所起到的巨大作用，我们也希望这套选本能够发挥它应有的作用。

这套书由中国作家协会创作研究部编选,具体的分工是:

中篇小说卷由何向阳、聂梦同志负责;

短篇小说卷由岳雯、贺嘉钰同志负责;

报告文学卷由李朝全同志负责;

散文卷由王清辉同志负责;

诗歌卷由李壮同志负责;

随笔卷由纳杨、刘诗宇同志负责。

中国作协创研部

目录

读史叹

寒夜客来茶当酒
　　——从"魏晋风度"到"唐宋风流"的文化转型
　　　　　　　　　　　　　　　周朝晖 / 003
庶民的胜利　　　　　　　　　　李洁非 / 013
神交的境界
　　——鲁迅与陈独秀　　　　　阎晶明 / 035

谈艺录

人与自然、人民与生态
　　——在《十月》生态文学论坛和
　　《诗刊》自然诗歌论坛上的发言　李敬泽 / 049
当我们谈论世界文学时，我们在谈论什么　何向阳 / 056
我们以为是越境，其实可能只是一次转场　何　平 / 063
文学给予我们什么　　　　　　　　余　华 / 068

文学批评如何才能成为"利器"？	吴义勤	/ 079
迷宫如何讲故事："巨洞探险"与电子 　　游戏的跨媒介起源	王洪喆	/ 085
散文七宗	王鼎钧	/ 094

世事观

假如元宇宙成为一个存在论事件	赵汀阳	/ 103
考古学有什么用？	陈胜前	/ 115
粮仓或是粮荒 　　——走出两百年来的国际粮食体系	许　准	/ 123
在医院，或在去医院的路上	王一方	/ 130
"怪异人"的心理与西方现代化	杨凤岗	/ 136

万象志

二十四节气的现代意义	郭文斌	/ 147
螺纹歌	施爱东	/ 155
说"戏魔"	何祚欢	/ 163
真味潮州菜	盛　慧	/ 167

文人语

延津与延津	刘震云	/ 175
从书童到恩师	张　炜	/ 182
郑敏先生二三事	张清华	/ 189
重读《诗经》（之一）	张定浩	/ 197
我愿意跟你一起去巡夜	毛　尖	/ 212

读史叹

寒夜客来茶当酒

——从"魏晋风度"到"唐宋风流"的文化转型

周朝晖

一

寒夜客来茶当酒，竹炉汤沸火初红。
寻常一样窗前月，才有梅花便不同。

——杜耒《寒夜》

隆冬之夜，寒气凌人，书窗外，一轮孤月挂天心。意兴萧疏之际，有朋来访，欣然起迎，烹茶以待。红泥风炉上，竹炭渐渐转红，火苗雀跃"哔剥"有声；铁釜上水汽氤氲，釜中开始冒气泡，起初细密如蟹眼，顷刻间鱼眼大小的水泡"咕噜咕噜"密集上冒，釜中"呼呼"如松风过耳，沸汤注入茶盏，主客细细啜饮，谈兴盎然。炉火、水汽与茶香，使得寒夜变得生机盎然，天上的一钩冷月似乎顾盼有情，窗外一树梅花暗香浮动……这是南宋诗人杜耒在《寒夜》一诗中所描绘的意境，其中"寒夜客来茶当酒"一句，被奉为茶与诗珠联璧合的杰作而备受称道。

诗中展现的寒夜烹茶接待来客的情趣，温馨而优雅，很容易联想起白居易的《问刘十九》："绿蚁新醅酒，红泥小火炉，晚来天欲雪，能饮一杯无？"不过细细品味，会发现这两首写作时间相隔三百余年的寒夜诗尽管意境相近，但在待客之道的情调与趣味上有很大的不同：白乐天以酒飨客，杜耒以茶当酒。酒是温热的，扩散的，是破愁散，是忘忧汤；茶是淡雅清新的，内敛的，清醒的，意境幽远的。杜耒寒夜里的一盏清茶蕴藉淡雅，令人其乐融融宠辱皆忘。但能尽兴，烹茶足矣，何须煮酒？再读白居易的"能饮一杯无"，不觉有略嫌多余之感。在诗中，"茶"与"酒"，除了饮料性质上的不同，还有文化内涵上的差异。很多宋诗选本都收了杜耒的《寒夜》，耳闻目染之余，我也就轻轻放过了。但一次无意中从《金性尧选宋诗三百首》里读到对这首诗的点评时，顿觉眼前一亮：

> 此诗曾选入《千家诗》中，大家亦很熟悉，但它却是写美感心理之转变的一首很成功的作品。旧本《千家诗》注云：寻常亦是此月，但觉今夜梅花芳香，其倍佳于他日也。单从梅花芳香上去理解，就显得泥了窄了。

金性尧先生的目光太独到了，他从这首茶诗中看到了某种审美心理的时代变迁。这一独出机杼的见解也给予我很大启示："寒夜客来茶当酒"的意趣，在中国文学上是一个很大的转变，这种转变所引发的影响，不仅在日常生活，也在文化审美领域上。因而"以茶当酒"的待客方式和旨趣，无论在茶文化史上，还是在思想文化上都值得一书。

二

中国酒文化源远流长，一部酒的历史，几乎等同一部中华文明史。在古代，酒的原料是粮食、水与酒曲，将蒸熟的粮食与水、酒曲拌匀，发酵后得到的液体就是酒。酒含有酒精，通过刺激大脑中枢，能促进血液循环，使心跳加快情绪贲张，可以助兴，过量则会癫狂，所以诗人艾青很形象地称它具有"水的外形，火的性格"。酒自出现起，就成了各种场合中不可或缺的饮料，上到敬天祭祖，国事大典，下至宴会雅集，居家待客，酒都充当了重要角色。古往今来，酒在中国文化史上留下了诸多溢彩流光的诗篇，当然也不乏种种因狂饮无度而招致国破家亡、身败名裂的下场的记录。

但是，随着饮茶习俗的出现，特别是茶成为一种新兴饮料受到了越来越多文人雅士的青睐，并开始与精神文化生活发生联系，饮茶从日常七件事之一渐渐成为一种文化现象。

比起饮酒，饮茶要晚得多。中国是世界茶文化的原乡，茶树与茗饮习俗起源于我国大西南横断山脉的云贵川地区，那里至今存在着大片自远古时代延绵而来的古茶树群落，可以推断饮茶的历史理应与酒一样悠久，只是限文字资料的阙如，相关文字记录很晚才出现。顾炎武说"自秦人取蜀，始有茗饮之事"，战争打破了封闭，西蜀茶事随着秦汉帝国的扩张经营逐渐向九州各地传播。魏晋之后，随着国内交通的拓展，各地往来频繁，茶叶开始流向长江中下游的广大江南地区，饮茶进入人们的日常生活，成为食桌和客厅的必备饮品，这不仅改变当时的生活习惯，并且随着饮茶成为文学书写的对象，与文化创造相联系，在丰富了文学表现领域的同时，也引起文化意识领域的变化。这种变化的轨迹，从饮茶在魏晋与唐宋的文学领域中所扮演的不同角色，也大致可以看到某种端倪。

文学史上，对上述两个不同时代的文学特色分别有"魏晋风度"与"唐宋风流"之类的说法。从文化上看，魏晋风度与唐宋风流不同。这种不同，虽然有很多原因，但是饮茶风气的普及，并且由于这种新饮料的流行，改变了人们的生活习惯，引起社会经济及文化意识形态领域的转变，是一个不可忽略的因素。

三

言及魏晋风度，不得不提当时在士人中风行的生活方式和态度：服药、清谈、放诞、狂狷、任性、游山、乐水、写诗、弹琴、长啸、享乐、颓废，等等。这些"在乱世中如何精彩地活着"的人物与故事，很大程度上都与酒的激发有关，可以说在魏晋时期，整个社会都浸泡在酒缸里，难怪鲁迅要以《魏晋风度及文章与药及酒之关系》为题来阐述当时的士人生活与人生态度。

魏晋名士以竹林七贤最为代表性。所谓"竹林七贤"，《世说新语》"任诞"篇的说法是指陈留人阮籍、阮咸，谯国嵇康，河内山涛、向秀，沛国刘伶，琅琊王戎。七人气味相投，日日聚集于竹林之下，狂歌笑傲，肆意酣畅。竹林七贤，个个是酒徒，《晋书》和《世说新语》中，记载他们酒后行状的文字不但多而且传神，试举几例——

刘伶，自称"天生酒徒"，撰有《酒德颂》。常乘鹿车，携一酒壶，使人插锄头而随之，谓曰"死后埋我"。

阮籍，善诗，建安七子之一，尤嗜酒，《晋书·阮籍传》："嗜酒能啸，善弹琴。"据说他当官是为了喝酒，"闻步兵厨营人善酿，有储酒三百斛，乃求为步兵校尉。"

山涛，善饮，《晋书·山涛传》说："涛饮酒至八斗方醉，武帝欲试之，乃以酒八斗饮涛，而密益其酒，涛极本量而止。"

嵇康，《世说新语》："嵇叔夜之为人也，岩岩若孤松之独立，其醉也，傀俄若玉山之将倾。"

这个酒鬼名士榜还可以罗列下去，流气所及，可以说整个社会的精英阶层莫不受其浸染。不仅文人名士，高官重臣乃至基层也不乏高阳酒徒，像渤海太守孔融，饮酒无度，公然对抗曹操的"禁酒令"，最终被诛，祸及家人，连族亲故旧也未能幸免。永嘉之乱后，大量北方衣冠士族纷纷南渡，受时代风气的感染，也涌现了很多狂喝滥饮的酒徒，如《晋书·谢鲲传》就记载："（鲲）每与毕卓、王尼、阮放、羊曼、桓彝、阮孚等纵酒"，而经常与谢鲲酗酒的毕卓"常饮酒废职"，甚至有过喝醉酒到大户人家偷酒被擒的劣迹。

四

魏晋名士纵酒，有着深刻的时代历史背景和现实原因。

魏晋之际，社会动荡不安，政治生态极为险恶，文人名士一不小心就会招来不测。为了躲避现实环境，只能韬光养晦，沉醉在酒缸里可以说是为数不多的一个选项，正如《晋书·阮籍传》说："魏晋之际，天下多故，名士少有全者，籍由是不与世事，遂酣饮为常。"因此魏晋名士酗酒乱酒的行为，不但没有受到世人指责，反而获得欣赏，甚至被视为一种"风度"加以推崇，就是因为在诸多士人嗜酒的背后，隐含着一种在乱世中明哲保身的生存智慧。

《晋书》中记载了很多身处于大动荡时期因酒避祸的名士。阮籍家有好女初长成，晋文帝为皇子向他提亲，阮籍推不得躲不得，只好躲进酒瓮里，连醉六十日，弄得上门说媒的只好放弃。顾荣出身南方高门望族，晋灭吴一统天下，顾荣与陆机、陆云兄弟被招到洛阳当官，他拼命饮酒，终日昏酣，借酒醉避祸，并且对朋友张翰说"惟酒可以忘忧"。就像在十九世纪俄国作家契诃夫的短篇小说《套中人》中,"套子"是人们在新旧交替的乱世中逃避现实的隐喻一样,"酒"就是魏晋士人的"套子"。

魏晋士人的嗜酒、纵酒,不仅和他们所处的社会政治环境有关,同时也受到时代意识形态的感染。魏晋时期,政治、经济、文化,乃至整个意识形态,包括哲学、宗教、文艺等,都面临重大的转型。儒家、经学因其凝固、僵化无法适应魏晋时期的社会变动,人们开始从儒家以外寻找能够适应乱世的思想资源,于是老庄思想开始复苏,包括从道家衍生出来的方术神仙思想。由于呼应了乱世中的人们渴望从现实社会中超越与升华的需要,缓解其内心的绝望感和茫然感,神仙思想受到了人们的推崇。修仙即是"修真",起源于老庄哲学,庄子《大宗师》有云:"古之真人,其寝不梦,其觉无忧,其食不甘,其息深深……"于是厌倦了现实残酷的政治斗争,从庙堂抽身退出的名流高士纷纷踏上求仙之路,登高山,履危岩,探水源,临清波,盘桓林下,采集灵草,寻找现世之外的乌托邦,即所谓"老庄告退,山水方滋"。这种访仙问道的时代风尚,反映在文学创作上,就是游仙诗、招隐诗和志怪文学的流行。它们都是乱世中人们渴望高蹈于尘世之外,挣脱现实羁绊愿望的反映。当愿景在现实中碰壁,文人就开始服药饮酒,以求得麻醉和解脱,因此在神仙思想的推动下,魏晋南北朝时期的道教养生服食进入全盛期。

神仙思想以及随之而生的服食习俗有着相当悠久的历史。通过服食药物达到祛病健体、延年益寿甚至羽化登仙的观念早在战国时期就在方士间流行开来。服食药物根据药性和功效分为草木类药引和金石类药引两种,前者主导调理身体、维护健康;后者才是道教中能达到长生不老的。所谓服药,即服"寒石散",一名"五石散",由丹砂、雄黄、云母、石英、钟乳五种矿物,再加入金银等贵重金属研磨成粉混合而成。五石散性至寒,须用热酒送服才能发散,这也是魏晋名士嗜酒的另一个要因。热酒再加上刺激性很强的五石散,服食之后获得迷醉幻化的快感,而且体内往外发热,大冬天也可衣裳单薄,广袖飘然,望之俨然仙风道骨。魏晋名士就是从服药饮酒中获得暂时的麻醉,达到修仙成道的体验。于是,酒与丹药,成了魏晋时期上流士族文人的两大嗜好,尤其是以金石为药引炼出的丹药更是奢侈品。

金石类药饵不仅制作繁复且成本高昂,葛洪《抱朴子·仙药篇》中开出的一份金石类服食药饵清单可见一端:"仙药之上者丹砂,次则黄金,次则白银，次则诸芝，次则五玉，次则云母，次则明珠……"这类丹药，就价格来说，长期服用者仅限于帝王、贵族、富豪、巨贾之流，对一般士人而言无异于难以问津的高岭之花。

另外，服食丹药往往伴随着风险。金属矿物质中含有毒素，又借助酒精的刺激作用，服食后会带来强烈的生理反应，呕吐、昏眩、皮肉溃烂，甚至癫疯发狂；而在制作丹药时比例不当，或服食方法出现偏差，也常常致人中毒，危及健康和性命。因此，如有一种饮料，既能满足社交需要，又能醒酒，价格又能为大多数人所接受，那么它一定能在这个时代中扮演重要角色。这时候，随着两晋以后饮茶越来越频繁介入社会生活中，人们对茶的认识不断深化，茶成为酒之外的重要饮品，开始对社会文化生活发生影响。

五

魏晋南北朝是中国茶文化的形成期。唐人裴汶《茶述》说："饮茶起于东晋，盛于今朝。"

这一时期，发源于巴蜀之地的饮茶文化随着楚文化、吴文化和越文化的互相融合而扩展到整个南方地区。从茶叶产地的空间分布看，魏晋南北朝的产茶地区在分布特征上已经与唐代基本一致，数量规模较之前代有了很大改观。这一时期与饮茶有关的叙事开始在各种文献记载上出现，活跃在首都洛阳的文人，很快接受了南方的生活方式并首先成为茶这种新型饮品的享用者、倡导者和书写者。于是，饮茶习俗在时间与空间的流动之中，与自觉的人文意识和传统文化的相互交融感应，既带动了技术演变，也影响了人们的精神追求。在这个互动过程中，比较完整的茶文化体系开始形成。茶文化体系一旦形成，就会对当时的生活习惯乃至整个文化领域产生影响。

《三国志·吴书·韦曜传》中有这么一则记事：吴王孙皓晚年耽于酒色，宴饮无度，还逼着臣下也跟着狂喝滥饮，每有宴饮，凡入席者必须喝足七升酒。喝不下的，孙皓会让侍者强行将酒灌进他们嘴里。不在此列的只有史官韦曜。韦曜文笔好，有史才，酒量却不济，每次二升到顶，孙皓对这位博学的老臣格外开恩，不但不为难他，总是密赐茶汁，让他在宴会上代酒。这一则记事，在茶文化历史上意义不同凡响：首先，这是正史中第一次有关茶事的记载；其次，显示了在三国时期的江南地区，茶已经成为宫廷等上层社会的饮品；最后，茶与酒开始相提并论，这也是前所未有的，表明茶饮作为一种社交饮料正式登场。

饮茶进入社交宴饮，与当时人们对茶饮功能认识的深化密不可分。三国时期的学者张辑在《广雅》中提出茶具有清神醒酒、振奋精神的功效："其饮醒酒，令人不眠"；茶还能纾解愁闷，东晋以"闻鸡起舞"的典故名垂历史的刘琨，也是一个资深的茶人，他自言"体中愦闷，恒假真茶"，指出茶有怡情养性的功效；茶还有助于修行，南朝药学家陶弘景《杂录》说，"茗茶轻身换骨，昔丹丘子、黄山君服之"，云云。茶能助兴，又能解酒，使人清醒，有利于养生成道，这种认识后来渐渐融入人们的日常生活经验中，在某些社交场合中就出现了茶与酒同时成为宴会饮料。《世说新语》记载了这样一个故事：太傅褚季野南渡，一次东游到金昌亭（今属苏州），偶遇几个吴中豪绅宴集于此，被邀入座。对方不知他来头而怠慢他，一个劲给他倒茶，却不给菜肴或点心。褚并不在意，喝饱了一肚子茶水起身告辞："我是褚季野，谢啦！"在席者一听是大名鼎鼎的褚太傅子，大惊失色，纷纷逃席。这则故事意在称道褚季野的洒脱风度，却也反映了彼时吴中民间也出现了以茶待客的方式。以茶代酒，表面上是某种饮食生活习惯的变迁，却是某种文化意识形态转变的前奏，虽然这种转变缓慢而迂回，但如从唐宋已经蔚然成风的现象来追本溯源，魏晋时期无疑是这种转型的孕育期。

六

隋唐之际，茶在社会生活中还远没有普及，初唐文学中罕见涉及茶事的诗文即是旁证。甚至到了开元、天宝之际依旧没有本质上的改变。李杜诗中占据压倒性数量的饮品是酒，而不是茶。盛唐文学基调还是酒，水一样的外形，火一样的性格。

李杜之后，涉茶的诗文才开始多了起来，这与唐朝中期以后喝茶的风气进入兴盛期有关。杨晔所著《膳夫经手录》虽是食谱之书，但其中近一半的篇幅在谈论茶，尤其是当代的饮茶，有云："茶，古不闻食之。……至开元、天宝之间，稍稍有茶，至德、大历遂多，建中以后盛矣。"陆羽在《茶经》中也写道："中唐时期长安、洛阳与荆楚、西蜀之地，茶店多得鳞次栉比。"经营茶叶或提供饮茶服务的茶铺密集出现，表明茶已经高度商业化，这是茶史上一个值得注意的现象，是唐代饮茶习俗开始普及的反映。

在饮茶习俗普及的基础上，茶会、茶席在上流社会间流行。茶会、茶席，通称"茶宴"，就是以茶代酒的飨宴。唐代茶宴，茶作为一种新型饮品取代酒，或者席间虽置酒，但只作为辅助饮料。这在无酒不欢、无酒不成宴的唐人餐饮来说，虽不是破天荒，却也是一种新兴时尚。以茶代酒的茶宴的出现，不仅与伴随着茶叶生产制作和交易的繁盛所带来的饮茶习俗流行有关，还与中唐时期的社会生活有着微妙的联系。

茶在中唐社会异军突起，饮茶风气空前浓厚，与当时国家的禁酒措施有很大关系。酿酒需要消耗大量粮食，喝酒人口多了就会影响到粮食的正常供应。历史上，因天灾或战争导致粮食供应紧张的时期，政府就会通过法律厉行禁酒，典型者如东汉末年曹操颁布的"禁酒令"。唐代实行禁酒令乃是为了缓和人口膨胀与粮食供给不足的矛盾。唐代在最初的一个世纪内，人口由三百万户激增至八百万余户，对粮食需求成倍增长。然自安史之乱以来战祸频仍，农民破产逃亡的很多，粮食产量大幅下降。乾元元年（758）唐朝首先在首都长安厉行酒禁，规定除朝廷的祭祀宴会外，任何人不得饮酒。唐代宗广德二年（764）确定全国各州的经营酒业的户数，此外不论公私禁止卖酒。与此同时大幅度提高酒价，乾元年间（758—760）酒价一路上扬，在长安任左拾遗的杜甫经常哀叹"街头酒价常苦贵"（《逼仄行·赠毕曜》）。酒价高腾的程度，与同时期的茶叶价格相比差别到了令人咂舌的地步，杜甫诗云："径须相就饮一斗，恰有三百青铜钱"（《重过何氏五首之三》），即一斗酒三百文，比照当时的茶价每斤五十文，则每斗酒钱可买茶叶六斤。饮酒过多，破财伤身。在酒价大幅度上涨的情势下，人们不得不节制饮酒，尤其是靠俸禄为生的士大夫阶层，很多原本好酒的人转向了茶饮。

"以茶代酒"在中唐蔚为风气，还与当时的社会文化风尚有关。饮茶最终要与酒相提并论，还在于茶要具备酒类饮品所具有的特殊功能。酒类饮品最基本的功能就是刺激性与愉悦性，或者说上瘾性。现代科学研究表明，茶叶中含有咖啡因、茶多酚等成分，能加快血液循环，刺激中枢神经，产生轻度的兴奋。茶的这一功效体验被文士诗人写入作品中而得到宣传。文人社交场合中的饮茶，某种程度上也可以发挥助兴调气氛的作用，这是茶能成为宴会中酒精饮品的替代品不可忽视的要因。

七

中晚唐以后，不仅饮茶诗大量密集出现，而且反映"以茶代酒"的内容在文人作品中无论数量还是质量，都远超前代。这种文学上的巨大转变，在钱起、吕温、白居易、李德裕、温庭筠、皮日休、陆龟蒙等人的诗文中表现得非常明显。甚至可以说，正是上述诗人创作的一系列茶诗，填平了从"对酒当歌"的魏晋风度到唐宋风流的文学鸿沟。

"茶宴"，一名"茶谯"，作为一种以饮茶为主题的新的宴饮形式，最早出现在大历年间（766—779）著名诗人钱起的《与赵莒茶宴》一诗中："竹下忘言对紫茶，全胜羽客醉流霞。尘心洗尽兴难尽，一树蝉声片影斜。"诗中描绘了宴饮的情景，茶宴在竹林幽篁中举办，由赵莒主持，用的是当时顶级的阳羡紫笋贡茶。与喧嚣哄饮的酒宴不同，宾主之间举盏清饮，洗尽尘心，情怀意趣尽在茶中，这种微醺陶然令人有羽化登仙之感。中唐之后，随着陆羽《茶经》倡导清饮之法，"茶道大行"，茶宴进一步在文人间流行开来。"茶不醉人人自醉"，以茶代酒的妙处，唐贞元年间（785—805）的名宦吕温用一篇短短的《三月三日茶宴序》描述得淋漓尽致：

> 三月三日上巳，禊饮之日也。诸子议以茶酌而代焉。乃拨花砌，爱庭阴，清风逐人，日色留兴。卧指青霭，坐攀香枝，闲莺近席而未飞，红蕊拂衣而不散。乃命酌香沫，浮素杯，殷凝琥珀之色。不令人醉，微觉清思，虽玉露仙浆，无复加也。座右才子南阳邹子、高阳许侯，与二三子顷为尘外之赏，而曷不言诗矣。

吕温（772—811）与白居易同龄，他不但擅文，也善诗，是柳宗元、刘禹锡的好友。这次聚饮的名目"禊饮"，即"修禊事之宴饮"，是农历三月三日上巳节的民俗活动，文人聚饮，席间作诗酬唱，然后编辑成诗集流布，一如东晋王羲之笔下的兰亭雅集。宴会本应饮酒，但与会诸人都建议"茶酌而代"。比起使人迷醉的酒宴，以茶代酒的茶宴，不仅清雅，也助文思，令人陶然而不迷醉。这篇小序表现出来的情趣和心境，给人耳目一新之感。再来读同样活跃于贞元时期的女诗人鲍君徽的《东亭茶宴》：

> 闲朝向晓出帘栊，茗宴东亭四望通。
> 远眺城池山色里，俯聆弦管水声中。
> 幽篁引沼新抽翠，芳槿低檐欲吐红。
> 坐久此中无限兴，更怜团扇起清风。

唐朝的文人承续魏晋名士的斯文遗风，喜欢在茂林修竹的清幽之处举办诗宴雅集，"一咏一觞，畅叙幽情"，但是他们已经不像竹林七贤那样聚啸推樽，肆意酣畅，放浪于形骸之外，而是以茶代酒，清谈雅叙。这种新兴的宴饮方式，清雅内敛，余韵悠长，在意趣上与醉生梦死、纵酒狂歌的做派迥然有别。

诗僧皎然和尚的《饮茶歌》云：

> 一饮涤昏寐，情思爽朗满天地。再饮清我神，忽如飞雨洒轻尘。
> 三饮便得道，何须苦心破烦恼。

可以看出，唐朝诗人文士，已经从饮茶中探索到一个飘然欲仙的新境界，这种精神感受，与魏晋名士依赖酗酒吞药来获得癫狂体验以超脱世间无奈的追求已经有了本质的不同。

这一风气，到了宋代，随着茶文化的兴盛而被发扬光大，两宋文坛巨匠，如梅尧臣、欧阳修、苏轼、黄庭坚、陆游等，一直到杜耒，诗家之外几乎都有一个"茶人"的头衔，他们在文学书写中将饮茶提升到一个诗情禅意的境界。有如大江大河在经过激流险滩"惊涛裂岸，卷起千堆雪"之后拐了几个弯，进入了"潮平两岸阔，风正一帆悬"的境地，这在中国人的文化精神史上，是一个巨大的转变。

2022年2月20日寒雨中
修订于海沧嵩屿渔湾

（《书城》2022年5月号）

庶民的胜利

李洁非[①]

《新青年》杂志第五卷第五号卷首登载李大钊《庶民的胜利》，就布尔什维克革命胜利及"一战"终结献以感言。文短且疏，惟标题极获人心。此五字，实古今一大文章。人类踵继相书，代有其新。刻下我就宋代平民大潮沉吟谋篇，也油然想起，而借以为题。

庶者，众也。"庶民"转作今语，便即"大众"。在中国，"大众"何时露以峥嵘，声音噪于瓦桁，文化擅其胜场，无疑宋肇其端。

具体可借城市文明观之。举欧洲相参照，是时彼之城市亚平宁较早称盛，其中米兰十一世纪初"人口虽然还不到2万"，却已是"西方基督教世界人口最多的城市"[②]，又过二百年，"从大约2万涨到了10万左右"[③]，威尼斯、佛罗伦萨、热那亚等也"达到了10万"[④]。以外如伦敦，"在12世纪末达到4万"，又经百年"翻了一倍"[⑤] 而仍未足10万。巴黎后来居上，1300年人口"逼近20万"[⑥]。这些便是欧洲屈指可数的"大都会"。然而宋朝呢，无论北宋汴京还是南宋临安，人口规模均逾百万，而于欧洲

[①] 李洁非，中国社科院文学研究所研究员。现居北京。1990年代以来，在《钟山》发表有多篇文章，主要撰写"钟山记忆"栏目文章（2008—2012）、"文学史微观察"专栏（2013）、"太平天国笔札"专栏（2017年4期—2018年6期）、"古史六案"专栏（2019）等。首发于《钟山》2009年第5期的《胡风案中人与事》获第五届鲁迅文学奖。2021年1期始在《钟山》撰写"品宋录"专栏。

[②] 朱迪斯·M·本内特、C·沃伦·霍利斯特：《欧洲中世纪史》，杨宁、李韵译，上海社会科学出版社，2007，第156页。

[③] 同上书，第163页。

[④] 同上书，第182页。

[⑤] 同上书，第185页。

[⑥] 同上书，第163页。

皆能以一当十。遥想是景，不难绘出此时东西方市廛悬异的画面，从而拈其庶民社会碍难两同之分量。

这导致宋代有关城市的描述陡增群涌。此类篇什，前代有班固《西都》《东都》赋、张衡《西京》《东京》赋及《南都赋》、左思《蜀吴魏三都赋》等，零星可见，而皆状摹宫室规制抑或抒写帝王气象，不及市容，更无笔墨稍涉民间。迨至北朝杨衒之《洛阳伽蓝记》，才以接近散文的语态，依托佛寺故迹，对城市一般面貌有所勾勒，然意义仍仅限在史地层面。想要一览城市众生相，及其人声鼎沸、喧哗嚣扰情状，惟宋人笔下有之。此一方面代表性制作，我们都会想起《清明上河图》。那确是宋代街市最为直观的图景，然求其周详深细，却有更胜一等者，惟非绘景，而为书籍。此类书集中出现在南渡后。既失北地，宋人满腹酸楚，于往日汴京繁穰追怀不已，遂有孟元老撰《东京梦华录》开城市书写先河。其后效者蜂起，从灌圃耐得翁《都城纪胜》、西湖老人《繁胜录》，而吴自牧《梦粱录》、周密《武林旧事》等，内容体例相仿，对象则由汴京转至临安。这当属世界最早的城市著述群，记叙为主，而于细节及脉络亦不乏研究的意味。

城市于人类有许多惊人的意义，只是习惯生活其间的人们不能注意，更少予思索。

英人彼得·霍尔《文明中的城市》，突出强调城市骨血中含有"创新性质"和非凡"创造力"。此特质是空间属性所致。较之乡村，城市意味着更小的空间、更密的人口。"生活中很重要的一部分就在于寻找解决城市自身秩序和组织问题的方法，创造力也就由此而来。"城市规模每扩大一点，课题数量及难度都成倍增加，逼迫人们以空前和超乎想象的创造力加以解决。彼得·霍尔粗粗提及其中一些，"渡槽和下水道及地铁、收容所和教养所及监狱、法律规章"，是皆人间因城市而有的创制。他进而指出，勿以为这些仅仅有关工程技术或法律构设，所有实际课题都关乎"如何在城市更好地生活的方法"，亦即城市创新不能只问效率，且应体现和趋近"完善"，在解一时之难的同时顾及长远发展。① 城市就是这样不断为自己制造难题，然后绞尽脑汁、务臻其善使之克服的永恒创新基地。它催

---

① 彼得·霍尔：《文明中的城市》，王志章译，商务印书馆，2017，第6—7页。

生的新生事物，无穷无尽，充天塞地。从自来水到发电厂，从信号灯到斑马线，从托儿所到养老院，从图书馆到电影院，从个人电脑到互联网……乐此不疲，兵来将挡、水来土掩。

不仅如此。德国有民谚：

  城市的空气使你自由。①

城市意味着"解放"。与封闭、束缚背道而驰，是它与生俱来的秉性。虽然封闭束缚也会在城市中蠢蠢欲动，本质上则将徒劳。因为汇聚性与流动性，注定城市无法真正被封闭、被束缚。人被土地困住一辈子轻而易举，却永远不会被城市所困。城市即变数，就是机遇以及随时随地遭逢意外。不独个体因城市而自由，社会亦将跟随城市化变得开放，九十年代城市化兴起以来的中国可为此作证。

宋代城市文明前所未有的繁荣，正为人类标出了这样一个时代临界点。

从绘画到文字，人类从未如此凝神注目过城市生活。宋人有此态，实在也是被那全新、陌生的情景所惊诧以至惶惑了。《武林旧事》卷六云：

  浩穰之区，人物盛夥，游手奸黠，实繁有徒。有所谓美人局（以娼优为姬妾，诱引少年为事），柜坊赌局（以博戏关扑结党手法骗钱），水功德局（以求官、觅举、恩泽、迁转、讼事、交易等为名，假借声势，脱漏财物），不一而足。又有卖买物货，以伪易真，至以纸为衣，铜铅为金银，土木为香药，变换如神，谓之"白日贼"。若阛阓之地，则有翦脱衣囊环佩者，谓之"觅贴儿"。其他穿窬脏箧，各有称首。以至顽徒如拦街虎、九条龙之徒，尤为市井之害。故尹京政先弹压，必得精悍钩距、长于才术者乃可。都辖一房，有都辖使臣总辖供申院长，以至厢巡地分头项火下凡数千人，专以缉捕为职。其间雄骜有声者，往往皆出群盗。而内司又有海巡八厢以察之。②

---

① 彼得·霍尔：《文明中的城市》，第一篇"文化熔炉之城"扉页。
② 周密：《武林旧事》，载孟元老等《东京梦华录（外四种）》，古典文学出版社，1957，第444—445页。

是皆"城市犯罪"。城市趋盛，由简入繁，此为特征。城市犯罪的复杂发达，与繁华度成正比。周密笔下临安，英国伦敦须至十九世纪方具其状，使柯南·道尔有其素材去讲福尔摩斯故事。细看临安种种，至今不过如此，而它八百年前竟应有尽有，周密为之蹙额疾首心惊肉跳自亦不免。其中临安治安，相较层出不穷的诈术骗行、奸诡狡戾，尤能颠覆人心。农耕故态之纯净亡影无踪，混乱暧昧竟使城市已不能事事明乎道德，从而黑白无间、警匪款通。"其间雄驵有声者，往往皆出群盗"，临安此事，顾以芝加哥探员用毒贩为卧底、FBI特工混入黑手党险成"老大"等现代实例，倒也不足称奇，但那毕竟是周遭犹然一派田园牧歌的古代。未知临安居民可怜抑或有幸，总之他们的生活，已过沉舟侧畔、先知春江之暖，早早尝到了未来的滋味。

宋时市容之盛并工商百业、生活日常等，我们都且按下。一来宋人书有详述，近人研讨亦复不少，都可取以径读。二来本文兴趣并非描摹宋代城市样貌，而是探触其文化脉象。

宋社会之变，彰显于两大阶级现象。上有士阶层在统治结构中崛起，下则市人社会从民间急遽壮大。"市人"之词先秦已现，《吕氏春秋》《史记》等皆曾语及，但却有俟宋代才陡然攀升为热词。用上海人民出版社《文渊阁四库全书》（电子版）检索，《旧唐书》《新唐书》各仅十处，《宋史》则猛然逼近三十处。具体表现可借现实事件以觇——熙宁"变法"，青苗、募役两项都特将"坊郭户"列为征钱对象；尤其青苗钱，仅关稼穑，征诸"坊郭户"毫无理由。此必因全国城市人口已达相当规模，对敛财构成了实际重要意义，虽不合理，亦不顾矣。故知宋代社会已现全局性变异，马克思主义所讲"三大差别"之"城乡差别"初有显露，从以往单一的农民主体中，分化出了独立广泛的城市人群。

新兴市人生态，与农民根本有别。农民付出汗水于土地，收获作物，直接拥有生活资料。市人则不占有任何实物，或以技术、手艺"加工"实物增值而赢，或运用头脑与经验借实物的"买"与"卖"赚取差价，甚至完全无关实物，仅以各种无形服务搵食自奉。城乡谋生差异最终形诸货币——从农民的角度可全无仰乎阿堵，市人则不单依赖金钱，且视为最美之物。后者收入若仅为衣食等实物，实乃下选。他们真正需要的，非任何特定有形之物，而是握之非有补于暖、食之非有补于饱的"泉货"。这原本虚无的符号，可流动、可交换，市人所赖在此。其生存本质即"交易"，惟"交易"能呼吸，无"交易"则如死灰。不仅见诸所"入"，亦显现于所"出"；获取金钱，然后支出金钱；一面"挣钱"一面"消费"，一出一入都与金钱紧密绑缚。尤其"消费"，典型农耕生态无此概念，市人社会却以之为基础现实。这是宋代文化脱胎换骨的根由。根本来说，宋代文化变异非观念之变，纯属社会经济原因造就"消费"硬需求，进而投射于文化的结果。恰因此，其所向披靡亦为任何观念与权威所不能敌。

文化的蜕迹，可总括于两点。一在分层，一为转向。

分层问题较简明，我们先说它。中国以往文化，层次单一，实仅贵族—精英这一层。虽然周初官方采诗犹于民谣相当注意，但随着"士"集团主导意识形成，对民俗文化加以屏蔽和过滤的倾向不断加强，"郑声淫"即是。到后来，文化垄断、层次单一日益严重，突出表现便是语言。现实口语虽已变迁，贵族—精英文化却强阻书面语随之以变，而固守古态，于是形成"文言"。所谓文言即书面成文之语，凡撰书为文，只能用它。树此壁垒以后，现实的活的语言被挡在书写之外，且贬损性地称之"白话"。中国书面写作与"白话"的天堑何时打破呢？就是宋代。虽然胡适先生《白话文学史》从很早时代讲起，但委实有"强说"痕迹，本意是为"五四"提倡白话文尽量找寻久远根据。如果就事论事，白话之兴只能以宋划界。这字面或语态之变，背后消息是社会文化开始分层。中国的文化生产及产品，从此区分服务对象、接受群体。某些由特殊阶级、教养与身份的人自赏，另一些则广及三教九流，以至贩夫走卒，亦有其精神食粮、视听之娱。这是"文化造反"。过去对社会层面的农民起义足够重视，对市民阶层的文化造反却欠缺认识。后者其实是宋代以来一个更加深刻的变化，随着话语权变动，雅文化一统江山摇摇欲坠，众声喧哗，隐然有多元迹象。

转向表现则较为繁复，光怪陆离、乱花迷眼。士文化秩序，诗文为正统，余兴寄诸琴棋书画"四艺"。舍此以外，壮夫薄而不为。偶俯身低就，稍染指新奇样式例如长短句，然界限分明，言志唯可入诗，词曲只吟风月，戏谑为之，姑以解颐。而当市人文化狂涛骤掀，种种藩篱随之七零八落。

风起于勾栏瓦肆。

017

宋代城市旧貌换新颜，在功能变化极大，古典的政治军事轴心意义转淡。无论汴京与临安，虽以国都而显赫，宫城却不复是鹤立鸡群、睥睨所有的存在，城市不断因社会演化划分为愈益平行的多样性空间，功能化趋向显著。孟元老对东都的忆述，此种态势一目了然。汴梁百业荟萃，已经形成各种专门街区，有金融专区、餐饮专区、药铺专区、杂货专区、青楼专区与定点夜市等等。其之所生，无一面向宫廷与官府，而皆以芸芸众生为对象。就此言，城市主角已非帝王显宦，业为市民大众。作为城市主人，他们不由分说将所好投向现实。新的文化景观遂尔浮现，内中最具代表性的盖即勾栏瓦肆。《东京梦华录》卷之二"东南楼街巷"：

> 街南桑家瓦子，近北则中瓦，次里瓦，其中大小勾栏五十余座。①

"勾栏"本建筑语，时人李诫《营造法式》曰"其名有八"，"棂槛""轩槛""阶槛"或"钩阑"等，皆系同指②；赵德麟《侯鲭录》卷七"栏楯"："殿上临边之饰，亦以防人坠堕，今言钩栏是也。"③ 故宋代城市娱乐场所称"勾栏"，初乃指代用法，约即陈汝衡先生推想的那样："场子四周围起栏干，用荆棘之类遮拦着，不纳钱的人不许闯入，这是'勾栏'的由来。"④ 然而因此闻名后，"勾栏"建筑语本义竟渐失却，完全衍为"声色犬马"之代名词。"瓦子"亦作"瓦肆""瓦舍""瓦市"等，它的意思宋人有具体解释："瓦舍者，谓其'来时瓦合，去时瓦解'之义，易聚易散也。"⑤ 不一定是"瓦房"，或为临时简易之草棚亦未可知，重心在"瓦"有聚散无定之意，以表这种去处的氛围情态。汴梁仅"东南楼街巷"，便有"大小勾栏五十余座"，规模十分可观，而它既非唯一，亦非最大。类似所在至少还有五处。这些宋代"百老汇"或"嘉年华"，名头经久不衰。比如"桑家瓦子"，百二十回本《水浒全传》就径直写到它：

---

① 孟元老：《东京梦华录》，载《东京梦华录（外四种）》，第14页。
② 李诫：《营造法式》卷八，载《文渊阁四库全书》第六七三册，第464页。
③ 赵德麟：《侯鲭录》卷七，载《文渊阁四库全书》第一〇三七册，第402页。
④ 陈汝衡：《宋代说书史》，上海文艺出版社，1979，第18页。
⑤ 吴自牧：《梦粱录》卷十九，载《东京梦华录（外四种）》，第298页。

两个手厮挽着,正投桑家瓦来。来到瓦子前,听的勾栏内锣响,李逵定要入去,燕青只得和他挨在人丛里,听的上面说平话,正说《三国志》,说到关云长刮骨疗毒。①

要么这说明《水浒》所源甚早,原作出诸宋人,施耐庵仅为润色者;要么便是"桑家瓦子"美誉长存,以至明初人们仍然耳熟能详、津津乐道。

声名远扬,隔代流芳,是因意义深远的文化转向在里面发生。每座勾栏瓦肆,那成群连片、鳞次栉比的棚子,所汇聚的一切彻底改变着中国人的精神生活及方式。其间样式品类,诸记所述应接不暇,兹据《武林旧事》为主一窥究竟。

"诸色伎艺人"条②下所及种类,大小计逾五十。每一种类,并附出色有声之名家。今依现在的理解,从行业区分可归为七个方面:一、戏剧;二、小说;三、曲艺;四、木偶皮影;五、脱口秀;六、魔术杂技;七、体育竞技。

戏剧。时谓"杂剧",中国戏剧史杂剧之一页,是宋人而非元人掀开,此点人多有误。周密所列临安杂剧大腕,达四十余位。有些为本名,有些却是艺名,抑或观众以其所长而赠送的诨名。如"慢星子""锄头段""唧伶头""猪头儿"等,正如后世京戏名伶有谓"小叫天""麒麟童""芙蓉草"者。除了杂剧,还有"杂扮",是一单独种类。参《梦粱录》"又有杂扮,或曰'杂班',又名'经元子',又谓之'拔和',即杂剧之后散段也"③,可知或为戏剧小品,置于杂剧后上演,以遣观众余兴。擅作"杂扮"者亦近三十人,且更多以艺名或诨名出现。其中频见"乔""俏"字样,似乎这种节目,主要靠惟妙惟肖的摹仿性演技与戏谑俏皮的风格博取看客。

小说。确言之当为"通俗小说"。中国最早的小说——稗史野记——乃文人余事,不为大众存在。真正视大众为对象的"通俗小说"宋代才有(唐传奇仍用文言),惟当时传播与接受方式,非书面阅读,由说者口头说

---

① 施耐庵:《水浒传》,江苏文艺出版社,2010,第1124页。
② 周密:《武林旧事》,载《东京梦华录(外四种)》,第453—466页。
③ 吴自牧:《梦粱录》卷十九,载《东京梦华录(外四种)》,第309页。

与人听，一如今天的评书。但现在评书被放入曲艺范围，宋代我们却必须视为小说。首先，这就是中国"通俗小说"的初级阶段；其次，虽采用口头表演方式，说者却都有其创作文本，是即"话本"，而"话本"无疑为"通俗小说"的鼻祖。有三大品种，一曰"演史"，一曰"说经诨经"，一曰"小说"。"演史"专讲旧史传奇，"说经诨经"编排宗教故事，"小说"则铺叙世俗生活。三大品种以后完全延续着，《水浒》《三国》自"演史"来，《西游》乃"说经诨经"余续，《金瓶》则为"小说"一路。临安勾栏瓦肆论以行业，"通俗小说"是最大群体和阵营，从业者甚至多过戏剧，三种艺人合计百十来位。

曲艺。宋时口头演艺统称"讲唱"。"讲"即小说，只说不唱或以说为主。反之另一类，依赖着音乐，借"唱"娱人。我特称之"曲艺"。曲艺，本应无曲不成其艺。今相声、评书、数来宝等都算曲艺，颇非其理。古代有乐无乐，根本是不同事物。例如古诗其实是歌，为文曰"撰"，赋诗曰"吟"，殊途歧路，实非一物，不像现代诗与文都只供纸面阅读。当时勾栏瓦肆中，"讲"与"唱"颇类文和诗，各吃一碗饭。而有乐有韵是更老的传统，故"唱"的品类较"讲"远多，有"唱赚""小唱""嘌唱""鼓板""弹唱因缘""唱京词""诸宫调""唱耍令""唱《拨不断》""清乐""吟叫"等等，皆特定声乐形式，惜具体样态今多不明，唯"诸宫调"因《董解元西厢记》而面貌尚存，"唱赚"则《都城纪胜》有所解释，"凡赚最难，以其兼慢曲、曲破、大曲、嘌唱、耍令、番曲、叫声诸家腔谱也"[①]，应是一人多能、文武昆乱不挡。余者仅可借名称揣测，不知"鼓板"是否与如今鼓书有其渊源？"弹唱因缘"是否如苏州弹词那样夹唱夹白？

木偶皮影。勾栏瓦肆两种较为综合的伎艺，一为"傀儡"，一为"影戏"，也即今天的木偶和皮影。从观众角度是戏剧，从制作角度是绘画造型，而表演者的功夫又有类杂技，或许幕后还有锣鼓师、拟音师等。一出节目如做到上乘，须汇聚多方高手。木偶另称"悬丝"，临安此中名家有"卢金线""张金线"等，盖以操作手法出神入化、丝丝入扣，乃至手中线绳有如金子制成得此诨名。除了形容其高超，或还指票房优、能赚钱，观

[①] 灌圃耐得翁：《都城纪胜》，载《东京梦华录（外四种）》，第97页。

众趋之如鹜。

脱口秀。《武林旧事》和《东京梦华录》都有"说诨话",可见两宋间一直延续。"说诨话"意思清晰,为语言类搞笑方式无疑。会不会就是相声?应该不是。无论孟元老或周密,所列表演者皆独角一人,汴京为"张山人",临安为"蛮张四郎"。后来形式中,与其说与相声有缘,不如说江浙独角戏较为接近。清末独角戏也独自说笑话、讲故事、学唱戏及方言,或东拉西扯掌故时事,至民国受文明戏影响,才变成两人或多人表演并形成固定剧目、依脚本搬演。宋朝"说诨话"则始终是单人的,且保持临时起意、即兴创作、自由发挥、信口开河特色不变,于今言之盖即"脱口秀"。临安还有一位方斋郎专事"学乡谈",或与"说诨话"同类,惟特长是以方言土语为噱头。

魔术杂技。汉代谓之"百戏",砖画可见其情形,翻腾平衡、抛丸顶罐等,但难知具体。在勾栏瓦肆中,各种项目及名称已指述明晰,且多延传至今。属于杂技的有"顶橦"(头顶梁柱维持平衡做各种有难度动作)、"踏索"(高空悬索人行其上)、"上竿"(表演者徒手攀援高竿捷如猿猴);马戏有"教走兽""教飞禽虫蚁""捕蛇",内有名"猢狲王"者,显然特擅驯猴;魔术有"神鬼""烟火""弄水"等,以及结合了魔术因素的博彩节目,如"头钱"("用瓦盆,内掷头钱,关扑钱物、衣服、动使。"①)和"覆射"(即射覆,覆器置物使人猜)。

体育竞技。英语称体育竞技为"游戏",很合宋代情形。勾栏瓦肆大量"游戏",在今都是体育竞技。如先前燕青故事中的"乔相扑"属于摔跤,同类又有"角觝"。前者是相扑始祖,而"角觝"则很可能是柔道前身。日本几乎所有非现代产物老根都在中国,且其历史文化以地缘之故,较能保存原态不生质变。"举重"亦宋人所乐见,方式为"掇石墩"等。"蹴球"即蹴鞠,国际足联认定的足球起源,《水浒》高俅擅之,而从汴梁到临安,勾栏瓦肆都有高手以此谋生。"射弩儿"(射箭)同属热门,至有职业"女流"争锋其间。更特别的是"打弹"之戏,胡雪冈就宋代剧作《张协状元》第二出"蹴毬打弹谩徒劳"注云"打弹,用棒击毬"②,似与

---

① 孟元老:《东京梦华录》,载《东京梦华录(外四种)》,第40页。
② 胡雪冈:《张协状元校释》,上海社会科学院出版社,2006,第15页。

高尔夫、曲棍球、棒垒球相通，不知是否有其渊源。武术当然少不了，"使棒"即是，宋代最流行，王进、林冲两位教头与人比试皆用棒，临安个中翘楚一名"朱来儿"，一名"乔使棒高三官人"……

林林总总，将各种"奇技淫巧"过眼一回，今人也难免为之眩晕。但入勾栏瓦肆，何啻乎置身万花筒，故时人记之屡言以"繁胜""梦"，如同幻历。然繁华仅其表象，背后有坚实的社会内容为底蕴。我们知道诸多现代体育项目创自英伦，或经英人改进而带动其兴起。仅球类中，足球、网球、乒羽、橄榄球、曲棍球（冰球为其衍生物）、板球（棒球为其衍生物）等皆是。根本原因，在工业革命推动社会解放，令英伦庶民文化勃兴称早，大众纷纷有其余兴余力投身所谓"游戏"。宋代勾栏瓦肆所现实亦类似景象，热火朝天的娱乐生活和五花八门的方式，令城市背景下的市人文化狂飙穷形尽相。

内中影响最深刻，以致将文化秩序兜底掀翻的，是小说和戏剧。此二者在世界范围普遍属于"近代艺术"，兴起时间多为十六、十七世纪，中国却自十一至十三世纪即已风起云涌。以小说为例，若未建立时间概念，很难以意识到中国一骑绝尘曾至何种地步。不妨依次对照：十八世纪英国小说顶尖作家菲尔丁，与同时期曹雪芹相比，艺术水准如何？十四世纪初至十六世纪晚期，中国连生《水浒》《三国》《西游》《金瓶》诸巨制，欧洲可有匹敌者？即便稍后《堂吉诃德》出现，其叙事之巧妙成熟能否等量齐观？继予前览，当宋代涌现《错斩崔宁》《碾玉观音》等生活气息浓郁、技巧细腻从容的短篇佳构时，欧洲"小说"之一物尚在何处？将这些问题逐一排开，分别稽诸事实，不难从时间轴上看清中外小说所处位置与状态。1827年1月31日歌德与爱克曼谈，言及某部中国长篇小说（据信为明末清初《风月好逑传》）时感慨不已，至云"中国人……在我们的远祖还生活在野森林的时代就有这类作品了"[1]。引出歌德此语的，不过是中国的不入流作品而已。"野森林"云云，是诗人的夸张。当时欧洲应谓之田园时代，中国则已市井红尘万丈升起。欧洲小说发展滞后，原因唯在于此。小说戏剧之为"新兴"艺术，系社会变化所决定。社会条件未备免谈繁兴，犹禾苗之赖"气候"，否则无以萌蘖。故其于世界各地绽放有时、

---

[1] 爱克曼辑录《歌德谈话录》，朱光潜译，人民文学出版社，1982，第113页。

花开早迟，皆与城市发展、庶民社会觉醒保持同步。十七世纪莫里哀驱其大篷车领着剧团游走不同市镇的经历，说明了法国戏剧此时趋盛之缘由；而在海峡对岸莎士比亚早上数十年呼风唤雨，则无非是伊丽莎白一世重商主义令英伦市井繁荣稍占先机之故。

但也有例外。古希腊戏剧远早于中国，甚至印度戏剧也更古老，却都并无"庶民时代"支撑。古希腊戏剧虽曰公民文化产物，而所谓"公民"却只是广泛奴隶制下的少数阶级。印度戏剧多半以亚历山大大帝东侵传入，之后作为宫廷娱乐，演于宫廷亦为宫廷所豢养。长远来看，古希腊罗马戏剧昙花一现，制度一经解体，随之无影无踪，欧洲戏剧真正蓬勃与不衰，明显有待近代。印度戏剧起点虽早却后继乏力，不独成就被中国反超，社会影响的深度广度也不能相提并论。所以小说戏剧若要行之久远，最终仍以"庶民社会"为基石。

小说在中国，自《汉书》艺文志列为先秦一家，至此已有上千年。过往仅堪视为"史部"一种边缘或次要写作，而非体现反映新型社会文化的品种；有之，当自《汉书》"小说"被宋代"小说"替换取代算起。郎瑛《七修类稿》："小说起宋仁宗，盖时太平盛久，国家闲暇……"① 这里"起"字，是对新旧小说的区分，专就通俗小说兴起而言。至于宋代通俗小说之萌芽，肯定要早一些，绝非仁宗朝始现。突出强调仁宗时代的意义，主要因仁宗接真宗之世，澶渊媾和成果日益显现，内则政治清明，国家一派晏然，经济、文化欣欣向荣，市廛殷阜景象极为显著。针对宋代城市发展进程，有作者说："北宋的城市人口占20.1%，如果以1亿人口计算，即有超过2000万的宋朝人成为城市居民。""作为对比，清代中叶（嘉庆年间）的城市化率约为7%，民国时才升至10%左右，到1957年，城市化率也不过是15.4%。"② 此说不孤，另有作者同指"北宋城市人口占全国的20%"，以致是整个古代"城市人口比例最高的朝代"，"农业税已经不再是主要的国家赋税，商税、专卖税占到了全国总赋税的70%"。③ 以上数据未提出处，但似有共同来源。而这番突飞猛进，仁宗长达四十年

---

① 郎瑛：《七修类稿》卷二二"小说"，载《续修四库全书》一一二三·子部·杂家类，第155页。
② 吴钩：《原来你是这样的宋朝》，长江文艺出版社，2016，第263页。
③ 肖鹏：《宋词通史》，凤凰出版社，2013，第994—995页。

统治自甚关键,"小说起宋仁宗"适与之相映现。考时人笔记,小说风行的谈资正是在此期间趋盛,被津津乐道。《东坡志林》:"途巷中小儿薄劣,其家所厌苦,则与钱,令聚坐听说古话。至说三国事,闻刘玄德败频眉蹙,有出涕者,闻曹操败,即喜唱快。"① 梅尧臣的朋友吕缙叔,因识永嘉一僧"能谈史汉书讲说",极为击节,而"邀余寄之",特求梅尧臣赋诗相赠。② 前者讲顽童调皮家长生厌,辄掏钱打发他们去听小说;后者表明耽迷小说已从儿童到成人、自巷间而雅士,遍世皆然。及孟元老忆述东京诸色伎艺,通俗小说俨然已是勾栏瓦肆第一方阵,缘时推之必于仁宗时经历了一个快速发展。

可惜这段人类小说近代意义的发祥期,保留的作品相当有限。彼时统治阶级及富而有力者,对通俗文化不知珍惜,不屑藏存,故而绝大多数都自生自灭了。现经郑振铎先生认定:"宋人词话今所知者已有左列二十七篇之多(也许更有得发现;这是最谨慎的统计,也许更可加入疑似的若干篇进去)。"③ "词话"亦宋代话本一名称,《金瓶梅》还曾沿用。此二十七篇皆短篇作品,《错斩崔宁》《碾玉观音》和以王安石为主人公的《拗相公》即在其中。此外还有鲁迅列为"宋之话本"的《五代史平话》和"宋元拟话本"的《大宋宣和遗事》,以及程毅中先生称之"像是宋刻本"④ 的《大唐三藏取经诗话》。这三件作品,按叙事容量可算长篇小说。话本原作存世情况大致如上。总之,短篇长篇俱备。若依这些幸存作品为凭,则宋代短篇小说明显比长篇优秀。《错斩崔宁》《碾玉观音》《拗相公》等极为成熟,即置明末冯梦龙"三言"之中亦不逊色。而从保存相对完整的《大宋宣和遗事》看,宋代长篇的结构较为松散,甚至情节与史料不分,写作方式夹生,更像说话人临场所用"脚本",而非正式文学创作文本。也因此,《大宋宣和遗事》年代不会太晚,我个人信为南宋中早期作品,少许元代因素当如鲁迅所分析的"抑宋人旧本,而元时又有增益"⑤。

---

① 苏轼:《东坡志林》卷六,载《文渊阁四库全书》第八六三册,第60页。
② 梅尧臣:《宛陵集》卷五十三,载《文渊阁四库全书》第一〇九九册,第381页。
③ 郑振铎:《插图本中国文学史》,人民文学出版社,1982,第553页。
④ 程毅中:《宋元话本》,中华书局,1980,第28页。
⑤ 鲁迅:《中国小说史略》,载《鲁迅全集》第九卷,人民文学出版社,2005,第128页。

通俗小说作品传世有限，所幸坊间热议，不乏谈说，而于野记留下一些概貌。除《梦华录》《武林旧事》所列知名艺人名单，还有其他材料。理宗端平二年成书的《都城纪胜》曰：

> 一者小说，谓之银字儿，如烟粉、灵怪、传奇。说公案，皆是搏刀赶棒，及发迹变泰之事。说铁骑儿，谓士马金鼓之事。说经，谓演说佛书。说参请，谓宾主参禅悟道等事。讲史书，讲说前代书史文传、兴废争战之事。

这是有关通俗小说题材和类型的最早细分，共有"烟粉""灵怪""传奇""公案""铁骑儿""说经""参请""讲史"八类，相较北宋粗略三分的"演史""说经诨经"和"小说"，已深入情节构成去区分不同内容、风格、套路，从中可窥进化与传承。比如，"烟粉"隐约有言情身影，"灵怪"当启神魔小说，"公案"或即罪案和侠盗小说渊薮，"铁骑儿"应为《说岳》《杨家将》等武将传奇之先河，加上敷述世事沧桑的"说经"与"讲史"，西风东渐前中国小说类型无非如此，而宋代各有其形。唯一消失的是"参请"，当时禅宗特盛，机锋为人喜爱，遂有此趣味小说流行，时过境迁，渐而式微。此事值得关注。禅风日后发扬光大于日本，各方面无不习染，对整个日本文化具定型作用。其中，镰仓时代"佛教说话集"、室町时代"禅僧的文学"直接间接关乎小说，十三世纪末有无住和尚的《沙石集》，十四世纪前半有卜部兼好的《徒然草》等；后者"随着心境变迁的无价值的事"，写下二百四十三个片段，加藤周一教授认为已开意识流先河："在詹姆斯·乔伊斯发明小说'意识流'的描写之前，兼好的独创性并不为人所知"。① 如果宋代"参请"可得延续，中国小说面貌受何影响亦颇引人遐思。

以上情形截至南宋中晚期。又过四五十年，当王朝终末抑或元初，有奇书《醉翁谈录》面世。谓之奇书，因它专为小说而作，通篇只谈小说。以往涉述小说，皆为诸色伎艺之一种，而未有专书。《醉翁谈录》不仅是

---

① 加藤周一：《日本文学史序说》，叶渭渠，唐丹梅译，开明出版社，1995，第275页。

中国，只怕也是全球首部小说专著。是书中国久佚，日人长泽规矩于本国意外发现，据说传自朝鲜，1941年影印出版。作者罗烨生平无考，有说宋人，有说元人。日本影印时题"孤本宋椠"，从书中若干字句口吻看，亦可断其年代为南宋终末至元初。

学者普遍看重它对小说的分类。这方面承接《都城纪胜》而有更新，亦为八类："有灵怪、烟粉、传奇、公案，兼朴刀、捍棒、妖术、神仙"①，前四种与《都城纪胜》同，后四种为新说。惟不知是罗烨重予分析界定的结果，抑或数十年来小说又有新动向。"朴刀""捍棒"字眼《都城纪胜》也曾出现，只是未单独划为类别，眼下拈出标识，莫非"武侠小说"脱颖而出，成为这四五十年一大热门？至于"妖术"与"神仙"，特别之处是明显与道教关联，似乎"说经"题材已从先前主述佛事渐渐移诸符箓巫觋之谈。

然而此书还有更高价值。《醉翁谈录》如其书名，一则以"谈"，一则以"录"。"录"即著录，八种分类后面旋举以篇名，使后人一知各类具体有怎样的作品，二可凭借篇名反向理解分类。如《莺莺传》《王魁负心》《卓文君》等在"传奇"之列，《杨令公》《青面兽》等在"朴刀"之列，《花和尚》《武行者》等在"捍棒"之列，《西山聂隐娘》等在"妖术"之列……颇便了解当时小说面貌。反观《都城纪胜》，只有分类未附作品，情形只能揣度。罗烨加以著录的作品多至一百余种，是迄今直接见诸宋人的最全目录。而且搜其篇目以外，按类遴选若干重点作品，不惜篇幅，述其人物和故事梗概。如甲集卷二"私情公案"条下之"张氏夜奔吕星哥"，情节颇具人性光辉，言行尽显宋世风教。经这样保存下来的宋代小说情节梗概，或详或略，计有七八十条，原作俱已湮失，唯此可稍事瞻昉。从中看出宋代小说生活面宽广，角度多样，人情味浓，细腻腴润犹胜欧洲十七、十八世纪小说。这样的"录"，对小说史的研究自是弥足珍贵。

作者于"录"不遗余力，无疑有意而为之。他显已料到己之所阅迟早难存，心所不甘，预为绸缪，俾后人拾一叶、见枯荣。"醉翁"之意其在此乎？进亦形诸所"谈"，申白小说价值，见地直抵数百年后。这部分文字不多，仅甲集卷一《舌耕叙引》"小说引子"与"小说开辟"两篇，约占全书1/18，但特别重要，是理论的构建。初由八行诗句引出：

---

① 罗烨：《醉翁谈录》，载《全宋笔记》第九编八，大象出版社，2018，第197页。

静坐闲听对短檠，曾将往事广搜寻。也题流水高山句，也赋阳春白雪吟。世上是非难入耳，人间名利不关心。编成风月三千卷，散与知音论古今。

强调小说娱乐性和深刻性兼备，貌似鄙俗而骨格清奇，借虚构寓现实，寄兴亡于风月，总之赋予了很高意义。诗前特注"演史讲经并可通用"，亦即八行诗句所咏乃小说共性。嗣后展开论述：

夫小说者，虽为末学，尤务多闻。非庸常浅识之流，有博览该（通"赅"）通之理……烟粉奇传，素蕴胸次之间；风月须知，只在唇吻之上……只凭三寸舌，褒贬是非；略喷万余言，讲论古今。说收拾寻常有百万套，谈话头动辄是数千回。说重门不掩底相思，谈闺阁难藏底密恨。辨草木山川之物类，分州军县镇之程途。讲历代年载废兴，记岁月英雄文武……曰得词，念得诗，说得话，使得砌。言无讹舛，遗高士善口赞扬；事有源流，使才人怡神嗟讶。

视小说无所不包，无所不能，无所不至，既可上天钻地、呼风唤雨，也可入情入理、伺人心腹。末亦有诗，首句：

小说纷纷皆有之，须凭实学是根基。①

十四字而将小说两面性——以虚构伟力形同造物者，而内含缜密逻辑与理性——一举揭示。今人就小说艺术所能谈，不过如此。

虽然"醉翁"为小说价值不获人识大抱不平，此书其实却又是个反证，用它的着力鼓吹，反证小说在宋代深入人心。当时，通俗小说的确展现了奇异的征服力，被征服的不仅有罗烨本人，以及梅尧臣朋友吕缙叔之类高雅人物，甚至皇帝亦未"免俗"。据载，高宗身旁便有一位擅长小说

---

① 罗烨：《醉翁谈录》，载《全宋笔记》第九编八，第195—199页。

的内臣李緷①；李心传曰"睿思殿祇侯李緷者，能讴词，善小说"②，徐梦莘亦谓"纲善小说，上喜听之"③。所不同者，上流社会私有所好，嘴上却回避称扬褒誉，不能如罗烨那般倾心言爱。原因有二，首先话本起于市井，价值与趣味全是市民的，程毅中先生曾言"宋元话本多数代表市民阶层的思想，明代拟话本则更多地渗透了封建文人的意识，显然有所不同"④，确实相比明代，宋代小说有更多市民原生态；其次更在于语言，语言是雅文化命脉，通俗小说甩开文言，援乌七八糟、猥陋俚俗的口语成文，贵人文士羞为同调。其实，白话经小说引入写作后，质地已异，凤凰涅槃。郑振铎先生对此论述极精，他稍稍回顾唐代"敦煌写经"即白话小说之初，"其使用口语的技能，却极为幼稚"的表现，继而写道：

> 但到了宋人的手里，口语文学却得到了一个最高的成就，写出了许多极伟大的不朽的短篇小说。这些"词话"的作者们，其运用"白话文"的手腕，可以说是已到了"火候纯青"的当儿，他们把这种古人极罕措手的白话文，用以描写社会的日常生活，用以叙述骇人听闻的奇闻异事，用以发挥作者自己的感伤与议论；他们把这种新鲜的文章，使用在一个最有希望的方面（小说）去了。他们那样的劲健直捷的描写，圆莹流转的作风，深入浅出的叙状，都可以见出其艺术的成就是很为高明的。⑤

语言惰性是颇难跨越的天堑，文人雅士偏见，直到李贽、金人瑞时代才终于放下，转而承认白话写作同样高妙和富于技巧。

宋代庶民社会缔造的文化新生儿，不只有小说，还有戏剧。中国人精神生活的方面，实际来讲，宋以前尚处既无小说也无戏剧的时代，以后则一变至于被小说戏剧所统治。这是天翻地覆的变化，绝不亚于当代在电脑

---

① 《建炎以来系年要录》作"緷"，《三朝北盟会编》四库写本作"緷"，而上海古籍光绪刻本《三朝北盟会编》作"纲"。
② 李心传：《建炎以来系年要录》，第1715页。
③ 徐梦莘：《三朝北盟会编》，第1084页。
④ 程毅中：《宋元话本》，第28页。
⑤ 郑振铎：《插图本中国文学史》，第554页。

网络时代前后的跨越。小说和戏剧所辟启的精神空间,非"革命"不足形容。一切纵情其间、为所慰藉之人,与不知其滋味者,生命体验不可互语,全然身处两样世界。自彼两物大驾光临,中国断可谓洞天别开。其间小说所致幻变,因有文本可共,至今尚不难以体会。戏剧却因时空相隔,古人所受风魔与激荡,不免漫漶模糊。好在明代留有生动故事,可借以一窥"戏剧后中国"的情形。

在明代,生活离开戏剧已不可想象。二者水乳交融,致衍奇闻无数。李自成入北京,百官惧冠带惹祸尽予弃毁,几天后命投职名相见,须着官服,大家竟不约而同用戏服代替。弘光间,阮大铖"誓师江上,衣素蟒,围碧玉,见者叱为梨园装束"。钱谦益相好柳如是,也曾"冠插雉羽,戎服骑入国门,如《明妃出塞》状"。[1]《桃花扇》写朱由崧,短暂帝君生涯大半用于看戏,"圣驾将到,选定脚色,就要串戏"[2],盖实录也。野史中,南京城破前一日,他在宫中闷闷不乐,太监问何故,答"梨园殊少佳者"[3],遂传旨梨园入大内演戏,从午后演到凌晨,城外告急,拒不视朝,"以串戏无暇也"[4],如此过足最后一把戏瘾,跨马离宫,无憾告别皇帝角色。

人生以痴戏而颠倒,是典型的宋后景象,之前无从寻觅。

言于是,不得不说中国戏剧确实独落人后。我们无论诗、文、画、乐、舞与小说,起点都不晚,间或早熟领先,唯戏剧生长略显迟俄。亚里士多德谈其精辟理论后千年,中国戏剧始正式有史。虽然"倡""优"字眼先秦已见,前二至前一世纪东方朔曾因"应谐似优""诙谐倡优"知名,却都不足证戏剧有形。乃至唐代"参军戏"仍以参军、苍鹘二角插科打诨,犹非严格代言体;梨园拜玄宗为始祖,所制仅霓裳羽衣之舞。货真价实的戏剧难产如斯,却于宋代"忽如一夜春风来,千树万树梨花开",令人莫衷一是。有从中国文化内部溯其源者,也有归之于外来输入及影响者。郑振铎先生力主"输入说",断言"完全是由印度输入的","印度的

---

[1] 夏完淳:《续幸存录》,载留云居士辑《明季稗史初编》,上海书店,1988,第326页。
[2] 孔尚任:《桃花扇》,人民文学出版社,1982,第161页。
[3] 抱阳生:《甲申朝事小记》,书目文献出版社,1987,第367页。
[4] 计六奇:《明季南略》,中华书局,2008,第211页。

戏曲及其演剧的技术……输入中国，是没有什么可以置疑的地方"。① 而在笔者看来，却应话分两头。一头是各种由来和条件酝酿到位，包括本国乐舞词曲演进渐可支撑戏剧肇兴，也包括印度与其他外来因素启迪与推动。另一头则"万事虽备，犹待东风"，这东风归根结底是社会土壤能够适合戏剧生长。前讲古希腊罗马"公民社会"尚非庶民时代，却不可否认其文化确含公共集体属性，彼之戏剧一时昌盛以此为根。广而言之，这是华欧文化的根本差异。例如，西乐注重和声和弦、讲求声部的配比对位，就不止是音乐形式和技术体现，亦文化思维使然；反观中国，无论器乐声乐，皆独奏独讴为佳，合之则"呕哑嘲哳难为听"，原因即中国音乐本质上植根于个人个体，原未就协调配伍有何设定考量。此乃群愿文化非中国所长的直观例证，我们戏剧晚熟的命门也在于此。而随宋代市井兴旺、市人阶级崛起，命门终被打破。群愿文化喷薄而出，大众趣味与需求强劲现身，天然具有公众属性的戏剧遂尔忽兴。此脉络颇明，"完全是由印度输入"之说未免见木不见林，对主因有所失察。

城市催生市人社会，而市人亲手缔造哺育中国戏剧，是无可动摇的事实。但这草创期承继关系如何，尚待梳理。内中元杂剧乃灭金后承自金人，是没有疑问的。郑振铎说："杂剧的出现，最早不能过于金末（约在公元一二三四年之前）。又初期的杂剧作家，其地域不出大都及其左近各地。那末，杂剧是金末产生于燕京的，当不会很错。"② 这是就杂剧形态较成熟完整而言，故将时代断在金末。其次，由于郑先生强调元金间继承，以元杂剧作家集中出现在大都一带来证明金杂剧的母体意义，从而推导出"杂剧是金末产生于燕京"，无形中给人当时戏剧中心是金地、金代的印象。另如顾肇仓先生主张"金代也有杂剧，与宋代相同"③，率谓宋金平行、不分主次，此观点为较多学者所持有。总之，此时中国戏剧源流关系颇含糊，虽有间接证据说明宋人在戏剧发展时序上处于前端，如"杂剧"名称首现北宋文献，以及王国维先生注意到的"《董西厢》多用宋人词

---

① 郑振铎：《插图本中国文学史》，第 567—568 页。
② 同上书，第 635—636 页。
③ 顾肇仓：《元代杂剧》，作家出版社，1962，第 2 页。

调"① 等,然而金人戏曲根本从宋地引入和移植的铁证并不明确。就笔者言,直至从程毅中先生书中见到"1126年靖康之乱,金兵占领了东京之后,曾向宋朝勒索诸色艺人共一百五十余家"② 一语,进而征诸《三朝北盟会编》与《瓮中人语》,这才坚定了金人戏曲乃灭宋时从汴京掠夺而来的认识。

两书记述十分具体,情节亦较程先生所言更甚。时间为靖康二年(1127)正月二十五日至二月二日。近十天内,金人集中从宫廷和民间索要和搜捕汴梁艺人:

二十五日,索得"杂剧说话弄影戏小说嘌唱弄傀儡打筋头弹筝琵琶吹笙等艺人一百五十余家";同时鉴于钦宗即位以来"权贵家舞伎内人""皆散出民间",而责成开封府尹"勒牙婆媒人"从民间"追寻之"。③

二十六日,索得"教坊乐工四百人",并据已得线索令开封府尹"悉捕倡优",所获"莫知其数"。④

二十七日,索得"大晟乐工三十六人"。⑤

二十九日,押"百伎工艺等千余人赴军中"。⑦

三十日,又取"诸般百戏一百人,教坊四百人""帘前小唱二十人,杂戏一百五十人,舞旋弟子五十人"。⑧

二日,"再要内夫人杂工伎伶人内官等并家属"。⑨

经梳箆式反复搜刮,汴梁演艺界几无得脱,岂止"一百五十余家"而一概掳送北地。金国以其历史之轻浅,短时期杂剧忽至鼎盛,得诸掠宋无

---

① 王国维:《曲录》卷一,载《王国维全集》第2卷,浙江教育出版社,2009,第67页。
② 程毅中:《宋元话本》,第17页。
③ 徐梦莘:《三朝北盟会编》,第583页。
④ 同上书,第584页。
⑤⑦ 同上书,第586页。
⑧ 同上书,第587页。
⑨ 徐梦莘:《三朝北盟会编》,第587页。

疑矣。

至是中国戏剧起承之序已然清晰：宋为端启，金接其绪，再传至于元。当然，金人功绩并不因而抹煞，彼处戏剧起初虽以掠宋有之，过后发展却是独立的成就，郑振铎先生所强调的燕京乃元杂剧母体的意义，仍然成立。

还有一关键处，尤须点到——以北宋灭亡为界，中国戏剧出现南北分野。在北自金杂剧演于元杂剧；在南则"杂剧"名称渐失，转与南方地理文化结合，变为"传奇"或"戏文"。后者又称"南戏"。早先因文献不足，多"认为宋元只有北杂剧，元明间才有南曲，而南曲是从北曲中变化出来的"①。现知完全错误。南戏为南宋旧物已然确定无疑，证据即中国现存最古的剧作《张协状元》。

民国九年叶恭绰游欧，于伦敦某古玩铺惊见《永乐大典》卷一万三千九百九十一，内有戏文三种即《张协状元》《宦门子弟错立身》《小孙屠》，亟购之归，先有传抄，十年后以题《永乐大典戏文三种》排印成书，学界称快。经众多学者研究，断《张协状元》出宋人之手，另两种为元作。

南宋戏剧从"杂剧"向"传奇"转变，中心在温州。南渡以来，浙闽粤沿海步入黄金时代，商贸因"海丝"高度繁荣，形成广州、泉州、温州等大都会。其中创立于温州的职业编演团体"九山书会"，"在继承宋杂剧表演技艺的基础上，终于使我国长期存在的泛戏剧（或初级戏剧）形态而蜕变、建构为成熟的戏剧样式"②。

胡雪冈先生考证"九山书会"曾做出四大贡献。一为"角色体制的建立"，"生、旦、净、丑、末（副末）、贴、外等七色俱全"，是即所谓"行当"，金元杂剧均不及南戏齐备。二为"曲牌体的诞生"，直到清中期皮黄京剧板式体出现，曲牌都是戏曲基本音乐样式，例如至今舞台仍有演出的昆曲。三为"温州腔的形成"，"唱"乃戏曲灵魂，"腔"则是唱的灵魂，以"腔"融合方言小调从而获得风格、韵味与魅力，这缘"腔"而立形态即由南戏确定。四为"唱、念、做、舞的综合"，西洋或话剧或歌剧

---

① 钱南扬：《宋元戏文辑佚》前言，上海古典文学出版社，1956，第2页。
② 胡雪冈：《张协状元校释》前言，第1页。

或舞剧分取不同样态,戏曲却将各手段熔在一炉而为综合艺术体系,此亦经南戏定型。① 以上四贡献,几涵盖中国戏曲所有。讨论"唱、念、做、舞的综合"时,胡先生曾分析一场景,"四十出张协离开京都'走马上任',通过'合唱''不觉过了一里又一里',走了四个圆场,便从京都到了五鸡山,而时间则由白天转入'夜月辉辉'的夜晚",指其已建"戏曲虚拟表演的艺术特色"。②

就此,戏曲史瞩目金元轻南宋的倾向宜有改变。虽然关、白、马、郑的成就足以景仰,但世事沧桑的影响不容小觑,燕京—大都这条线索,以王朝变更之故成为主线,而"九山书会"之类则随赵氏崖山蹈海渐灭没闻,钟嗣成《录鬼簿》以来,戏苑赫赫"名公"悉数隶籍北地,南部作者纷纷沦为"无名"之氏,以致作品埋没无闻,须数百年后在远隔重洋的某个角落再见天日。这是典型的文化兴衰为历史所主导的现象。然当重获发现时,人们却讶于"事实"与"所知"完全不同。中国戏曲奠基者绝非金元,而是宋朝以一己之力为它铺设完整框架。其间,北宋于其勾栏瓦肆,融合乐舞与曲艺,展开向代言体过渡的"泛戏剧"实验,是为北宋"杂剧";南宋则在此基础上,于世界最大商都之一温州,完成和实现从"泛戏剧"向成熟戏剧样式的蜕变,是为"南戏"或"传奇"。

多年前,我还醉心古典戏曲研问时,曾注意过"案头"之于"当行""本色",向为戏曲论争焦点;进知戏曲作为庶民产物,创造动力来于此,从而始终以表演或舞台实践为轴心。此点自《张协状元》而梅兰芳从未改变,"文学"实居其末,虽然酸儒动曰词为诗余、曲是词余,戏曲真正进化却都在舞台草根实践者的才慧及努力。欲握戏曲发展规律,于此不容有失。"九山书会"可谓最好的证明,这由实践前沿无名艺术家组成的团体,各项创新变革都对戏曲体系定型至关重要。另从《张协状元》开场白"这番书会,要夺魁名,占断东瓯盛事"看,温州此类组织众多且彼此有竞赛,不但可以想见温州戏剧氛围浓厚,更可想见竞争中舞台尝试与突破不断。《录鬼簿》入传以"作者"为中心,取"有所编传奇行于世者"③;当

---

① 胡雪冈:《张协状元校释》前言,第2—3页。
② 胡雪冈:《张协状元校释》前言,第3页。
③ 钟嗣成:《录鬼簿》,载中国戏曲研究院编《中国古典戏曲论著集成·第二集》,中国戏曲出版社,1959,第104页。

然，中外戏剧史编写也普遍如此，俱以"作者"为中心。但我们勿忘中国戏曲非常特殊，"剧本剧本，一剧之本"，独于戏曲为不然，表演或舞台实践才是戏曲真正之"本"。戏曲自创生即非文人产物，而为庶民撒欢擅胜之场。宋代的演进，从头到尾呈现了这一点。

(《钟山》2022年第2期)

神交的境界

——鲁迅与陈独秀

阎晶明[1]

记得大约是四年前，好友郜元宝教授为我的小书《鲁迅还在》写了一篇热情而专业的评介文章，我从中学到了一个词：翻转。的确，新时期四十多年来，鲁迅研究的风潮几经翻转，本身就构成了一个研究话题。其中最大的一次翻转，自然是经历了较长时期"神话鲁迅"的推波助澜之后，鲁迅形象逐渐向人间回归，"人间鲁迅"成为从专业研究到大众阅读的普遍诉求。这是一次自觉而公认的翻转，从研究者的观念到态度，从研究鲁迅思想到解读鲁迅作品，这种翻转的整体性是新时期鲁迅研究最基本、最重要的看点。其实郜元宝的文章已经指出了这一翻转过程中出现的种种现象。我现在不妨沿着这一思路谈一点看法，当然只是个人之思了。简单而直接地说，在"人间鲁迅"正在替代"神话鲁迅"而成为鲁迅形象的主流认知过程中，关于鲁迅以及鲁迅研究又势必出现另外一种情形，即鲁迅形象的过分世俗化甚至庸俗化倾向，鲁迅生平的另一面，即与政治人物的交往及其中的故事，其中必然含有的意义和价值，有意无意被淡化了。时至今日，无论从鲁迅生平还是思想研究的角度，重新梳理、描述、研究鲁迅人生中的这些经历，似是必须。

时至 2021 年，一部名为《觉醒年代》的电视剧引发无尽的话题。而鲁迅形象的出现，鲁迅与当时一批风云人物的往来，成为诸多话题中的热

---

[1] 阎晶明，中国作家协会副主席，曾兼任中国鲁迅研究会副会长。主要从事中国现当代文学评论与研究。鲁迅研究方面的著作有《鲁迅还在》《鲁迅与陈西滢》《须仰视才见——从鲁迅到五四》《箭正离弦——〈野草〉全景观》《这样的鲁迅》等，编选出版《鲁迅箴言新编》《鲁迅演讲集》。

点之一。以鲁迅在剧中并不多的戏份却引出众多讨论和热议，可见鲁迅在当代社会的"民意基础"非常厚实。探讨鲁迅与中国共产党人的关系，于是成为我想试着一做的课题。开掘进去发现，内里的世界十分广大，其中的种种关联极其复杂，亲历者的回忆时有抵牾，后来者的解读多有歧义。我的学术准备非常不足，但深感这是一个仍然需要深入发掘的世界。我有意从中选择有代表性的案例，看看从中可以打开怎样的观景。

首先想要述说的，是鲁迅与陈独秀。

一、相遇相识的从无到有

鲁迅与陈独秀，这是一个初看似乎轻松，实则十分艰难的话题。在通常的认识中，鲁迅的主要角色是文学家，陈独秀则是政治上的风云人物。他们在五四新文化运动中相遇，在后世人的印象中，基本处于双峰并峙的地位。有时候，我自己的阅读经验也会出现这种"自动分类"又难以周圆的差异。比如对于五四新文化运动，研究文学的人把鲁迅视作五四新文化运动的主将，是第一人，是最高峰。研究历史和政治的人们，谈及最多的五四人物，可以说首推陈独秀。那他们二人在当时究竟各自发挥着怎样的作用，二人关系究竟如何，后世评价应如何掌握分寸以尽可能不失公允，这些话题是极为复杂而纠缠的。

谈"五四"，最离不开《新青年》，陈独秀是《新青年》的创办者，陈独秀的足迹所至，基本上就是《新青年》的办刊地。而鲁迅走上文学道路的起点，正是《新青年》。他们二人哪一个对五四新文学甚至五四新文化的贡献最大暂且不谈，且来看一下二人在现实当中的交往吧。从事实出发，或从事实的有无出发。

鲁迅与陈独秀在现实中有过交往吗？这个看似不成问题的问题，其实也是可以讨论的。

创办于1915年的《新青年》，最初叫《青年杂志》。从第二卷起改名《新青年》。1917年，随着陈独秀应蔡元培之邀从上海北上，任北京大学文科学长，《新青年》的办刊地点也迁到了北京。所有这些事，对于当时还在教育部上班，回到住处就在夜灯下"抄古碑"打发时光的鲁迅来说，并无直接关系。然而正是这一变故，为鲁迅在文学上的爆发埋下了伏笔。陈独秀当年到北大任职,既无头衔、又无教学经历,还要带《新青年》同来,却"拗不过"蔡元培的力邀,于是答应"试干三个月",胜任则继续,不胜任就回沪办刊。而这一切就发生在蔡元培任北大校长仅仅十天之后。从那之后,李大钊、胡适、钱玄同、刘半农、周作人——这一个个响亮的名字或"转正"、或"升职"、或"加盟",出现在蔡元培的"团队"名单中。因为鲁迅是教育部的公务员,按照规定不可以到大学任教,虽然周作人是经他推荐进入北大的,自己却直到1920年才获得兼职机会。周作人是鲁迅之弟,钱玄同是陈独秀的得力助手,于是周、钱二人就成了陈独秀与鲁迅之间的牵线人。

有谁能想到,《新青年》这份陈独秀的"私家"刊物,本来是吸引人才的附加条件,却未料到反倒成了一批知识分子、文化名人的聚集之地。对社会公众来说,与其说这些人都是北大的,不如说他们都是《新青年》的。这不,热心的编辑钱玄同就上门来找鲁迅了。

据说那时节钱玄同总往绍兴会馆跑,目的就是向鲁迅约稿。比如1917年8月9日这天,鲁迅日记记述北京城"大热",而"下午钱中季(即钱玄同——本文注)来谈,至夜分去"。这个月的27日,又有"晚钱中季来。夜大风雨"。9月份虽然不见钱玄同到访,但28日和29日却记有二人书信往来。到了10月8日、13日晚上,又有"钱玄同来"。到了年末的12月23日,那一天是个星期日,鲁迅同二弟周作人到"留黎厂"(今通作琉璃厂)买了一堆古碑拓片及墓志铭等等,又去喝茶吃饭,且买了自己喜欢的甜点"饼饵少许而归"。日暮之后,又有"晚钱玄同来谈"。"来谈",就很正式了吧。我猜想说不定,这就是认真来谈稿的那一次。一直到1918年2月9日、23日,3月2日,均有钱玄同来访的记录。直到4月5日,"晚钱玄同、刘半农来"。钱、刘二人同来甚为隆重,这一次应该是来取稿的,因为此后一直到作品发表,鲁迅日记里,并不见有寄稿或信给钱玄同的记录。从上一年夏夜开始的频繁而"来",到年末的"来谈",再到年后的来催,及至4月5日携刘半农来取,钱玄同可谓是现代以来最好的、值得今天的同行业者学习的优秀编辑。当然,无疑是陈独秀的好帮手、好助理。钱玄同后来回忆说:"我十分赞同(陈)仲甫所办的《新青年》杂志,愿意给它当一名摇旗呐喊的小卒,我以为周氏兄弟的思想是海内数一数二的,所以竭力怂恿他们给《新青年》写文章。七年一月起,就有启明的文章。"

钱玄同是十次左右的到访中哪一次将鲁迅说动，从而得到撰稿承诺的，很难考证出来。但我们都知道一个著名的故事，那就是鲁迅与钱玄同的"会馆对话"。钱玄同质疑鲁迅坐在一间黑屋子里抄古碑有什么用，鲁迅则回应他并没有什么用，于是就得到对方的要求和鼓励，为《新青年》写文章。这一要求显然与鲁迅正在思考的重大命题产生了化学反应，也反映了鲁迅在个人抉择上正在进行的苦苦思索。他的难处是：

> 假如一间铁屋子，是绝无窗户而万难破毁的，里面有许多熟睡的人们，不久都要闷死了，然而是从昏睡入死灭，并不感到就死的悲哀。现在你大嚷起来，惊起了较为清醒的几个人，使这不幸的少数者来受无可挽救的临终的苦楚，你倒以为对得起他们么？

钱玄同的回答是："然而几个人既然起来，你不能说决没有毁坏这铁屋的希望。"

钱玄同的答案鲁迅不是没有思考过，他的难点是不知道哪一个的"效果"更好。这番对话让鲁迅下定了两难中的抉择："我虽然自有我的确信，然而说到希望，却是不能抹杀的，因为希望是在于将来，决不能以我之必无的证明，来折服了他之所谓可有，于是我终于答应他也做文章了，这便是最初的一篇《狂人日记》。从此以后，便一发而不可收，每写些小说模样的文章，以敷衍朋友们的嘱托，积久就有了十余篇。"（《呐喊·自序》）

1918年5月，《新青年》第四卷第五号发表了鲁迅的第一篇白话文小说《狂人日记》，这是以小说之名开创中国新文学的里程碑作品。它是鲁迅的，更是中国的。《狂人日记》的意义和价值经过同时代和后世的众多诠释和推衍而不断放大。多重意义自然不是一下子就能说清楚，也不是本文的意图，但我们可以这样认为，第四卷第五号之前的《新青年》，对于新文学革命极尽呐喊和倡导之力，不过多是理论阐述和个人主张的表达，如陈独秀已经发表了《文学革命论》，但真正用作品说话的还很少。新诗是急先锋，而那个时期的新诗重在打破旧体诗的格式，主题立意上还未达到全新的地步。与《狂人日记》同期发表的，有胡适的《论短篇小说》，这种论，在今天看来革命性似乎并不够，多是以短篇、生活"横截面"来谈艺术上的特点。同期也发表了鲁迅以"唐俟"笔名写下的三首新诗《梦》《爱之神》《桃花》，其价值也同胡适的《尝试集》大体相同，重在破坏一下旧体诗的格调，刺激一下"诗坛寂寞"的状况，属于"打打边鼓，凑些热闹"的行为。《狂人日记》以思想上的批判性和战斗性，艺术上的创造性和现代性，开启了中国新文学的真正序幕，成为现代文学的第一次"实绩"证明。这一意义对鲁迅和《新青年》同等重要。

《狂人日记》的发表也成了陈独秀和鲁迅交往的真正开端。从那以后，鲁迅成为《新青年》的重要作者。此后三年多的时间里，鲁迅在《新青年》上共发表作品54篇，其中小说5篇，新诗6首，杂文及随感录29篇，译文等其他文章14篇。《狂人日记》之后的4篇小说，分别是1919年4月第六卷第四号的《孔乙己》，5月第五号的《药》，1920年9月第八卷第一号的《风波》，以及1921年5月第九卷第一号的《故乡》。可以说，鲁迅的前三篇小说《狂人日记》《孔乙己》《药》是陈独秀与鲁迅同城工作生活期间发表的作品，待到《风波》和《故乡》发表时，陈独秀已经南下，《新青年》的编辑、出版和发行都进入了不确定时期。

发表《狂人日记》后，鲁迅打开了发表文学作品的通道，激发起了更高的创作热情。事实上，《狂人日记》更符合《新青年》的革命性要求，《孔乙己》和《药》在主题表达上的深邃、多重和曲折，可能还不是立刻就能被纳入文学革命的阵容中。鲁迅对"国民性"的思考，在同时代的革命者中也有个接受的过程。但鲁迅同时在《新青年》上发表了多篇随感录，这些随感录则是直接和强烈呼应着新文化运动的潮流，与同时期发表随感录的其他人物如陈独秀、钱玄同、刘半农、周作人等步调一致。有些我们熟知的鲁迅文章，如《我之节烈观》《我们现在怎样做父亲》等，就发表在《新青年》上。可以说，鲁迅在随感录上表现出的是一种革命性的自觉，而在小说创作上，则既是"听将令"的"遵命文学"，同时也十分自觉地保持着对思想性和艺术性的自主要求。

无论如何，陈独秀这位"五四新文化运动的总司令"，鲁迅这位"五四新文化运动的主将"，就这样因文学或文章而结缘。很难想象，如果当初没有蔡元培答应陈独秀带着《新青年》北上这个条件，没有钱玄同这位好编辑"十顾"绍兴会馆这种执着，鲁迅的文学道路会是怎样一种情形；

也很难想象，没有鲁迅成为主要作者之一的《新青年》，在当时的影响和后来的评价会是什么样的位置。

二、见面的有无：总需"中转"的交往

应该说，钱玄同是受陈独秀的委派去向鲁迅约稿的。陈独秀对鲁迅写作才华的信任究竟从何而来？要知道，《狂人日记》之前的鲁迅，主要还是教育部的普通公务员，并没有什么作品发表。这应当归功于周作人这位亲兄弟和钱玄同这位老朋友。周作人是鲁迅举荐到北大任教的，周作人自然知道鲁迅才华和学识的段位。现在要讨论的是，陈独秀作为主编，似乎从来没有直接、亲自向鲁迅约过稿。开始时肯定是因为自己并不认识鲁迅，通过周作人又太方便、无障碍，钱玄同又极热情，并用不着自己出面。其次的原因应该是，陈独秀其时忙得不可开交。既是北大的文科学长，执掌半壁江山，又要投入杂志的编辑，还要亲自上手写头条文章，更要参与许多社会活动，从事政治活动。约稿这种事完全可以依靠友朋进行。

1920年3月11日陈独秀致信周作人时说："我们很盼望豫才先生为《新青年》创作小说，请先生告诉他。"1920年9月28日，陈独秀在致周作人的信中又写道："你尚有一篇小说在这里，大概另外没有文章了，不晓得豫才兄怎么样？随感录本是一个很有生气的东西，现在为我一个人独占了，不好不好，我希望你和豫才玄同二位有功夫都写点来。豫才兄做的小说实在有集拢来重印的价值，请你问他倘若以为然，可就《新潮》《新青年》剪下自加订正，寄来付印。"

1921年2月15日，陈独秀致信鲁迅、周作人。全信内容为：

豫才、启明二先生：

《新青年》风波想必先生已经知道了，此时除移粤出版无他法，北京同人料无人肯做文章了，唯有求助于你两位，如何。乞赐复。

弟　独秀
2月15日

这里所说的"《新青年》风波",是指1921年2月,《新青年》第八卷第六号付排时,被上海法租界巡捕房查封一事。由此可以见出,从现存的史料中,还看不到一封由陈独秀专门写给鲁迅的信。陈独秀对鲁迅文学才华和小说的激赏与赞叹,都是请周作人转达的。只有上面这一封信是陈独秀写给鲁迅、周作人二人的,目的是约稿。因为《新青年》随陈独秀南迁,北京方面的作者渐少,陈独秀自然十分急迫。思来想去,最希望得到周氏兄弟的帮助而且定是有效帮助了。

书信往来是如此,现实中见面的机会似无记录可查。1919年3月26日晚上,蔡元培迫于压力,同汤尔和、沈尹默、马叙伦一起,在汤尔和住处讨论陈独秀问题。因为其时陈独秀受到谣言攻击,面临政治和私德双重指责,虽然当初汤、沈二人是陈独秀进入北大的主荐者,现今又成为力主开除陈独秀的主推手。陈独秀就此离开北大,并于1920年1月去到上海。鲁迅是1920年8月才到北大兼职讲师,讲授《中国小说史略》。所以理论上二人没有直接机会在北大见面。

最大的可能是在《新青年》编辑部。鲁迅在《〈守常全集〉题记》一文中有这样的回忆:"我最初看见守常先生的时候,是在独秀先生邀去商量怎样进行《新青年》的集会上,这样就算认识了。"既然是陈独秀力邀,那他们之间的见面是理所当然了。不过苛刻一点讲,此处强调的毕竟是借此认识了李大钊。如果陈独秀召集了会议但因故没有出席呢?当然鲁迅写到参加《新青年》活动的并非只此一处。《忆刘半农君》一文曾说道:"《新青年》每出一期,就开一次编辑会,商定下一期的稿件。其时最惹我注意的是陈独秀和胡适之。""最惹我注意",那就是与陈独秀见面的最高证据了。不过,对此鲁迅的二弟周作人是不大认同的。周作人在致曹聚仁的信中,"曾纠正了鲁迅的回忆,以为有'小说'笔法。他一再强调,兄弟二人在《新青年》杂志属'客师'地位,并未参加具体的会议"(转引自孙郁《鲁迅与陈独秀》第8页)。孙郁也显然更采信此说,认为"没有什么资料能看到鲁迅与陈独秀见面的地点和场景"(《鲁迅与陈独秀》第1页)。

的确,遍查鲁迅日记,没有一条记录陈独秀到访。我们知道,上海时期的鲁迅,即使在家中见过了共产党人,为了双方的安全,他并不记在日记里。但在北京的五四时期,不应有这样的顾虑。鲁迅还曾说过:"曾经有一位青年,想以独秀办《新青年》,而我在那里做过文章这一件事,来证成我是共产党。但即被别一位青年推翻了,他知道那时连独秀也还未讲共产。"(《答有恒先生》)由此可见,日记里没有故意不记的理由。

陈独秀和鲁迅都没有单独到对方住处访问过,但他们在会议或活动的场合见面应是情理之中的事。因为鲁迅显然对陈独秀的性格有文章之外的判断。这种判断或许让鲁迅觉得,自己和陈独秀不大可能成为密切往来的知己,相互之间也并不主动热络。

鲁迅与陈独秀在书信上的往来有迹可循,都是发生在陈独秀已离开北京之后。而且奇怪的是,至今仍然只有书信往来记录,而不见有信函。孙郁说:"我们至今看不到一封鲁迅致陈独秀的信,也看不到陈氏给鲁迅的手札。"(《鲁迅与陈独秀》第9页)鲁迅日记里,1920年8月7日,"上午寄陈仲甫说一篇"。这一"说",就是小说《风波》。11月9日,又"寄仲甫说一篇"。这一"说"则是鲁迅翻译的俄国阿尔志跋绥夫的小说《幸福》。1921年5月至9月,鲁迅日记里至少有6次和陈独秀的书信往来记录。鲁迅书信里谈及陈独秀的也有多次。有关于《新青年》出刊事务的,也有关于稿件往来的。其中1921年8月26日致周作人信中写道:"《新》九之二已出,今附上,无甚可观,惟独秀随感究竟爽快耳。"这里的《新》指《新青年》,可见鲁迅对陈独秀文章的"爽快"之风还是十分认可的。

鲁迅的多篇杂文甚至小说《阿Q正传》里也曾有陈独秀的名字出现。除上述提及的文章之外,《我之节烈观》《答有恒先生》《伪自由书后记》《题未定草》也都谈到了陈独秀。鲁迅对陈独秀为中国新文学所做的贡献给予充分肯定,认为:"中国文坛,本无新旧之分,但到了五四运动那年,陈独秀在《新青年》上一声号炮,别树一帜,提倡文学革命,胡适之钱玄同刘半农等,在后摇旗呐喊。"(《伪自由书后记》)

除了肯定陈独秀的文风和倡导文学革命的功绩,鲁迅还特别感念陈独秀对自己小说创作的催促,《我怎么做起小说来》中曾写道:"但是《新青年》的编辑者,却一回一回的来催,催几回,我就做一篇,这里我必得记念陈独秀先生,他是催促我做小说最着力的一个。"联想到钱玄同受陈独秀之委派和信任去说服鲁迅参与到新文学队伍,通过周作人表达对鲁迅小说的钦佩并希望为其出版小说集的热诚,陈独秀与鲁迅之间的英雄相惜,实为五四新文学的一段佳话。

这正是神交的力量所在。前面分析那么多二人见面几率之大小，其实正是想说明一个道理，鲁迅与陈独秀这样同一时代的风云人物，他们之间的关联，并不以现实层面的交往多少为主要依据。思想上的趋同，观念上的一致，精神上的相互信任，才是他们保持往来的最重要依据。无论见面多少，鲁迅对于陈独秀的性格应当是自信有确知的。以"爽快"来评价其为文，其实也是一种文如其人的评价。在《忆刘半农君》一文中，鲁迅有过一段著名的论断，那是对五四新文学阵营中的三位先锋人物的比较式评价，既形象又精准，令人感叹鲁迅知人论世的超凡水准。"假如将韬略比作一间仓库罢，独秀先生的是外面竖一面大旗，大书道：'内皆武器，来者小心！'但那门却开着的，里面有几枝枪，几把刀，一目了然，用不着提防。适之先生的是紧紧的关着门，门上粘一条小纸条道：'内无武器，请勿疑虑。'这自然可以是真的，但有些人——至少是我这样的人——有时总不免要侧着头想一想。半农却是令人不觉其有'武库'的一个人，所以我佩服陈胡，却亲近半农。"不是深知，难以如此精准描摹。而陈独秀在离开北京到上海再到广州之后，为了求得北京各位的写稿支持，颇费了一番辛苦，甚至到了求情的地步。其中，在他看来，即使北京诸位同道只剩下两个供稿人了，也应当是、一定是周氏兄弟。"北京同人料无人肯做文章了，唯有求助于你两位。"令人唏嘘其惨淡的同时，也有着令人动容的信任在其中。

三、误会的有无：隔空"对话"激发的议论

自1920年1月离开北京，陈独秀与鲁迅通过直接的、间接的书信保持着交往。但无论是陈独秀在狱中及出狱后，还是鲁迅在病中及逝世后，关于二人之间的恩怨议论从来就没有停止过。有说鲁迅在北师大演讲时说过陈独秀早已离开革命阵营，有说陈独秀在狱中对自己的下属试图争取得到鲁迅支持大为光火。其中的纠缠十分复杂，真假难辨，故事的背景深不可测。有兴趣的读者可以通过唐宝林《陈独秀全传》、孙郁《鲁迅与陈独秀》、丁晓平编选《陈独秀印象》等著作，以及彭劲秀《陈独秀与鲁迅》等文章加以了解。

这里，仅打开其中一点有文字依凭的争议来看看，鲁迅、陈独秀究竟

有无实质性的误会。与陈独秀同为托派并同在狱中的濮清泉，曾在长文《我所知道的陈独秀》中就陈独秀的"鲁迅观"说道：

> 谈到鲁迅，陈独秀说，首先必须承认，他在中国现代作家中，是首屈一指的人物。他的中短篇小说，无论在内容、形式、结构、表达各方面，都超上乘，比其他作家要深刻得多，因而也沉重得多。不过，就我浅薄的看法，比起世界第一流作家和中国古典作家来，似觉还有一段距离。《新青年》上，他是一名战将，但不是主将，我们欢迎他写稿，也欢迎他的二弟周建人写稿，历史事实，就是如此。现在有人说他是《新青年》的主将，其余的人，似乎是喽罗，渺不足道。言论自由，我极端赞成，不过对一个人的过誉或过毁，都不是忠于历史的态度。
>
> 我问陈独秀，是不是因为鲁迅骂你是焦大，因此你就贬低他呢？（陈入狱后，鲁迅曾以何干之的笔名在《申报·自由谈》上，骂陈是《红楼梦》中的焦大，焦大因骂了主子王熙凤，落得吃马屎。）他说，我决不是这样小气的人，他若骂得对，那是应该的，若骂得不对，只好任他去骂，我一生挨人骂者多矣，我从没有计较过。我决不会反骂他是妙玉，鲁迅自己也说，谩骂决不是战斗，我很钦佩他这句话，毁誉一个人，不是当代就能作出定论的，要看天下后世评论如何，还要看大众的看法如何。总之，我对鲁迅是相当钦佩的，我认他为畏友，他的文字之锋利、深刻，我是自愧不及的。人们说他的短文似匕首，我说他的文章胜大刀。他晚年放弃文学，从事政论，不能说不是一个损失，我是期待他有伟大作品问世的，我希望我这个期待不会落空。

濮清泉说鲁迅曾以何干之的笔名在《申报·自由谈》上骂陈独秀是《红楼梦》中的焦大，其实，鲁迅这篇题为"言论自由的界限"的杂文并没有涉及陈独秀一个字，而是指新月社的人。

1937年8月陈独秀出狱，其时，鲁迅逝世已近一年。陈独秀以《我对于鲁迅之认识》表达了自己真实的鲁迅观。文章不长，不妨全文照录：

我对于鲁迅之认识

陈独秀

世之毁誉过当者，莫如对于鲁迅先生。

鲁迅先生和他的弟弟启明先生，都是《新青年》作者之一人，虽然不是最主要的作者，发表的文字也很不少，尤其是启明先生；然而他们两位，都有他们自己独立的思想，不是因为附和《新青年》作者中那一个人而参加的，所以他们的作品在《新青年》中特别有价值，这是我个人的私见。

鲁迅先生的短篇幽默文章，在中国有空前的天才，思想也是前进的。在民国十六七年，他还没有接近政党以前，党中一班无知妄人，把他骂得一文不值，那时我曾为他大抱不平。后来他接近了政党，同是那一班无知妄人，忽然把他抬到三十三天以上，仿佛鲁迅先生从前是个狗，后来是个神。我却以为真实的鲁迅并不是神，也不是狗，而是个人，有文学天才的人。

最后，有几个诚实的人，告诉我一点关于鲁迅先生大约可信的消息：鲁迅对于他所接近的政党之联合战线政策，并不根本反对，他所反对的乃是对于土豪劣绅、政客、奸商都一概联合，以此怀恨而终。在现时全国军人血战中，竟有了上海的商人接济敌人以食粮和秘密推销大批日货来认购救国公债的怪现象，由此看来，鲁迅先生的意见，未必全无理由吧！在这一点，这位老文学家终于还保持着一点独立思想的精神，不肯轻于随声附和，是值得我们钦佩的。

（原载1937年11月21日《宇宙风》散文十日刊第49期）

通篇不见一字有对鲁迅的不满。相反，即使早已天人相隔，物是人非，却充满了真挚的理解。而在鲁迅这一面呢，无论陈独秀离开北京后从事了多么轰轰烈烈的大事业，也无论他几次身陷牢狱之中，鲁迅从来不改自己从前的淡然，此后一样从容的态度。每每提及，总是感念其当初催稿之情，佩服其坦荡为人的作风。对于那些曾经引发一些人议论的误会，并无充分的、坐实的证据。唐宝林认为，以陈独秀对鲁迅的一贯态度，陈独秀在狱中也不可能对鲁迅发表微词。因为有陈独秀出狱后的文章在，这种判断应该更接近于事实。他们同在北京时已知的交往并不密切，陈独秀南下后更是音讯稀少，但相互间的信任，君子之交淡如水的友情状态，似乎从未改变。甚至还有佳话，说鲁迅1927年初到广州生活后，还曾有过对陈独秀之子陈延年的关注，并称之为"仁侄"，更有鲁迅与陈延年曾经会晤的说法。

无论如何，鲁迅与陈独秀之间的神交，真是达到了一种常人难以企及的境界。不夸饰，不标榜，不离弃，不反目，既不热，也不冷，而深刻的理解与深切的同情却时时能让人感受到。

（《雨花》2022年第4期）

谈 艺 录

人与自然、人民与生态

——在《十月》生态文学论坛和
《诗刊》自然诗歌论坛上的发言

李敬泽

这两年来，自然和生态书写蔚为潮流，《十月》《诗刊》《人民文学》《草原》各立名目，大力倡导。有的叫自然诗歌，有的叫自然写作，也有像《十月》这样，叫生态文学。必也正名乎，如果我们大家投个票，选一个名目，我比较倾向于"生态文学"。

这个要从"自然"说起。"自然"是个老词，老到老子那里，老子"道法自然"，这也是中国精神的根基。"圣人任名教，老庄明自然"，晋人论孔孟老庄之异同，结论是"将无同"，名教和自然一体两面。"自然"派生出的文学和美学传统根深蒂固、至大至远。

但也正因为这个传统之深远，它对我们来说已经是自然而然，身在此山中，我们容易忽略这个传统本身具体的社会历史条件。比如东晋之后，山水诗大兴，对后世影响甚巨，最近在学术界，谈山论水成了显学，巫鸿从图像史、美术史的角度去讲，哲学家们以山水为中心，梳理远古自然崇拜以降的观念演进。我对此没什么研究，内行看门道，外行看热闹，远远地从旁看去，感觉他们都不大谈观念所据以展开的社会历史条件，"石横水分流，林密蹊绝踪""鸟鸣识夜栖，木落知风发"，诗很美，但是，大家别忘了，写诗的是谢灵运，那是王谢世家啊，这里边不仅仅是人和自然的问题，稍微再推敲一下，这里边还有人和人的关系问题。当年衣冠南渡、门阀政治，世家大族一路跑到江南，一边掠夺一边改造，建立起那么一套压迫性的生产方式和等级森严的社会政治体系，一小撮人鄙视欺负绝大多数人，然后他老人家站在社会顶端，穿着个趿拉板，倘佯山水，"澄怀味象"。历史的镜头也是势利眼，只盯着他，姿势很好看，他后面肯定跟着一大群人伺候着，在史书中都自动屏蔽。《宋书》本传里说，谢灵运"尝自始宁南山伐木开径，直至临海"。从原始森林里开一条观景小道，把"林密蹊绝踪"的问题解决掉，但这活儿肯定不是他自己干，谁干的？还不是一群农奴。所以他后边有一大套生产关系、上层建筑的支持，他的审美精神是具体的社会结构的分泌物。这种情况在古代大致如此，王维写那么多山水诗，很美，很静，但他在蓝田县是有辋川别业的，他是一个贵族抒情者，所以"人闲桂花落，夜静春山空"。陶渊明的情况有所不同，但陶渊明在他的时代本来就是特例，直到宋代经过苏轼等人的阐发，他才获得经典地位。

我谈这些是为了说明，人与自然的关系，在审美意义上、抒情意义上，一定是复杂的社会系统、经济系统、政治系统、文化系统运作出来的结果，这个关系我们看在眼里的是"人闲""夜静"，后边一定有广大的不闲不静。

当然，时移世易，这些诗已经脱离了它所产生的社会历史土壤，它不再是长在地上的花，它成了天上的星星，成为漂浮的能指，我们现在读它的时候，除了我这般煞风景的粗人，都不会看它背后的东西。这是谢灵运、王维的伟大，一千多年后他们的诗依然运行在我们的口头、我们的心里，支配着我们的感受和表达。对于一般读者，这就够了。但是，作为写作者、研究者，我们恐怕还是应该想得更多一些。处理人与自然这个主题的时候，我们承载着强大的传统，这个传统，它的观念、情感、修辞，都已经脱离了自己的语境，已经成为自动的抒情装置，预装在我们脑子里，它的功能就是让我们写不出所见，甚至根本无所见，眼前有景道不得，一大堆古人的话在我们心里等着。

我编《人民文学》的时候，很怕诗人或散文家写自然、写山水、写乡土。有的人一提起笔来就"乡绅"附体，看山看水，看土地看村子，都像个古人，而且是有闲的，其实也是有权有势的古人。他要是穿越到东晋，肯定一头扎到谢灵运身上，到唐代，就是王维，扎到陶渊明身上也是个小乡绅啊，要不然他就拐个弯，飞过太平洋，扎到梭罗身上去了，反正他不会扎到一个普通农夫身上。"乡绅"气是我们文学里一个老病根，时不时发作，也不限于和自然、乡土的关系。日本的柄谷行人早就提醒我们，在文学中，自然风景并非纯然客观之物，是通过主体的认知装置生产出来的。中国现代以来，处理人与自然的关系，一个是周作人等人的花鸟虫鱼的路径，上接古人特别是晚明，终不免像周作人那样，"绅士鬼"附体。还有一个是从西方浪漫主义、梭罗等等接过来的路径。这两个路径有冲突，互相还瞧不起，但其实，作为现代主体，他们至少也是表兄弟或堂兄弟。我们文学中讲人与自然，其实主要讲的是"我"与自然，吾与天地独往来。在这一点上，现代传统和古典传统接得特别顺畅，周作人他们接晚明、接谢灵运王维，梭罗一脉是洋皮土骨，其实是接陶渊明。但接得这么顺畅也有问题，这可能说明那个面对自然的现代主体还没有充分发育起来，还没有为自己发明一个新的认知装置，或者说，在我们的现代文学中，人与自然、"我"与自然的书写还没有经过现代语境的充分考验，不是从现代以来的社会历史条件中分泌出来的，基本上是从古代穿越过来，从西方空降过来。在人与自然之间，还有社会的、经济的、政治的、文化的种种中介，还有一个广大的生活世界，我们对此并没有充分地领会，这一切都没有收入主体之中。休看他在大地上、村子里转来转去，俯仰感叹，实际上，大地上的事不在他心里，他的心里是一大堆文本，他的写作是案头写作。没有捕鲸船上的"我"，当然就不会遇见白鲸。这个问题一直悬置在那里，直到八十年代，特别是九十年代起，猝不及防地面对超大规模的工业化、城镇化，人和自然的关系一下子紧张起来，而我们毫无准备，没有一套有效的认知装置。

——但是这话也不准确，我们其实曾经发明了一套非常独特的认知装置，不是从古典中来，也不是从西方浪漫主义那里来的，主要来自新中国社会主义革命和建设的实践，主要体现在十七年的文学艺术里面。一些年轻的学者对此做过很有价值的研究，比如上海的朱羽，他写了一本《社会主义与"自然"——1950—1960年代中国美学论争与文艺实践研究》，就是讲新中国成立后的工业建设特别是农业集体化对自然观念的重塑，所谓"改天换地"，与此相应的是文学艺术中新的认知和表现模式。确实是这样，我们看长安画派的画，刘文西、石鲁等人，极具革命性，从古典绘画看下来，到这里别开天地，有了全新的气象和语法，山水和自然不再是被静观玩味，它被置入一个庞大的行动和实践的视野里，由此带来了艺术上一系列革命性变化。这就是新的认知装置，后面是一个新的现代主体的生成，这个主体是属于"我们"的"我"，属于人民的"我"，是一个现代人民国家的主体性的确立。在文学中，你读周立波的《山乡巨变》，也有很多山水乡土的描写，但是完全没有乡绅气、士大夫气，自然景物和生产方式的巨变、和社会政治实践深刻地相互映照，在这里，人和自然是另一种相亲，不是静观的，在心与物之间有了政治、劳动和行动。

——这是革命性的、是非常超前的现代。与古典传统不同，也与西方传统不同，这是中国独特现代性的产物，出自人民主体，构成了我们自己的一个新传统，非常可惜的是，这个传统后来被悬置起来，很长的时间里被遗忘了。所以，很多画家八九十年代又退回去了，还是笔墨意趣那一套，加了一些现代技法。在文学中也一样。

这个新中国新传统的巨大的革命性意义需要重新认识，人与自然的关系不能等同于"我"与自然的关系，从"我"出发回到"我"，不管在古典视野里，还是在西方个人主义视野里，自然都被收进了自我的"内面"，自然作为"大他者"、作为人类生活的条件和实践的对象的浩瀚意义由此就被屏蔽、就失落掉了。西方面对自然时那个"我"与殖民经验、与资本主义侵犯"荒野"的经验密切相关，这个我们是没有的，然后我们又把自己五六十年代的那个革命性传统悬置起来，剩下什么呢？恐怕就只剩下单薄的趣味与心情，现成的抒情装置空转起来，复制和输出成熟的、没有难度的修辞。

正是在这个意义上，我倾向于"生态"。"生态"是个新词、新概念，当然不是说概念越新越好，重要的是这个新概念带着新的问题意识，打开了新的认知空间。"生态"包含着总体性，是人与世界关系的总和，你可以说我与自然，你说我与生态就很怪，生态所对应的一定是广大的人群乃至人类。这个关系不仅是审美的、哲思的，更是实践的和社会性的。英文的生态这个词是"ecology"，"eco"据说源自希腊文，是"家"的意思，这个家是人的家，人既为自己建设一个家，又被这个家所限定和塑造，而且，我再推论一下，既然是个家，它就不仅仅是一个场所，一个栖居的地方，它还包括生计。在古典视野中，人和自然的关系是不怎么讲生计的，能想到这儿的人都没什么生计问题，它被很自然地屏蔽掉了，只剩下玄思和审美。但在生态视野中，你绕不开具体的人的生活，它把社会政治、经济结构收了进来。这也是"生态"这个概念的力量所在，它是现代性的后果,也是对现代性的反思。这个概念本身就表征着"危机",自然不再仅仅是抽象、绝对之物,它作为巨大的人类活动的后果显现出来,现在的问题是,这个"家"陷入了全球性危机,气候变暖,生物多样性等等,而且我们都知道,这种危机必须依靠全球规模的人类行动、依靠社会经济政治和生活的革命性变革来解决。所以它既是批判性的,又是建构性的,它必须认识和想象一种总体性危机,然后把"我""我们"和全人类都放到这个危机中去。它当然追求人与自然的和谐共生,但这个人不仅是审美的、内面的"我",它同时必须是"大我",必须建构起更为自觉、更为主动的社会实践主体。

英国首相约翰逊在今年的联合国气候变化大会上有一个讲演,呼吁停止砍伐森林。这件事当然很重要,但他忽然要表现一下他的诗人气质,他说,那些自然界的"大教堂",是我们星球的肺。我想,我们的很多诗人也会这么表述,森林是人类的圣殿等等。这很有修辞效果很抒情,据说源于十九世纪浪漫主义,夏多布里昂说"森林是奉纳神性的原初神殿"。但是,我在《法国理论》的公号上看到,法国人把首相大人狠狠挖苦了一通,大概是说,生活在森林里的亚马逊人可没想到那是教堂或神殿,砍伐森林关系到他们的生计,而他们的生计又深刻地被嵌入全球生产流通体系里。也就是说,你不能置身亚马逊木材做成的家具里,然后吟唱圣殿,按那个法国人的说法,这就是一种诈骗。在生态视野里,最应该警惕的,恰恰是绕过人类生活的根基飘在天上抒情的"我",首相大人忽然扮演诗人,那是揣着明白装糊涂,而在我们的作家或诗人那里,可能是真糊涂,或者是懒惰和迟钝。抒情是重要的,但问题是这个情从哪儿来,我们需要一个新的更大的认知装置,或者说,我们要建构起更为广大的主体,把自然和人,把人的生产方式、生活方式、感受方式都放进去,把人的世界的过去、现在和未来放进去,以强健、复杂乃至庞杂的主体去观看、想象和书写。我的总的感觉是,在这里,纯文学的小说家们最为迟钝,这也难怪,他们已经被训练出了某种洁癖,不愿让稍大一点的、不那么"文学"的事物打扰自己、无法把"我"与绝对、抽象的自然之间横亘着的巨大世界收纳进来,所以一点也不奇怪,这几年能够有效、有力地处理这个主题的是科幻小说。在诗歌中,我看得少,不敢乱说,但欧阳江河的《凤凰》是有这个气象的。

话说到这儿，必须重提刚才谈到的新中国的传统。我们要在一个更广阔的视野里看待我们的历史和现实、经验和创造。中国走出了现代化新道路，开辟了现代文明新形态，其中很重要的一个维度，就在于人和自然的关系，在这个关系中确立了人民主体。党的十八大以来提出"五位一体"总体布局，其中包括生态文明建设，生态文明建设与经济建设、政治建设、文化建设、社会建设是一体的，是整个经济社会发展的一个有机组成部分。十九届六中全会决议指出，"生态文明建设是关乎中华民族永续发展的根本大计，保护生态环境就是保护生产力，改善生态环境就是发展生产力，决不以牺牲环境为代价换取一时的经济增长。必须坚持绿水青山就是金山银山的发展理念，坚持山水林田湖草沙一体化保护和系统治理，像保护眼睛一样保护生态环境，像对待生命一样对待生态环境，更加自觉地推进绿色发展、循环发展、低碳发展，坚持走生产发展、生活富裕、生态良好的文明发展道路。"——之所以要完整地引述这一段，因为它集中体现了习近平生态文明思想，生态被放在五位一体的总体性里，放在文明发展道路的总体性里，在这里，贯穿着一个巨大的，又是落实到每一个人身上的主体，就是人民。

这就是我赞成"生态文学"的原因。因为由这个"生态"可以通向新中国的经验、新时代的创造。这是以人民为中心的总体性的生态，在"人民"的主体性中，新的视野在我们眼前打开，新的认知装置必定会被发明出来。我们看电视剧《山海情》，你也可以说它是生态文学——这个时代的电视剧差不多就等于十九世纪的长篇小说——它就是在中国人民的生计中、在中国人民的生活和创造中去重新认识和观看自然，重新界定人和自然的关系。

所以，选择"生态"不是词的问题，不是概念问题，是世界观和方法论的问题，是主体的构成和位置问题。生态文学当然包括自然书写、博物学的书写等等，但就文学整体来说，一种人民主体乃至人类主体的生态视野可以脱去乡绅气、士大夫气，在人和自然之间把广大的经济、政治、社会、文化收纳进来，在这样一个总体性上去重新想象，人是不是一定要这样，人的新的可能性在哪里。在这个意义上，生态文学也面对着新的广大空间，它不仅仅是想象和决断人如何与自然相处，它也在想象人如何与自己相处。人和人如何相处，甚至想象如何成为一种新的人。这种新人不是回到千万年前，不是回到小农经济，而是说我们就在二十一世纪，我们面向未来，我们回不了头，继续向前走，但我们要重新设定人的条件。在这个意义上，生态，真的是我们这个时代的一个核心命题，文学如何回应这个命题，关系到文学的未来。

2021 年 9 月 4 日即席
2021 年 12 月 20 日补充改定

(《十月》2022 年第 1 期)

当我们谈论世界文学时,我们在谈论什么

何向阳

世界文学,不只是东、西方文学的总和,它注定还有一些别的什么,那些还没有形成文学系统与文学写作,还没有被我们肯定,被我们认识,没有引起我们注意,但切实构成并改变了我们的东西,比如想象,比如虚构,以及虚构所依存的无垠世界和我们的有限认知。

世界,本身已是一位巨大的"原创者",我们的文学"原创"只能基于对它的描摹与速写之上吗?

当然不是。

意大利理论物理学家卡洛·罗韦利在一部著作的开头回顾了20世纪之初——1905年——一位伟大同行向《物理学年鉴》投去的三篇论文:第一篇讨论原子的存在,第二篇奠定量子力学的基础,第三篇提出狭义相对论。三篇论文中的任何一篇都能使论者本人获得诺贝尔奖。我在说出论文作者的名字之前,诸位已经猜到。是的,爱因斯坦。从我书架上的《爱因斯坦文集》第一卷可以查到包括卡洛·罗韦利提及的四篇论文——1905年3月完成的《关于光的产生和转化的一个猜测性观点》,4月完成的《分子大小的新测定法》,5月完成的《热的分子运动论所要求的静液体中悬浮粒子的运动》,而提出狭义相对论的是6月完成的《论动体的电动力学》。这些凝聚着可观创造力的研究似乎都在为另一理论做着积淀,10年之后,1915年11月,广义相对论破壳而出,以致同为物理学家的列夫·朗道称其为"最美的理论"。如果用最通俗的话来解释广义相对论,它大约可以由这样一些颇富诗意的句子构成:

引力场不弥漫于空间,它本身就是空间。

空间不再是一种有别于物质的东西,而是构成世界的物质成分之一,一种可以波动、弯曲、变形的实体。

但这些看似胡言乱语的思想,在距今整一百年前的 1919 年被一一证实。

世界由于一个科学家,重又变得绚丽夺目。"在这个世界里有发生爆炸的宇宙、有坍塌成无底深洞的空间、有在某个行星附近放慢速度的时间,还有像大海扬波一般无边无际延展的星际空间",它们都和一朵花的开放、一棵树的生长、一声婴儿的啼哭、你我间愉快的交谈,共同存在于一个世界上。当我们出神地观望着这些变幻莫测、惊喜无限的景象时,那变化着的宇宙也同时与我们心中的曼妙图景形成对称。没有爱因斯坦,我们的文学,可能会是另一个样子,因为我们眼中的世界是另一个样子。当然,爱因斯坦没有改变世界——世界还是它本来的样子,爱因斯坦改变的是我们看待世界的态度,简而言之,他改变的是我们长久以来对于世界的因循守旧的看法,他改变了我们的世界观。

而这种改变,想一想很惊心——距我们现在也已过了一百多年。

世界,不再僵化板结,而是灵动莫测,世界不再清晰可辨,它呈现给我们瑰丽多姿、惊世骇俗的"容颜"。这是 20 世纪的科学所带来的大翻转。这个爱因斯坦式的翻转,重新引爆了文学的想象力。就此意义而言,如果没有 20 世纪的爱因斯坦,就不可能有 21 世纪中国的刘慈欣和《三体》,也不可能有科幻文学的今天。

当然,科幻小说并不是 20 世纪唯一的受益者。在安德烈·塔科夫斯基的电影《安德烈·鲁勃廖夫》中,我们看到艺术对于空间的无穷性的探索。电影的可见部分是故事开端——一群人绑紧火堆上方的气球而企图飞起来的狂热场景。农民飞行家叶菲姆想通过这种原始的办法脱离地面却最终跌落在地。那是一个连农民都生发着超拔的想象力的年代,重重地摔落在地的这种现实的失败,并不能够阻拦艺术家在自己的领地中发挥想象力。在《镜子》中,我们看到了由梦境、照片、诗歌多种元素共同串起来的对于母亲的回忆。这种将时间之镜通过空间图示翻转的做法,未尝不受到空间即引力场的启示,而把这种启示发挥到极致的,是塔科夫斯基那部放在今天来看也同样极端前卫的电影《索拉里斯》。这部改编自斯坦尼斯拉夫·莱姆的小说之所以对塔科夫斯基构成吸引，并不在于它科幻小说的外识，而在世界的可知性这种深刻的哲学如何用精确的心理构想获得不一般的表达路径。

导演塔科夫斯基表示："对我来说，科幻电影、历史电影和当代电影没有什么区别……最现实主义的情节（总是编造的），总是空想的产物，而一个真正艺术家的思想与观念总是有关时事和潮流的，它们总是现实，无论这些思想可能采取怎样不可能或超自然的形式。毕竟，真正的现实主义不是复制任何特定的生活环境，而是现象的展开，是它们的心理或哲学性质的展开。"我想，这段话同样适用于物理学。物理学的指向性在我看来，从来不是落地为"物"的，而是物中之理，是在茫茫空间中指向的那个不断变化的、永动的现象或规律。《索拉里斯》写了一位宇航员在与世隔绝的巨大无着的空间中的自我迷失与亲情记忆，塔科夫斯基拍摄时，斯坦利·库布里克已于1968年发行了《2001：太空漫游》。这部电影今天已然进入电影史与教科书，但是我要说，塔科夫斯基的《索拉里斯》更值得一看，它探索的是人与自我内空间的深层关系，而不只提供人所向往的宇宙外部空间的无边无际。

对于一颗星星的见解，哲学家齐泽克说："与索拉里斯星的交流……失败不是因为索拉里斯星太陌生，不是因为它是无限超越我们有限能力的智力的预兆，和我们玩一些反常的游戏（游戏的基本原理永远在我们的掌握之外），而是因为它使我们太接近我们自己内在必须保持距离的东西，如果我们想维持我们的象征宇宙的一致性。"而针对这一世界本质，一位叫鲁米的波斯诗人写道：

> 有一颗恒星在形式之外升起。
> 我迷失于那另一个世界。不看
> 两个世界，是甜蜜的，融化于意义之中，
> 就像蜂蜜融化于牛奶之中。

而他在另一首诗中，这样表述：

> 这一刻，这份爱来到我心中休息，

许多生命，在一个生命之中。

一千捆麦垛，在一颗麦粒之中。

在针眼里，旋转着漫天的繁星。

鲁米生活于 13 世纪。距今七百年的诗句里，难道不包含着 20 世纪的物理学家关于宇宙的认识？！

我现在似乎明白了为什么理论物理学家卡洛·罗韦利在《时间的秩序》一书的三个部分十三个小节的叙述与论证前，都首先引用古罗马诗人贺拉斯《颂歌集》中的诗。每章开头的诗之引用，或许都在暗示着某种科学与人文之间古老的相通与默契。要知道，贺拉斯谈论时间的时候，鲁米远没有出生，而鲁米谈论星辰的时候，爱因斯坦之于世界的关系也尚未建立，他们之间，大约都相隔有不止七百年的光阴，但是，世界就是这么微妙，仿佛冥冥之中，他们相互能够倾听并且听见。或者说，贺拉斯、鲁米、爱因斯坦，当然还有更多的人，在宇宙间的链条不仅从未中断，而且还会延绵无尽。繁星之下，你若仔细听的话，你会听到人类所有包含于创造与想象中的窃窃私语与秘密回音。

科学家告诉我们，我们身边的所有物体都由电子、夸克、光子和胶子组成，它们是粒子物理学中所讲的"基本粒子"。那么，"夸克"一词又来源于哪里？它的出处，当然是科学家默里·盖尔曼的取名，但"夸克"的灵感来源的确是文学的——詹姆斯·乔伊斯的小说《芬尼根守灵夜》中有一句人物对话："向麦克老大三呼夸克！"如果不是对照阅读，又有谁知道这位文学家对于现代物理学的词汇学上的贡献呢？1982 年，乔伊斯诞辰百年，《纽约时报》推出纪念文章，把乔伊斯在西方现代文学中的地位与爱因斯坦在物理学中的地位相提并论，认为"现代文学如果没有他"，将如同现代物理学没有爱因斯坦一样不可思议。

看来一切渊源有自。

我们完全可以大胆假设，在今天成为天体物理学家的人，在几千年前的古代，极有可能就是中国的老子或庄子。当然，这种假设里也有待于证明它的"黑洞理论"。

我们已然知道人类自己在宇宙中的位置，我们真的知道吗？

比起以亿为量度的光年纪事，人类的纪事也只有几千年，而我们每一个个体的生命，据现代医学估算应有一百五十年。在这样一个仍然有限的生命长度中，人类从来没有停止过对于时间的追问。知道这一点，我们就会明白，史蒂芬·霍金的《时间简史》虽然石破天惊，但并非毫无来源，它也是永动的时间中的思想一环。时间在永动之中，没有终结，物理学中，没有任何物体对应于"现在"这个概念。然而我们细小而强韧的生命，却是由一个个如粒子般的"现在"构成的。

那么，什么是"现在"？它的答案也许不必去物理学的著作中寻找，普鲁斯特的《追忆似水年华》就提供了很不错的答案。"现在"，它在文学中的停顿，也是虚妄的，但文学通过语言可以暂时将其锁定："此时此刻"。真的有这样一个停止不前的时间吗？当然不，"此时此刻"仍在运动之中，文学中所固化的以小时或者天数计量的时间，只是物理意义的。在这生生不息的时间长河中，哪怕就是"现在"这一刹那，也包含着过去与未来，包含着人类的不可磨灭的记忆和面向。"现在"不可停留，一切时间中的事物无不如此，在《浮士德》的终章，浮士德博士喊出："美啊，你停留一下。"而时间的停留就是终止和死亡，时间不可能终止，终止的只能是个体的生命，而这时宇宙的生命仍在持续，或者说个体的生命归入宇宙的生命之中，并未终结，仍在持续。

时间的非物理性的发现，也不是20世纪的专利。早在公元三百和四百年时，写《忏悔录》的奥古斯丁就说过："它在我头脑里，所以我才能测量时间。我千万不能让我的头脑坚信时间是什么客观的东西。当我测量时间的时候，我是在测量当下存在于头脑中的东西。要么这就是时间，要么我就对它一无所知。"的确，时间的延续性有主观性的一面，正如品尝玛德莱娜蛋糕的下午，它包含了这美味的蛋糕进入我们唇齿之前的漫长过程，同时也包含了普鲁斯特写下这一片断的那一瞬间到现在——我们阅读时所激起的所有个体的不同感受。时间如大海波澜，无休无止。那么，"现在""此刻"，就变得如此重要，我们的所言所为，无不在未来的面貌中呈现出来。如果我们承认时间的永动性，那么，置于今天的我们，无疑是手握未来钥匙的人。

哲人曾言：你给我一个苹果，我给你一个苹果，我们每人手中还是一个苹果。而你给我一个思想，我给你一个思想，我们每人所拥有的是两个或大于两个的思想。想象力也是如此。你能断言《海底两万里》与当今海洋科学与地质科学的观测与发展毫无关联吗？你能判定《小王子》中有关另一个星球的故事与爱因斯坦的广义相对论绝对无关吗？你能肯定达利画中的弯曲时钟真的与物理学中的"时间"观念毫无关系吗？而我在2014年2月于一万米高空从广州飞往北京的航班上拿出随身背囊中王蒙的《明年我将衰老》一书，读到他描写的甘肃省平凉市的崆峒之行时，不禁泪流满面：

  与天合一，与云同存，再无困扰，再无因循。多么伟大的黄河流域！我在攀登，我在轻功，我在采摘，我看到了你……我看到了蝴蝶与鸟，我闻到的是针叶与阔叶的香气，我听到的是鸟声人声脚步声树叶刷拉拉。我这里有黄帝，有广成子，有衰老以前的肌肉，有不离不弃的生龙活虎，愿望、期待、回忆、梦、五颜六色、笑靥、构思策划、邀请函件、微信与善恶搞。有渐渐出场的喘气。当然不无咳嗽。本应该成为剑侠，本应该有仙人的超众。我将用七种语言为你唱挽歌转为赞美诗。我已经有了太极。即使明年我将衰老，现在仍是生动！明年我将离去，现在仍然这里。你走了，你还是你，谁也伤不了你。我攀登，我仍然山石继世长。哒哒哒哒，我听到了自己的拾级而上的脚步，我像一只小鸟一样地飞上了山峰，登上了云朵，我绕着空同——崆峒飞翔了又是飞翔了。

当痛失所爱，万般不舍，总有一个空间会盛下爱，也总有一个空间会使思者与被思者相见。

古人讲：洞中方七日，世上已千年。谁来告诉我，这是古人的发现，还是今人对这曾是预言的过往的印证?！

今天，重读这些写于21世纪初沉痛而绵长的句子，让我想到鲁米的另一些诗句：

  没有"我"和"你"我俩都是你我俩都是我。
  你是我的灵魂吗？
  你是我的吗？
  你是我吗？

鲁米写下这些诗句时在 13 世纪。两位写作者有近千年之隔。

世界就是无数个巨大的空间的组合。目前为止，人类关于宇宙与生命的所有答案都并不完全。

除此之外，我们不可能知道更多吗？

在此，请允许我引用某日午后我们一直在谈论的一位名为韩东的中国诗人的新诗集《奇迹》中的诗：

当他和我们毫无隔阂
我们却与他相距无垠

对于这个无边无际、充满奇迹的世界，对于已将这一世界落在纸上的几千年的文学，作为一个置身于此时此刻的书写者，我们准备好了吗？

文学当然向作家要求很多，但最重要的一件，就是你的世界观的边界。

2019 年 10 月 18 日初稿于青岛
2021 年 10 月 21 日改定于南京

（《世界文学》2022 年第 2 期）

我们以为是越境，其实可能只是一次转场

何 平

2000年5月19日，陈村在《解放日报》发表文章，其中写道："生于网络的原创文学才是文学创作的新的增长点。"但在同一篇文章里他又写道："文学的高峰从来是由个别的天才和努力垒成的，而不是参与的人口数量。"而事实上，在陈村说这番话之后三四年，相当长的时间里，参与的人口数量几乎作为证明网络文学代表我们时代文学审美高度和文学先进生产力的唯一理由，出现在各种年度报告中，包括专业的研究论文。

只是到了最近这一两年，情况好像才有所改变——我们发现参与的人口数量或者产业规模，和审美推进之间是个不等式。而且，依靠不断审美探底争取到的文学人口，也会因为快手、抖音等为代表的短视频，以及游戏、网络剧等而被分流，网络文学以为可能的审美底线也因此无底可探。那么，在此关键时刻，吃惯了文学人口红利的网络文学在审美探底和规模见底的形势下，能不能转而向内深耕挖潜，去拓殖汉语文学——至少汉语类型文学——的审美疆域？能不能做能做的事，成为陈村所说"文学创作的新的增长点"？网络文学不应该只服务于文娱工业，即便网络文学被想象成文娱工业IP产品的供应商，基于行业可持续发展的考量，也需要激活和提振它的商业创造力。

这是这个专题的前情和背景。一个共同的表象是辽京和杨知寒——她们的写作都和网络有着很深的渊源关系。辽京说自己2017—2019年是"豆瓣阅读"的作者，在"豆瓣阅读"发了几十篇小说，有数十万的阅读量。2020年以后辽京也在传统文学期刊《小说界》《芙蓉》等发表了几篇小说。辽京已经出版过小说集《晚婚》和《新婚之夜》，从书名也可以看出小说的题材内容和目标读者。这些小说大多数发表在"豆瓣阅读"上。

为纸媒文学期刊供稿的写作者很少有按照发表刊物标识自己身份的，作者不会只给一家刊物供稿，刊物也不会买断某一个作者。但在网络上则不同，作者会选择适合自己的平台，平台也可能买断作者，所以一个在网络上写作和发表的作者，会慢慢成为某个类型或者风格的作者。豆瓣网就被视为"文艺小清新"的聚集地，和起点、创世、晋江、纵横、中文在线、17K小说这些发表长篇故事的大型网文平台不同，"豆瓣阅读"这样的文学网站"小而美"，"小而美"可能指的是提供的产品，也可能是指目标读者。"豆瓣阅读"的产品以中短篇小说和非虚构为主，内容往往能触及当下城市青年的生态和心态，而这些话题诉诸文学表达可能却是"轻"的。从第七届"豆瓣阅读"中篇征文大赛设立女性、悬疑、文艺和幻想四个组别中可以看出，主办方有意培育"年轻态"的都市文学风尚，其目标人群是都市有文学品位要求的年轻读者，而不是刷"网文""杀时间"的那个更为庞大的读者群。

但也不是绝对的。"豆瓣阅读"在有意选择"轻"阅读趣味的同时，也宽容更多的文学可能性，比如辽京的小说就关乎当下女性命运的问题意识和现实感，似轻实重。杨知寒的"豆瓣阅读"经历是当下很多青年作家在未被编织进纸媒文学期刊发表序列的任性写作前史。《连环收缴》是"豆瓣阅读"2018年12月已经上架过的作品，在比对过《连环收缴》和杨知寒的近作，比如排在2020年中国小说学会排行榜第六位的《大寺终年无雪》之后，我还是决定让杨知寒和"豆瓣阅读"协商，将《连环收缴》在《花城》发表。因为，《连环收缴》让我们看到作家"早期写作"中更自我的、未被规训的横冲直撞和狠劲。杨知寒比辽京年轻，但在网络写作的时间比辽京要长，路数和变数也多。她在"豆瓣阅读"之前，曾经在"云文学"和"白熊阅读"发表《寂寞年生人》《沈清寻》《梦梁记》等更有商业价值的"网文"。其中，《沈清寻》还进入过2015年中国作协网络文学排行榜的季度榜。看她从商业网文平台到"豆瓣阅读"，再到《上海文学》《青年文学》《芙蓉》《人民文学》等文学期刊的轨迹走势，貌似一个反向选择的"逆行者"。她有很宽、很"广谱"的"戏路"。我也希望看到更多"戏路"很宽、很"广谱"的新生代写作者。

现在，我们来看网络写作和传统文学期刊的关系。近些年，以文学期刊为中心的传统文学空间，无论是发表、评奖，还是选本和排榜，都把从网络引流视作"文学宽容"的标签。《花城关注》也未能免俗。比如这个专题的辽京和杨知寒，2020年分别凭《星期六》和《转瞬即是夜晚》获得第七届"豆瓣阅读"中篇征文大赛文艺组二等奖和最佳人物奖。辽京的《我要告诉妈妈》还获得过第六届的特别奖——最难忘人物奖。检索《花城关注》作者，不少和"豆瓣阅读"征文大赛有交集。大头马的《谋杀电视机》和沈书枝的《姐姐》获第二届的"讲个好故事"首奖，班宇的《打你总在下雨天》获第四届的喜剧故事组首奖，慕明的《宛转环》《沙与星》和《铸剑》分别获第五届的科幻内核奖、第六届的特邀评委选择奖（韩松）和第七届的幻想组三等奖。其实，早在网络草创期，1999年第5期《天涯》杂志就发表过《活的像一个人样》。从2001年"心有些乱"开始，不遗余力推介新生代作家的《联网四重奏》，将关注的重点转移到网络作家。同一时期的安妮宝贝则是标准的网络和纸媒期刊的两栖作者。

但即便如此，2019年第7期的《青年文学》专号《生活·未来·镜像》还是应该作为网络文学转场到文学期刊的一个标志性事件。如果仅仅把这一期看作网络文学媒体作品展，可能小看了《青年文学》的创意和野心。这一期不是网络写作的印刷品或者"副本"，而是经过纸媒文学期刊的挪移、编辑和再造，生发出的"超出文本"的结果，它让我们看到了网络和纸媒文学期刊相互流通的限度，就像"网文"的线下出版。怎样的"网络文学"能够毫无违和地从线上到线下？我们看得到可交换的部分，那些隐而不彰的不可交换的部分又是什么？这种不可交换，可能是具体的作者和写作类型。

以《青年文学》这一期为案例，能够从网络转场到文学期刊的文学新媒体，类似的还有"one·一个""小鸟文学"等APP。可以进一步追问的是，它们除了发布的平台是网络，和五四以来文学期刊传统上的"文学"在文学定义和审美想象上有差异吗？我觉得是没有多少差异的，甚至"豆瓣阅读"就是传统文学期刊趣味向网络的转场。

如果当事人不回忆不讲述，后起的网络文学研究者是不是就会以为网络文学从一开始就是像现在这样被少数巨型网文平台所垄断？网络发布和纸媒发表有一个很重要的不同：许多曾经重要的网站会因时过境迁而打不开，后来人因此无法还原历史现场。可以说，活到今天的大型网文平台都有它们的"小"时代。而在它们的"小"时代，也是社区或者BBS蜂起的时代。作为历史遗存，我们看看"天涯社区"就可以大致有一个直观的印象。小、个性、自由书写、非营利性等等，这可能是当下被资本命名的网络文学排除而隐失的一个重要传统。世纪之交，网络文学的草创期，最先到达网络的写作者，吸引他们的是网络的自由表达。至少在2004年之前，网络文学生态还是野蛮生长的，诗人在网络上写着先锋诗歌，小说家在网络上摸索着各种小说类型，资本家也还没有找到一种可以快速"圈钱""生钱"的赢利模式。

至少在"榕树下"阶段，写作者对网络文学的认识除了媒介变化，更重要的是对写作自由的体认，谁在读，谁在写，是一个少数人的审美共同体和交际圈。而当网络文学的赢利模式，和一切中国式互联网生意一样，都是以人口红利兑现经济效益，这必然导致以牺牲文学性换取大量的阅读人口，进而接入网络文学平台的结果。和早期网络文学不同，网络文学在今天是一门互联网生意。所以，它要依靠"爽点"开发周边来尽可能吸引消费者，而不想去设置审美门槛，鼓励审美冒险。网络作家中的大多数考虑的不是"文学"尺度，而是不去触探可能导致的查禁和查封的底线，以保证财富增值。商业化之后的网络文学说到底是娱乐业，而不是文学，虽然它具有文学性。也因此，我觉得把许多当下大众传媒和公众谈论的所谓的网络文学放在产业范畴里研究，比放在文学领域研究更适合。网络时代不但诞生了安妮宝贝这样的所谓网络作家，纸媒时代的写作也可以毫无违和地无缝接驳进网络文学。

无论如何追溯，网络文学的原点不会早于1991年。从1991年到2004年，十几年的时间，从1998年到2004年，五六年的时间，"网络文学的最好的时期已经过去"。也就是这时候，"起点"开始收费阅读，进而是打赏机制的成熟；盛大等资本的强劲进入，使网络文学进入"类型文学"阶段。从盛大到腾讯、百度、阿里、掌阅等等，每一次资本的强劲注入，都是"网络文学"重新被定义的时候，这种情况一直持续到现在，并且将起点辽阔的网络文学收缩成不断制造爽点的类型故事。

我们曾经天真地以为"在网络写作"可以改写和拓展中国当代文学版图，但现在看来，如果有，那也只是"明日黄花"。至于今天我们从线上引流到线下，"我们以为是越境，其实可能只是一次转场"而已。"榕树下""天涯社区""黑蓝""病孩子""故乡原创文学网"，风起云涌的诗歌论坛（网站），博客个人写作等都成了过去式的时代。冒犯的网络写作空间退化为大型商业网文平台的夹击下苟延残喘的"小而美"的文学网站、文学 APP 和文学公众号，如果它们只是继承了一点早期网络写作的"小资"和"文青"的骨血，那么，将"在网络写作"想象成汉语文学革命的策源地只能是一个幻觉。

(《新华文摘》2022 年第 8 期、《花城》2021 年第 6 期)

文学给予我们什么

余 华

这是一个宽泛的题目，属于说起来比较容易的题目，可以多说也可以少说。从什么地方说起呢？从家里的书柜说起吧。

我有一个习惯，现在依然保留着，一本小说读完了，再去书柜里找另外一本小说，有时候很快找到了，有时候寻找的时间很长，拿出来一本翻阅一下放回去，再拿出来一本翻阅一下放回去，这样的动作一遍又一遍，然后放弃阅读了，去找个电影看看，或者听听音乐，或者上网下围棋。过两天走到书柜前，再去重复拿出来又放回去的动作。我觉得有时候寻找一部小说的时间超过读它的时间，在应该读这本小说还是读那本小说之间迟疑不决。为什么？我后来意识到这是在寻找自己的心情。文学类的书和专业类的书是有区别的，读专业类的书是去寻找知识、寻找工具，当然文学类的书也有知识，但是它与专业类的书不一样的是它充满了情感，它和我们的生活、我们的人生、我们所处的环境、我们的心情有着密切的关系，所以在找一本小说的时候，经常觉得这不是我现在想要读的，是我以后要读的。

要是一天或者几天都没有找到要读的小说的话，我肯定处于一段迷茫的时间，这个时候我不知道自己是什么心情，不知道自己需要什么，不知道自己该做什么；如果我能够很快找到一本小说，并且读完的话，这就证明这个时候我对自己的心情是了解的，我知道需要什么和应该做什么。当时的心情和所阅读的小说内容既有并行的关系也有对立的关系，有时悲伤的时候想读快乐的小说，或者快乐的时候想读悲伤的小说，有时是反过来的，悲伤的时候，寻找更悲伤的书，这样我们才能够治疗自己的悲伤，这个世界上还有更重更多的悲伤，我们的悲伤是不是就不值一提了？快乐的时候，我们想读一本更快乐的小说，这样能够让我们的快乐发扬光大。我们去书店买书，现在进入书店以后，发现最困难的是不知道该买什么，因为书太多了。以前书店里边是没有什么书的，现在书店里面的书太多了。我说的以前是"文革"的时候，那时候没有什么书。还有去我们学校图书馆借书，借阅专业书是有目标的，是去了解自己不知道的，是去寻找工具，找文学书常常没有目标，就是凭感觉，这感觉就是自己当时的处境和心情的表达，如果找到了最适合的书，就会知道文学给予我们什么了。

我们每一个人，生活在这个世界上，有很多的欲望、很多的情感是不能表达的，因为表达出来以后会伤害别人，然后对自己不利，所以就不敢表达出来。但是这样的情绪不能一直压抑着自己，怎么办？就到文学中去寻找，去虚构的文学作品里寻找，找到类似的人物的命运，跟着他们的命运向前走，哭或者笑，把一些不健康的情绪，从内心发泄出来。我年轻的时候，读到普鲁斯特的一句话：文学有益身心健康。确实如此。当你随着作品中人物命运的跌宕起伏，你为他流泪，为他笑，你的情绪在不断地被剥夺和不断地发泄以后，我觉得能够减少得抑郁症的可能性，文学应该有这个功能。

文字给予我们什么？文学深远、宽广、丰富，而且包罗万象，我今天只能挑几个说一下。先举两个例子，从两个方向来说说文学给予我们什么。一个是从某个生活场景出发，让我们想到读过的某部文学作品的一个细节、一句话；一个是从文学作品出发，一个细节、一句话让我们回忆起已经遗忘了的往事或者某个生活场景。

先说第一个例子。2008年春天，我去巴黎为《兄弟》法文版做宣传，在一个傍晚夕阳西下的时候，我站在巴黎街头，巴黎那个地方我是不敢乱走的，很容易迷路，很多路口是斜角，我觉得自己走对方向了，结果越走越远。不像纽约曼哈顿，大道和街，清清楚楚，怎么走都不会迷路。我站在宾馆出来的一个路口，等我的法文译者何碧玉过来，法国菜单我不会点，要等何碧玉过来，陪我一起去吃晚饭。我在那里站了半个小时左右，看到人们匆匆忙忙地来往，偶尔有几个人是一边说话一边走来，其他人都是匆匆走着，他们的身体还会碰撞一下，可是对于他们来说，走在一起的都是陌生人。那么多的人在来来往往，这样的场景，我们在纽约、在北京、在上海这样的大城市，傍晚下班的高峰时期就会见到，所有人都是匆匆忙忙。那个时候夕阳西下，巴黎大街上，人们来来往往的场景，突然让我想起很多年前读过的欧阳修的诗句"人远天涯近"。我当时脑子里跳出这句诗，就是那个时候的场景给予我的，走在大街上的这些人，他们的身体，哪怕是碰撞在一起的时候，他们跟他们之间，人和人之间是那么的遥远，反而是远方正在西下的夕阳离我们更近，比街上行走的人和人之间更近。宋朝的时候，人没有那么多，欧阳修写下这个诗句的时候，也不会是我站在巴黎街口的感受，我想他也许是感叹世事的变化莫测和人情的阴晴冷暖，或者其他的感受，觉得"人远天涯近"，即使人就在面前，天涯还是更近一点。当初我读到这句诗的时候，只是觉得非常好，但是忘了，因为读到过的好的诗句好的细节太多了，很容易忘掉。多年之后的这个傍晚，我站在夕阳西下的巴黎街头的那一刻，这句被遗忘的诗句回来了。这是文学回来了，回来以后，欧阳修的这个诗句，再也不会离开我了，它会时常出现。一个生活场景可以唤醒我们过去阅读过的某一个文学记忆。

还有一个例子是反过来的，不是生活场景唤醒遗忘的文学记忆，是文学阅读唤醒一个遗忘了的生活场景，这个例子还是诗歌。我为什么要找诗歌？因为找诗歌相对比较容易，小说作品，伟大的小说太多了，但是可以被诠释的没有那么多，诠释的时候诗歌比小说容易。下面我要说的是一个老掉牙的往事，我说过很多次了，我想换一个新的，以前没有说过的，可是总是没有比这个旧的更合适的，为了说清楚文学给予我们什么，我还得再说一遍。

我小时候的家就在医院里，我父母都是医生，我们家对面是太平间。当时中国的情况就是这样，家和单位是在一起的，医生护士大多住在医院的宿舍里。当时家里是没有卫生间的，只能上公共厕所。我们家的那幢楼住了有十多户人家，上厕所都要走到对面去，先经过太平间，然后是男厕所，最里边是女厕所。原来太平间和男女厕所装有木门，但是装了几次都在晚上被人偷去做家具了，以后就不装门了，所以太平间和男女厕所没有门。

我每次上厕所都会经过太平间，那个地方的树木特别的茂盛，我不知道是太平间的原因还是厕所的原因，夏天的时候感觉很凉快。我上厕所时总会看一眼经过的太平间，里面只有一张很窄的水泥床，就跟现在的单人床一样窄。太平间很干净，地上也是水泥。我们浙江海盐的夏天非常炎热，我每次睡午觉醒来，能够看到流出来的汗水在草席上洇湿成我身体的形状。然后我发现太平间里很凉快，我就去睡午觉。很多人听我说了这个故事都觉得不可思议，但是在我们那个时代，在"文革"那个时代，是一个无神论者的时代，没有人相信有鬼，没有害怕的感觉，我在那里睡午觉，当时是很美好的经历。长大以后，我就忘了这个经历，我们童年的经历太丰富了，很多都记不住。后来读到海涅的一句诗"死亡是凉爽的夜晚"，我当时突然想起小时候在太平间睡午觉来了，感觉海涅写下的就是我在太平间睡午觉的感受，海涅把我遗忘的一件往事，现在回忆起来是很精彩的童年经历唤醒了。

这刚好跟我前面说的"人远天涯近"相反，"人远天涯近"是生活唤醒文学，"死亡是凉爽的夜晚"是文学唤醒生活。文学给予我们的太多了，这就是文学魅力所在。

因为文学丰富多彩，所以文学没有尽头。今天的文学，任何一个题材都被写过了，可是任何一个题材都没有在文学里走到尽头。我举个例子，现在这话可能没有人说了，在那个时代，八十年代我们刚刚开始走上写作道路的时候，当时的文学教授、文学批评家们经常会说一句话，意思是第一个把女人比喻成鲜花的是天才，第二个是庸才，第三个是蠢才。现在来看，这句话是站不住脚的，这句话的意思听上去文学就是一个题材，第一个人把这个题材写了，后面的人就没有机会了，这是错误的。

我可以证明第四个把女人比喻成鲜花的依然是天才。法国有一个诗人叫马拉美，十九世纪法国象征主义诗歌的代表人物。法国十九世纪的诗人喜欢为漂亮的贵妇人写诗，目的就是为了跟她们发生点什么。马拉美写过一首诗是献给雅思里夫人的。我没有见到过雅思里的照片，我想她肯定很漂亮。马拉美诗歌的第一句，也是把雅思里夫人比喻成花。他这样写："一千枝玫瑰梦见雅思里夫人。"雅思里夫人读完这样的诗以后应该是心花怒放，马拉美作为第四个人依然可以把女人比喻成鲜花，就看怎么去比喻。所以文学是无穷无尽的，同样一个题材，一个又一个作家去写，一代又一代作家去写，用我们的成语说，就是推陈出新。

说到这个话题，我看到迪亚哥今天也来了，我的葡萄牙朋友，葡萄牙语译者，我的巴西、葡萄牙语译者修安琪去年去世了，让我又吃惊又感伤，她还年轻，比我小不少，但迪亚哥非常健康。去年6月，我去了葡萄牙，迪亚哥是去年9月份来我们北师大教葡萄牙语的，他要我去年6月份去葡萄牙，我当时不清楚，后来才知道他又要回中国来了，所以希望我去年6月份去参加葡萄牙书展。我去了一个星期，那是一次美好的旅行。

我在那里遇到一个在里斯本大学学习的中国学生，我现在从文学说到翻译了，我要表扬一下迪亚哥的译文，不是他告诉我的，是里斯本大学高艾丽教授的一个学生，名字叫安娜，中国留学生都会有一个外国名字，她的中文名字叫李什么，忘了，好像很复杂，他们这一代的父母都喜欢把孩子的名字取得复杂，不像我们这一代的名字都很简单。她是里斯本大学高艾丽教授很喜欢的一个学生，她正在学习翻译专业。她为了写论文翻译了我作品的一部分，里面用过当年"文革"时候的一句口号："宁要社会主义的草，不要资本主义的苗。"就是只要思想正确，其他都不重要，都可以不要，就是这样的意思。安娜把它直译成草和苗。她告诉我，她的葡萄牙男朋友看不懂，因为对葡萄牙人来说，草和苗，没什么太大区别，他们不种地，他们都在酒吧里喝酒。然后安娜就去找迪亚哥的译本，她发现迪亚哥翻译得好，迪亚哥是这样翻译的："宁要社会主义的草，不要资本主义的花。"葡萄牙人一读就明白是什么意思了，有时候翻译是要有一些变化的，不能完全忠于原文，所以我觉得迪亚哥的翻译很好。

这个演讲要求推荐书。我推荐的第一本书是《我身在历史何处》，这是塞尔维亚导演、以前是南斯拉夫导演库斯图里卡的自传。

我为什么要推荐这本书？首先这是一本精彩的书，一本关于艺术、电影和人生的书；其次是可以让你们知道艺术家、作家都是什么样的人。刚才我说到欧阳修、马拉美和海涅，他们是不同国家不同时代的诗人，他们之间没有问题，但是同时代的就不一样了，我们看到的文学也好，电影也好，音乐也好，里面充满了争吵。用现在的话说叫同框，现在看到过去那些人的同框照片，会觉得他们很和谐，其实私下里不是那么回事，私下里经常是你给我一拳，我给你一脚。

我读完《我身在历史何处》，推荐给我儿子读。他说，放在那里，以后再读，他正在读别的书。我告诉他里面的一个段落，就是库斯图里卡的

《地下》在戛纳电影节的经历：《地下》已经是经典电影了，在那年的戛纳电影节拿下了金棕榈，这是他第二次获奖，第一次是《爸爸出差时》，那也是一部我很喜欢的电影。《爸爸出差时》还是南斯拉夫电影，《地下》已经是塞尔维亚电影了，南斯拉夫没有了，南斯拉夫在1991年解体了。库斯图里卡在《我身在历史何处》里有一章写到了希腊导演安哲罗普洛斯，这也是一个我很喜欢的导演，那年的戛纳电影节，库斯图里卡带着《地下》去，安哲罗普洛斯也带着他的一部电影去了，我忘了是哪部电影。

库斯图里卡在他的自传里写到安哲罗普洛斯的时候，说他像是一个没有见过世面的乡巴佬那样，和演员们手拉手，走上红地毯的时候是一副志在必得的样子，今年的金棕榈不给我给谁这样的表情。安哲罗普洛斯肯定是见过世面的，他与库斯图里卡是谁也不搭理谁的关系，他在接受法国记者采访的时候批评库斯图里卡，说我不明白，在法国在戛纳，为什么那么喜欢那个塞尔维亚人，他的电影除了吃饭、喝酒和吵架，还有什么？电影应有的深刻思想在哪里？

库斯图里卡看到了安哲罗普洛斯的批评，库斯图里卡法语很好，英语也很好。在戛纳的记者去问库斯图里卡，问他对安哲罗普洛斯电影的看法时，库斯图里卡回击了，说在安哲罗普洛斯的电影里，你们看不出他在雅典郊区成长起来的印记，他拍电影只是为了向德国哲学致敬。

这两个在电影界已是大师级别的人物，就是这么互相攻击，我把这个段落告诉我儿子，他哈哈哈笑，他说他要读这本书，他说两个天才互相攻击的时候都能够击中对方的要害。

库斯图里卡在自传里很精彩地写到童年和少年的成长经历，那时候他是个坏小子，我去过萨拉热窝他小学时期和中学时期生活过的两个街区，他那时候干过的坏事太多了，他的父母很欣慰，是因为他没有坐牢。他当时的玩伴全部进监狱了，就他一个人没有进监狱，以后也不会进了。

写到《地下》去戛纳电影节那章，里面有一个叫马丁内斯的酒店，应该是戛纳最好的酒店，电影节的嘉宾都住在那里，酒店外面有一个海滩，我读了库斯图里卡的自传才知道，戛纳电影节颁奖完了以后会在沙滩上举行一个宴会，参加电影节的人都会去。在这个沙滩宴会上，既有胜者也有失利者。库斯图里卡详尽地描写了最后大家在沙滩宴会上如何大打出手。

玛雅是一个很优雅的女士，她是库斯图里卡的太太，我们在贝尔格莱德一起吃晚饭的时候,她告诉我,她非常喜欢中国。她说几年前和丈夫一起去上海,就是库斯图里卡担任上海国际电影节的评委会主席的时候,玛雅说他们住的那个酒店刚好对着一个小学的操场,他们吃早餐的时候,看到学生们都系着红领巾,她很怀念红领巾,现在塞尔维亚没有红领巾了,他们小时候都是系着红领巾去上学的。

库斯图里卡在书里写道,打架的时候,有两个不知道是谁的保镖,抬着他的儿子往海里扔,玛雅拿着椅子,冲过去"当当"两下,就把那两个人打晕了,把她儿子给救了回来。一个好莱坞明星的保镖走过来的时候,库斯图里卡在混战中不管是谁了,看到有人走过来就给了他一记右勾拳,把他给打晕过去了。当时有人以为这个保镖被打死了,他们把保镖抬到桌子上,泼了很多冷水,保镖才醒过来,醒了以后很迷茫,看了他们一会儿以后才意识到自己身处危险之地,赶紧跳下来,拔腿就跑。后来我再次去塞尔维亚,在波黑和塞尔维亚边界的木头村,几个人一起喝葡萄酒吃烤牛肉时候,我对库斯图里卡说,我读完了《我身在历史何处》,我最喜欢的,你知道是哪个部分吗?他问是哪个部分?我说,你那记右勾拳。他说,那是自卫。

我觉得他这本书了不起的地方就是真实,库斯图里卡敢于写下真实的自己。我年轻的时候,可能也跟你们一样,把作家想得很高尚,把艺术家想得很高尚,其实他们并不高尚,一点也不高尚,有时候甚至是卑鄙的。音乐界也一样,互相争吵,无休无止地争吵。从勃拉姆斯开始说起吧。勃拉姆斯运气很好,小时候与他弟弟一起学音乐,他是贫民家庭出来的,好像是在汉堡,如果我没有记错的话,应该是在汉堡,他的父母也就是普通的工人,居然让两个儿子都去学音乐。

当时他的父亲认为,勃拉姆斯希望不大,他的弟弟,另一个勃拉姆斯更有前途。他们兄弟俩后来关系不好,主要原因是勃拉姆斯太伟大了,其实他弟弟已经很成功了,他弟弟是德国一个很好乐团里的小提琴手,但因为有一个伟大的哥哥,德国的媒体老是嘲笑他的弟弟,给他一个外号叫"错误的勃拉姆斯",因此引发了两个勃拉姆斯的不和。勃拉姆斯年轻时是很好的钢琴演奏家,他被约阿希姆,当时德国著名的小提琴家发现,勃拉姆斯跟着约阿希姆在德语地区巡回演出。约阿希姆是小提琴,勃拉姆斯是钢琴,还有一个大提琴,三人组成一个三重奏组,后来大提琴跑了,约阿希姆与勃拉姆斯变成二重奏组。约阿希姆在那时的音乐界地位很高,他认为勃拉姆斯是一个天才,于是把勃拉姆斯推荐给了李斯特。

当时李斯特已是名声赫赫,有一个艺术别墅,里面聚集了一群那个时代的前卫艺术家,比如瓦格纳,所以约阿希姆认为勃拉姆斯应该去李斯特那里,只要进入李斯特的圈子,勃拉姆斯就能够出来。

勃拉姆斯去了艺术别墅以后,发现气氛不对,里边的前卫艺术家们个个善于高谈阔论,拿一些大词汇来吓唬他。因为是约阿希姆的推荐,李斯特对他很友好,吃过晚饭以后,李斯特请勃拉姆斯演奏一下自己的作品。

勃拉姆斯极其紧张,他是汉堡贫民的孩子,虽然他跟着约阿希姆在很多地方演出过,但是没有见过如此多的前卫艺术家,而且一个比一个前卫。另一方面,他骨子里是一个古典主义者,他不会是李斯特的学生,他应该是从门德尔松和舒曼那里过来的,所以他把他的五线谱拿出来,因为紧张,手指僵硬了。然后李斯特走过去,把他的五线谱拿起来看了看又还给他,他走开以后,李斯特坐下来完美地把勃拉姆斯的作品演奏出来。

勃拉姆斯觉得那地方不适合他,就离开了,离开了李斯特和瓦格纳创建的新德国,勃拉姆斯后来被称为是保守的,李斯特和瓦格纳是激进的。还是约阿希姆,把他介绍给了舒曼,勃拉姆斯来到舒曼这里时,看到的是一幢朴素的房子,与李斯特的艺术别墅完全不同,这里没有一个知识分子的小团体等着吓唬他,舒曼和克拉拉以及孩子们住在一起。

勃拉姆斯当时感觉这是他应该来的地方,晚饭以后,因为是约阿希姆的介绍,舒曼请勃拉姆斯演奏一曲钢琴。

勃拉姆斯没有看自己的谱子就演奏了,把舒曼和克拉拉给震住了。舒曼在他的日记里写他感受到了真正的原创的力量。克拉拉说得更好,她说只有天上才能够传来这样的声音。勃拉姆斯见到舒曼时,只有二十岁,但是勃拉姆斯从舒曼这里知道了自己的音乐是从哪里来,要往哪里去。

勃拉姆斯在离开李斯特的艺术别墅以后再也没有见过瓦格纳,但是他们各自的支持者争吵不休,一直吵到他们两个人死去为止,瓦格纳比勃拉姆斯早了好几年去世,勃拉姆斯长寿,他充分看到了自己的成功。

瓦格纳死后,欧洲乐坛没有人能够对勃拉姆斯说三道四了,布鲁克纳、理查,施特劳斯等等,他们是后来者。

勃拉姆斯瞧不起布鲁克纳,布鲁克纳我也很喜欢。勃拉姆斯说布鲁克纳的交响乐就是一条蟒蛇。布鲁克纳的作品庞大，尤其他的《第七交响乐》，上来的弦乐，让人感到是大海的浪涛，一排一排涌过来。

我读过柴可夫斯基的日记，他有一次演奏完勃拉姆斯的作品，在自己的日记里写道：无聊，呆板。这是柴可夫斯基对勃拉姆斯的评价。

没有关系，现在我们经常在一个音乐会里同时听到他们的音乐。文学也好，音乐也好，电影也好，在他们同时代的时候都充满了争吵，但是流传下来的是作品，不是争吵。争吵会消失，会随着他们的去世而消失。

现在我们在一个音乐会上，同时听瓦格纳，听李斯特，听勃拉姆斯，听舒曼和布鲁克纳，还有柴可夫斯基，我们不会去关心他们生前发生过什么。到了20世纪，勋伯格他们起来以后，曾经被认为是保守的勃拉姆斯在勋伯格这里是极其激进的，勋伯格认为自己是勃拉姆斯和瓦格纳共同的学生。艺术就是这样，文学也是这样。

去年我读了澳大利亚作家理查德·弗兰纳根的小说《深入北方的小路》，这是我要推荐的第二本书。

弗兰纳根去年来过北京，他主要的小说写的都是塔斯马尼亚的故事。塔斯马尼亚是澳大利亚南边的一个小岛，世界的尽头。他告诉我，他生活的小镇的居民也就两百多人，外来人口都是来开矿的工人，有黑人有亚裔，他的故事主要写塔斯马尼亚，只有《深入北方的小路》这一本是写他父亲的经历。

他父亲二战时在澳大利亚的军队里，被日本人俘虏以后，去建泰缅铁路。这条铁路被称为是死亡铁路，一群战俘在那里筑建。他写的是在原始森林里建铁路的故事。

弗兰纳根说他小的时候，认为作家只有英国和美国才有，澳大利亚没有作家，他生活的地方太偏了。他们家里只有他父亲认识字，他父亲在他小的时候能给他们背诵诗歌，所以他很崇拜父亲。

弗兰纳根成为作家后，他父亲就希望能把他的故事写下来，弗兰纳根写了十二年。他父亲病重，很长时间里，只要他回去看父亲，父亲第一句话，就是问他写完了没有。他总是说，没写完。后来他正式写完了，把稿子交给出版社，交给出版社才是真正意义上的写完了。他回去看父亲，他父亲仍是问他写完了没有，他说写完了，他父亲当天就去世了。

《深入北方的小路》里有修建泰缅铁路的残酷和精彩，同时还有一个感人的爱情故事，一个叫埃文斯的军医，他爱上一个女人，叫艾米。这个女人是他叔叔的妻子。他叔叔在悉尼开了一个酒吧。艾米去那个酒吧打工，应该是无家可归什么原因，就和他的叔叔发生了性关系，之后就同意跟他叔叔结婚。弗兰纳根在小说里写他们每次做爱的时候，艾米绝对不与埃文斯的叔叔接吻。有一次，埃文斯的叔叔强行想把她的嘴扒开，结果发现那是一把永远打不开的锁，这是弗兰纳根的比喻，很好的比喻。

埃文斯和艾米相爱了，动人的爱情。之前埃文斯在军医学校读书的时候，认识了一个女孩叫艾拉。他在认识艾米之前，很随便地觉得艾拉可能是自己将来的妻子，他们两个人也谈起了恋爱。但是埃文斯和艾米认识以后，才知道什么是真正的相爱，两个人非常相爱。这部小说的第四章是写俘虏们修建泰缅铁路，这一章是我读过的关于战争描写里最精彩的篇章之一，这里不说了，我要说的是埃文斯和两个女人之间的故事。

埃文斯被派往前线前，他给艾米打了一个电话，他说，你要等我，我肯定要活着回来。艾米一直等着他。他就去了前线，他的部队被歼灭了，他成了俘虏。他的叔叔知道自己的妻子跟埃文斯之间是有关系的，所以他故意把埃文斯所在的部队被歼灭的消息告诉了艾米，说埃文斯死了。艾米非常伤心。在泰缅铁路那边的埃文斯，每天盼着来信，日本军人有时候给他们信，有时候就把他们的信扔了。他收到过一封信，是他大学时谈过恋爱的艾拉写来的，艾拉在信里告诉他一个坏消息，就是他叔叔的酒吧失火烧毁了，他叔叔被烧死了，埃文斯很伤心，他认为艾米也被烧死了。

酒吧确实失火烧毁了，他叔叔也确实被烧死了，但是艾米当时不在家，没有死，他不知道。等到太平洋战争结束，因为艾米死了，他不想回到澳大利亚，他是个军医，所以他又去了世界上其他的军医院。他去做志愿者，去给世界各地的伤兵治病，一年多以后，那些医院一个个关门了，因为有些伤兵死了，有些伤兵出院了，他只好回到澳大利亚。他一下飞机就看到有一个熟悉的人挥着手过来，是艾拉。然后他们结婚了，就是他大学生时谈过恋爱的那个女孩。

由于埃文斯在战争中的经历，以及他在战后作为志愿者的经历，使他成为澳大利亚的国家英雄，到处都在报道他的英雄事迹。因此艾米知道他回来了，艾米心想，你还说回来以后会来见我，结果，你根本没来。但是埃文斯不知道艾米还活着，后来的他很有成就，中年发福。结尾的时候，埃文斯走在悉尼大桥上，突然看到对面走来了艾米，双手牵着两个孩子，一男一女两个孩子，是她妹妹的孩子，那时候艾米得了不治之症，孩子和不治之症，埃文斯都不知道真相。

艾米戴着墨镜，她的身材没有变，虽然那么多年过去了，埃文斯还是远远地一眼就认了出来，那是艾米，他迎过去。弗兰纳根用了很长的篇幅写埃文斯走向艾米时的激动，写得很准确，我读的时候也激动，结果他们擦肩而过。擦肩而过之后，埃文斯才意识到他和艾米擦肩而过了，因为过去回不去了。

弗兰纳根来到北京，我告诉他，就凭这一笔，我就可以认为你是一个大作家。他把情感推向高潮后，用这样的一个方式结束，这部小说就是这样结束的，现在我的演讲也结束了。

(《收获》2022年第2期)

文学批评如何才能成为"利器"？

吴义勤

今天的文学批评无疑正受到严峻挑战：一是随着网络和新媒体的发展，文学作品的数量出现了膨胀式的大幅增长，但读者的文学阅读热情却呈现下降趋势，大量作品无人问津；二是电子化等文学阅读方式改写和冲击着读者的审美经验，文学共识的形成越来越难，对当代文学的认识、判断和评价出现了巨大分歧；三是线上线下、文学内外都充斥着对文学批评的不信任情绪，几乎所有人都对文学批评不满，文学批评的公信力和权威性受到全方位的质疑，而这反过来也导致文学批评的自我怀疑。

对文学批评的最大不满和最深焦虑，恐怕就是文学批评没有力量、没有锐气、不敢"否定"、无力"批判"、不能亮剑发声、没有发挥"利器"的作用。但文学批评在今天这个时代如何才能成为"利器"？如何才能重获力量？这个问题更加复杂，不仅没有标准答案，而且还存在许多误导和误解。很多人都怀念20世纪80年代，那是一个文学批评和文学创作彼此唱和、比翼双飞的时代，但我们都知道那样的文学乌托邦时代事实上已经一去不复返了。因此，网络、短视频时代的文学创作和文学批评，迫切需要做的就是进行新的审美调整。这种调整，我个人以为至少涉及四个层面。

其一，对文学批评功能应该重新定位。文学批评的首要功能当然是"批评"，但"批评"不是"批判"，不只是对作品局限、不足的否定和质疑，也包含着对文学价值的发现与肯定。"批评"两个字的内涵同时包含着肯定和否定两个层面，无法割裂开来单独强调哪一面，否则就容易形成误导。很多人似乎觉得对这个时代文学的否定比肯定更重要、更难，这其实是一个最大的误会。事实上，否定的前提是肯定，离开了这个前提，为否定而否定，否定就失去了力量。因此，对文学的肯定远比否定更难、更需要勇气。一般来说，指出我们时代文学存在的问题其实很容易，那问题就摆在那儿。今天的批评家最缺乏的恐怕还是正常的肯定和发现的能力，他们首先应学会的其实是如何理直气壮地肯定一部文学作品，如何第一时间令人信服地发现一部作品的价值。我认为，一个时代的文学批评最主要的功能，仍然是对这个时代文学价值的正面发现和阐释。批评应行使的使命，是要知道我们这个时代文学的价值在哪里，并把这种价值发现和阐释出来。如果说文学创作要追求真、善、美，那么文学批评就要发掘蕴藏在作品中的真、善、美，并阐释其何以为真、何以为善、何以为美。文学批评应该在作家和读者之间、作品和文学史之间搭起桥梁，以推动文学走进读者和文学的经典化。面对网络化、数字化时代汹涌而来的海量的文学文本，批评家应该有能力告诉读者哪些值得阅读，哪些是具有经典价值并可以进入文学史的。

我们衡量一位批评家是否优秀，通常看他两方面的能力：一是理论创新能力；二是对文学作品的领悟、阐释能力。从这个意义上说，文本研究应该是批评家的立身之本。一切从文本出发，是文学批评的基本原则。在文本面前是否足够敏感、足够有耐力与毅力，可以说是检验批评家能力的试金石。但令人遗憾的是，文本研究已经成了当今批评界最大的软肋。这正是批评家失去肯定文学的能力的原因，肯定是需要批评家以更专业、更高质量的阅读为基础的。

更重要的是，文学批评的功能还包括对一个时代文学基础、文学土壤的培育，对文学的理想读者的召唤，文学批评应该让今天的读者更热爱我们这个时代的文学。如果文学批评不能完成对当代文学价值的发现与肯定，如果文学批评不能让读者看到我们时代文学的那些值得肯定的价值，如果在一个文学传播场域里充斥的只是对文学的粗暴否定，那文学批评同样会成为加剧这个时代阅读危机的"罪魁祸首"，它会使读者不是亲近、热爱、阅读文学，而是越来越理直气壮地逃离文学。

其二，批评家的重新自我定位。过去，文学批评家的自我定位常常在某种程度上是自我神化的。批评家往往不自觉地把自己定位成一个手握作家、作品生杀大权的"裁判官"和"代言人"，而且自认为自己由此而来的话语权是法定的、先验的、与生俱来的。随着文学生态和文学环境的变化，文学批评家的地位也在改变。文学批评家作为"裁判官"或"代言人"的话语权力、话语权威日益受到挑战。事实上，一个批评家只有在首先成为称职的读者的前提下，他的"裁判官"或"代言人"的身份才是合法的。如果连合格的读者都不是，那话语权力从哪儿来？批评的可信度和权威性又来自哪里呢？任何批评家都首先是一个文学读者，其文学批评的基础应该是批评家作为一个读者的文学感受。今天的文学批评家之所以常常把自己打扮成公共知识分子，变成冷冰冰的新闻发言人和法官式审判者，而忽略或掩盖自己作为一个文学读者的真实感受，其最大的原因就是他根本不是一个合格的读者，甚至连一个普通读者都不是，既不比普通读者读得多，也不比普通读者读得细、读得精，他根本就没有真正的阅读感受，没有个体的审美温度，他的批评没有感染力和可信性，是必然的结果。

因此，当下文学批评家的首要任务，是放低身段做一个合格的读者。只有成为合格的读者，才能成为合格的批评家。但是，放眼今天的评论界，称得上合格读者的批评家确实不多。中国每年会出版几千部长篇小说，批评家一年究竟能读几本？可以说，正是由于没有足够的阅读量，批评家已经失去了在批评对象面前的主动权。他们无法自觉、主动地选择批评对象，只能听命于媒体或某种权威的声音。我觉得，对当今批评家来说，专业基础和理论能力固然重要，但检验批评家能力和水平的最大指标其实是阅读量。这本是一个最低的要求，却反而成为批评家面临的最大问题。

其三，文学批评伦理的重新校正。当下文学批评的问题在很大程度上还与批评伦理的扭曲、异化有关。网络时代的社会环境、社会心理对文学批评的冲击很大。鲁迅曾说："批评家的错处，是在乱骂与乱捧。"这些年我们更多关注"乱捧"的危害，但其实"乱骂"的危害同样值得警惕。例如，文人相轻、同行相轻、厚古薄今、厚远薄近、菲薄名家等畸形的社会文化心理进入文学批评领域后，文学批评话语就被严重污染。在今天这个时代，部分文学批评对同代人采取的是一种非常苛刻甚至残忍的态度，特别是网络上的有些文学批评，可以说充满了戾气。这种苛刻和残忍造成的就是文学批评话语的扭曲。一方面，今天的文学批评连什么是讲真话都开始变得模糊。在畸形文化心理的绑架之下，"讲真话"变成了否定当代作家、当代文学的话语行为，否定当代作家被正义化、崇高化，被视为勇敢、有责任、有担当的标志。另一方面，如果谁敢于正面肯定当代文学、当代作家，就会被视为讲假话、没操守。坦率地说，在今天肯定当代文学和当代作家已经变成了很危险的行为，需要小心翼翼。这正是批评伦理的扭曲。

与此同时，文学批评的伦理化和道德化倾向越来越严重。很多批评家越来越轻视文学的审美分析而热衷道德分析。面对一部作品，批评家不是从审美的角度去感受文学对读者的情感、思想、审美的冲击力，而是热衷从道德的角度对作品进行批判。很多批评家喜欢站在道德的制高点上，对作家进行审判，全盘否定作家的创作。在这个问题上，我们应该对批评家的道德优越感保持足够的警惕。尤其在网络上，拿名人名家开刀，从意识形态角度粗暴评判文学作品，甚至恨不得从"黄赌毒"的层面给作家作品扣帽子，这类现象很普遍，让文学批评变得面目可憎、令人恐惧。有了道德化这个"神器"，有些批评家甚至没读作品或只是粗略浏览一下，就义正词严地否定作品，这是当下批评界最不可思议的怪事之一。道德成了对作家作品进行"有罪推定"的"万能钥匙"，而一旦作品被从道德层面定位，作家是无法反驳、辩护、自证清白的。

批评伦理化、道德化还有另一种表现形式，那就是以现实分析取代文学分析，以对文学作品所描写的现实的价值取代文学本身的价值。有些批评家因为肯定某些作品中特定的现实题材（如"拆迁""农民工"以及"上访"等）的价值，进而肯定作品的文学价值，完全忽略了对文学性本身的分析。这是另一种形式的买椟还珠，是值得警惕的题材决定论和生活等级论的复活。文学当然应该反映现实，但文学反映现实的目的应该是文学而不是现实本身。

其四，澄清"剜烂苹果"的误区。习近平总书记《在文艺工作座谈会上的讲话》中指出："文艺批评要的就是批评，不能够只是表扬甚至是庸俗吹捧、阿谀奉承。""批评家要做'剜烂苹果'的工作，'把烂的剜掉，把好的留下来吃'。不能因为彼此是朋友，低头不见抬头见，抹不开面子，就不敢批评。"确实，文学批评要重新获得力量，成为"利器"，学会"剜烂苹果"是批评家的基本功和必修课。但如何"剜烂苹果"，对许多批评家来说还是一个考验，这里不仅有能力问题，也有认识论和方法论的问题。

现在文学界有些人将"剜烂苹果"污名化了，使得"剜烂苹果"成了充满敌意的批评行为。一位作家、一部作品一旦被"剜烂苹果"，似乎就变成了"烂苹果"并被宣判死刑、打入另册。这实际上是对"剜烂苹果"的极大误解。无论习近平总书记《在文艺工作座谈会上的讲话》，还是鲁迅所希望的"刻苦的批评家来做剜烂苹果的工作"，其前提都是对"烂苹果"价值的肯定，正因为"烂苹果"有价值，所以即使有"烂"的地方也要去"剜"。用鲁迅的话说，就是"实在有三点：一、指出坏的；二、奖励好的；三、倘没有，则较好的也可以"。因此，对批评家来说，"剜烂苹果"是一个高难度的"技术活"，需要有精准的技艺才不会误伤了"苹果"甚至错杀、毁坏了"苹果"。这方面，我觉得批评家至少需要做到以下几点。

第一，要尊重审美差异性。文学批评最重要的是百花齐放、百家争鸣，其前提和基础就是学术民主，是文学观点的平等和对审美差异的尊重。当下批评界的最大问题就是不习惯文学观点的平等，有些批评家总是不自觉地把自己的观点真理化、绝对化、神圣化、道德化。这使得文学观点之间、审美差异之间形成了莫名其妙的等级，对那些与自己观点不同的批评家，有些人甚至从人品、道德、价值、水平等层面予以讨伐。在这样的情况下，学术民主、学术自由、审美观点自由都成了空话，"剜烂苹果"自然就容易走极端，变成对作家作品的全盘否定。

第二，要尊重文学本身，尊重作家劳动，对作家葆有最基本的善意。要改变作家对"剜烂苹果"的畏惧心理，批评家也需要对作家的劳动有足够的尊重。"剜"的出发点是爱，是对文学的爱，是对作家的尊重，是对作家的善意和期待，因此没有必要咬牙切齿，更没有必要上纲上线。"剜"是为了使"苹果"更能吃、更好吃，而不是为了把它打碎、砸烂。作品可能没有写好，可能水平没有达到一定的标准，没有满足读者的预期，这正需要批评家去"剜"，多么尖锐都可以，但不要从人性和道德层面做"有罪推定"，不要从根本上否定作家的文学理想。更重要的是，要确保批评的出发点始终是文学本身，"剜"的目的是出于对文学的信仰，不能被文学以外的世俗因素所绑架或异化。

第三，要有理性的态度，要会"讲道理"。"讲道理"的关键，一是要会"讲",二是要真的"有道理"。"讲"就是对话能力,与作家对话,与文本对话,与自己的文学积累、文学标准、文学价值对话。说服别人,首先要说服自己,"讲道理"实际上就是讲真话,讲最真实的感受。"剜烂苹果"最需要的是理性,要克服情绪化。有些批评家在追求批评的尖锐性时,似乎走了极端,特别情绪化,好像调门越高、姿态越绝对、说话越武断,就越有力量。实际上,越是尖锐的批评,越应与人为善、慢声细语、平心静气、娓娓道来。只有以理服人,才会让批评有力量。

第四,"剜烂苹果"要成为一种有力量的常态化的批评行为,还需要作家的自我调整。作家要学会正确对待"剜烂苹果"。作家不要怕被批评、被否定、被"剜",其实一个作家的地位和价值是历史形成的,既不会因为被表扬和赞美几句就高大多少,也不会因为被"骂"和否定几句就降低多少。

(《新华文摘》2022 年第 11 期、《文艺研究》2022 年第 2 期)

迷宫如何讲故事：
"巨洞探险"与电子游戏的跨媒介起源

王洪喆

格雷厄姆·纳尔逊（Graham A. Nelson）是一位英国数学家、诗人，同时是电子游戏社群 Inform 系统的创建者。在 1995 年的小册子《冒险的手艺》(*The Craft of the Adventure*) 中，纳尔逊将电脑角色扮演和冒险游戏的起源回溯到一位生于 1820 年的混血黑奴——斯蒂芬·毕晓普（Stephen Bishop）身上。作为也许是现代历史上第一位职业探洞者，毕晓普毕生都在肯塔基州喀斯特地区的猛犸洞（Mammoth Cave）担任向导。猛犸洞，是迄今为止被人类所探测过的最长的地下洞穴系统；而黑奴毕晓普和这座猛犸洞的故事，也堪称现代洞穴探险史与现代电子游戏起源的奇特交汇。

一

猛犸洞发现于 18 世纪末，据传说，猎人约翰·霍钦（John Houchin）在追逐一头受伤的熊时，偶然发现了洞穴的入口。洞口处蝙蝠密布，在美英战争期间，这里的蝙蝠粪被密集开采，溶解到硝酸盐中以提取硝石制造火药。战争结束后，随着硝石价格的下跌，洞穴一度归于沉寂，直到一具木乃伊的发现。

商人纳乌姆·沃德（Nahum Ward）在一次闲聊中得到了线索，于 1815 年 11 月的一个早上与两名向导进入猛犸洞，以寻找一具传说中的木乃伊。他在探险日记中写道："……当我到达占地八英亩的洞室'主城'（Chief City），看到没有一个支柱支撑整个拱顶时，我感到惊异。在天堂之下，没有什么比这里更宏伟了……"

由于没有现成的地图，在洞中的导航是一个挑战。沃德的探险持续了19个小时，直到第二天凌晨三点，他终于到达了一处隐秘洞室，发现了传说中的木乃伊石棺。在他的形容中，这是一具约六英尺高，仅重二十磅的女性木乃伊。她直直地坐在石棺中，被宽大的石板包裹着，粗糙的衣服内藏着她的工具、首饰、羽毛和其他护身符。

当然，在现代游戏与迷宫史的视野下，这个传奇故事还有一个简单的讲述方式：一位玩家冒生命危险历经千辛万苦后，在迷宫的尽头找到并开启了一个宝箱，获得了属于他的奖赏。而需要注意的是，这个故事原型发生在现代游戏尚未出现的19世纪早期探洞活动中，这为后来猛犸洞与现代游戏起源的交汇埋下了伏笔。

这具木乃伊起初被称为"猛犸洞木乃伊"，后来在1852年被命名为"伊福恩·胡夫"（Fawn Hoof）。自1816年，"胡夫"被一家马戏团带到全国巡回展出，吸引了美国各地的观众，猛犸洞因这具木乃伊也迅速为全国所知。在被巡回展出60年后，"胡夫"被美国国立博物馆斯密森学会收藏。猛犸洞在当时能被列为世界奇迹之一，一半是出于"胡夫"的功劳，而另一半则要归功于开篇的那位黑奴毕晓普。

二

自19世纪初，洞穴游在欧洲已成为旅游热点。猛犸洞尽管因木乃伊而名声在外，早期游览者却不多。这跟猛犸洞的巨大规模所带来的探洞风险有关。在地质上，猛犸洞是肯塔基州中部的地下洞穴网络，被认为是世界上最大的洞穴系统之一。

在1812年战争期间，该洞穴的蝙蝠粪是硝石的重要来源，而正是黑奴为开采提供了主要劳动力。战争结束后，硝石的价格急剧下跌，采矿获利变得不可行。为了寻找新的商机，调查猛犸洞更深层区域的工作随即展开，以进行旅游业的商业开发。由于该地区洞穴之间的商业竞争，大多数调查和地图都是保密的。在随后的几十年中，猛犸洞成为美国和欧洲旅行者的热门旅游胜地，其经济价值继续取决于奴隶劳动。在19世纪，带领游客游览猛犸洞的向导一律是黑人，他们要么是洞穴所有者的财产，要么是由附近的奴隶主租借的。在被大多数历史学家所忽略的种族场景中，这些奴隶成为在南北战争之前的数十年中穿梭于洞中的白人男女优雅举止的保障。

迄今为止，这些黑人洞穴向导中最著名的就是毕晓普。他的所有者富兰克林·高林于1838年购买了该洞穴上方的土地，自此他便开始在猛犸洞工作。直到1857年去世之前，毕晓普陪同成千上万的白人游客进入洞穴。不管以哪种标准来衡量，奴隶毕晓普都是一个了不起的人——他自学了拉丁语和希腊语，以猛犸洞的"首席统治者"著称。他在业余时间探索并命名了猛犸洞的大部分区域，在一年内将已知的地图扩大了一倍。毕晓普开创了独特的洞穴命名风格，半古典、半美国本土气息——冥河、雪球大厅、小蝙蝠大道、巨蛋……他在1842年凭记忆绘制的地图，40年后仍在使用，这些地图直到20世纪仍因其令人惊叹的准确性而备受关注。

在19世纪出现的一手洞穴叙事中，毕晓普因其英俊而异域的外表、对洞穴地形和历史的丰富知识以及勇敢的个性而广受赞誉。直到今天，毕晓普仍然出现在美国诗歌、历史小说和儿童故事中——作为19世纪被遗忘的浪漫英雄、黑人教养和黑人自决的代表性人物，克服了奴隶制对人的异化。但历史学家彼得·韦斯特（Peter West）认为，猛犸洞内奴隶制的复杂性无法进行简单的理解。尽管毕晓普经常被贴上"地下世界的哥伦布"的标签，但他和其他洞穴探险者的卓越能力，始终为奴隶主的财富增长服务——因此，他的杰出成就也同时是被剥削的奴隶劳动。而地下世界的复杂性在于，考虑到环境的凶险，黑人导游在白人游客中拥有实际的绝对权威。

就此韦斯特认为，种族动力塑造了19世纪中叶猛犸洞在美利坚民族国家想象中的独特角色。在整个19世纪四五十年代，随着旅游业的蓬勃发展，猛犸洞成为当时美国流行文化中充满活力的文学象征：抒情诗唤起了洞穴"深沉的忧郁"；伪考古学叙事，描述了长期生活在地下的人类或近人类种族的白人文明；幽灵的故事和传说，讲述了印第安人的灵魂在洞中徘徊困扰着后人；哥特小说将这个洞穴用作谋杀、性背叛和复仇等耸动故事的背景。19世纪中后叶，猛犸洞不仅成为美国及欧洲游客的热门旅游目的地，还作为国家形象中的活跃符号，出现在旅行书、抒情诗、私人日记、情书、哥特小说和移动全景画等各类媒介物里。由毕晓普的故事可知，探洞虽然古已有之，但在19世纪被赋予了与古代截然不同的意义。

作为古希腊神话和哲学中的常用譬喻，物理的洞穴也是先知的所在，洞穴被当作"众神的媒介"。因进入洞穴可以改变人们的意识状态，洞中的感官剥夺显然与神谕相连。更重要的是，基于爱琴海特殊的地质条件，洞穴释放的毒气会引发欣快或神经毒素反应。因此在古希腊人那里，洞穴所具有的超验属性，使得将先知和洞穴相连成为一种普遍知识。

然而，与将洞穴神秘化的古代经验相反，现代洞穴探险试图将洞穴纳入理性认知的范畴。深入洞穴的探险在任何意义上都是一项绝对的现代发明。洞穴的独特挑战在于，除了入口区域外，绝大部分是不可见的。结果，洞穴通常没有引起主流科学家和地图史研究者的注意。除了在某些地图上标明洞穴入口外，大多数洞穴在地形图、卫星影像或航空照片上都未予以标明和展现。对于这种缺少自然光，并包含巨大生理和心理障碍的环境，只有现代洞穴探险者，由好奇心和标记这些未知区域的动机驱动，涉险进入洞穴。19世纪以来，对洞穴的物理探险运动及其衍生的田野文献和制图工作不仅发展为一门新的学科"洞穴学"（Speleology），且为广泛的跨学科工作提供了基础，如考古学、进化生物学、水文学、地质学、地球微生物学、矿物学和古气候研究等。

由此，在现代洞穴勘探史的视野下，猛犸洞即是现代洞穴探险起源处的"元洞穴"之一。然而，现代洞穴探险，不仅仅是一种科学与理性化的过程，而必须同时被理解为一种社会的和政治的过程——毕晓普的故事表征了猛犸洞在美国奴隶制历史中的独特地位。而这项工作同时也为理解现代游戏的起源找到了一条隐秘的媒介谱系线索。

三

根据主人的遗嘱，毕晓普在1856年因出色的工作赎回了自己，获得了自由身。当时，猛犸洞已探明区域有226条通道、47个穹窿、23个坑和8个石瀑。然而悲惨的是，此时的他还没来得及赎回自己的妻儿，就在一年后去世了，终年37岁。不过，这位伟大的黑人探洞者，因其留在洞壁上的记号、签名和他绘制的精准地图，依然被世人所记忆，依然活在各种传奇故事中。毕晓普因其对猛犸洞可探明路线的执掌，成为白人进入地下世界游玩的主持人，在这个意义上，他可被称作最早的"地下城主持人"

(Dungeon Master)。

在毕晓普去世后的几十年间，探洞成了一门大生意，附近的洞穴遭到激烈的商业抢占。但是，随着奴隶制的废除，商业洞穴探险因其劳动分工的变化也变得越来越危险和隐秘，美国政府终于在1941年出面，将猛犸洞区域划为国家公园，游客的商业"探洞热"开始减弱。自20世纪40年代后，洞穴探险开始成为一项非营利的科学活动和极限运动。在没有了奴隶作为向导劳动后，这种极限运动只能以社群和共享的方式发展，其沉没成本和不可控性意味着其很难被商业化。

"二战"后，探洞发烧友社群中流传着一个传说——猛犸洞和附近的火石岭洞穴（Flint Ridge Cave System）有一条通道相连。60年代，探洞社群对连接入口进行了多年的秘密探索，尝试了所有从火石岭通往猛犸洞的可能连接，都失败了。直到1972年9月9日，瘦削的计算机程序员派翠西亚·克劳瑟（Patricia Crowther）所领导的探险队取得了突破性进展。她在通过一处被命名为"窄点"（Tight Spot）的区域后发现了一条泥泞的通道——进入猛犸洞的隐蔽途径。有趣的是，115磅的克劳瑟在挤过窄点后，发现墙上潦草地刻着"Pete H"，还有一个指向猛犸洞的箭头。通过查阅档案，探险家们得出结论，该记号来自探险家彼得·汉森（Peter Hanson），他在30年代就到达过这里，后在"二战"中丧生。

洞穴中奇妙的相遇连通了不同的时空，发现"窄点"的70年代初，也可被称为现代游戏历史的"窄点"时刻，奇妙的连接就发生在此刻。

1972年，派翠西亚·克劳瑟和她的丈夫威尔·克劳瑟（William Crowther）正受雇于美国国防部高等研究计划局的承包商BBN。威尔是BBN旗下阿帕网（ARPAnet）开发团队的创始成员之一。阿帕网作为互联网（Internet）的前身，其中威尔参与的程序开发又是这一过程中的关键一步。可以说，他们在70年代的工作直接促成现代互联网的诞生。同时，在冷战军工部门宽松的工作环境中，这些麻省理工的毕业生也成为刚刚兴起的桌上游戏《龙与地下城》的爱好者。两人同时是洞穴探险社群的活跃参与者，威尔利用妻子派翠西亚编写的程序绘制猛犸洞的地图，并制作成手册共享给社群。

然而不幸的是，派翠西亚与威尔的婚姻在1975年结束了。派翠西亚于两年后与探洞社群的另一灵魂人物约翰·威尔科克斯（John Wilcox）结合。在与妻子离婚后，为了让两个女儿在来访时开心并改善亲子关系，悲伤的威尔于1976年利用业余时间，以PDP-10为平台用FORTRAN语言编写了一款名曰《冒险》（Adventure）的文字互动游戏——游戏的舞台即用计算机模拟还原了猛犸洞中夫妇二人曾经最喜爱的一个区域。我们可以在最初版本的《冒险》里找到许多现实猛犸洞中的元素：洞穴探险者会在矿灯闪烁时回头；洞壁上神秘的标记和签名缩写——有些是19世纪的黑奴矿工和向导留下的，还有些是20世纪的探险者留下的。在后世电子游戏中被广泛使用的"房间"（room）一词，也是来自探洞社群命名洞室的术语。游戏同时借鉴了《龙与地下城》的要素，在后续迭代版本中加入了肯塔基中部没有的活火山、龙和矮人。游戏名称后来改为《巨洞探险》（Colossal Cave Adventure），即现代电子游戏史上第一款冒险与角色扮演游戏。

关于这段经历，威尔在回忆中写道：

> 当时我正痴迷一款名为《龙与地下城》的桌面游戏，并且一直在积极参与洞穴探险运动——特别是肯塔基州的猛犸洞。突然间，我卷入了一场离婚，这让我在各个方面都有些分崩离析，特别是想念我的孩子，探洞也停止了，离婚令社群变得很尴尬。所以我决定放空自己，写一个程序，以在幻想世界重建我和前妻的探洞经历，同时作为给孩子们的礼物，也许还纳入我一直在玩的《龙与地下城》。我的想法是，这将是一款不会让非电脑用户感到害怕的电脑程序，这也是我制作它的原因之一——让玩家使用自然语言来输入指令，而不是更标准化的程序命令语言。我的孩子们认为这很有趣。

1976年之后，《巨洞探险》的拷贝开始在阿帕网的早期节点上扩散开来，成为军工和大学计算机实验室中最流行的程序之一。也就是说，一款关于物理洞穴网络的文字游戏，开始在新生的数字网络——阿帕网上传播开来，而这款游戏的制作者，作为国防部的雇员，又身兼探洞者和现代互联网开发者的双重身份。由此，在70年代这个现代游戏史的"窄点"时刻，《巨洞探险》就成为连接物理和虚拟两个网络世界的"窄点"，也成为连接冷战史与游戏史的"窄点"。

当《巨洞探险》于1977年春季到达麻省理工时，那里的玩家迅速做出了反应，他们创建了一个更加复杂的文字游戏《魔域》（Zork）和第一个专注开发此类游戏的新公司 Infocom，该公司开发的数款文字冒险类游戏在 80 年代畅销不衰。这段时间，受《巨洞探险》启发的一系列游戏成为在计算机和其他主机上第一个风靡且被成功商业化的电子游戏类型，其中最著名的，应属雅达利（Atari）的游戏设计师沃伦·罗比内特（Warren Robinett）于 1980 年开发的 2D 图形游戏，也叫作《冒险》（Adventure）。该游戏被称作第一个图形版的《巨洞探险》，在 80 年代售出了 100 万套。

不过，雅达利的《冒险》之所以在游戏史上成名，最重要的并不是因其销量，而是因为这款游戏中埋藏了游戏史上第一个"彩蛋"。在电影《头号玩家》中，男主人公韦德在绿洲挑战赛中进入的最后一道关卡，即是在雅达利二六〇〇（Atari 2600）主机上玩《冒险》，而通关方式也并非打穿游戏，而是通过密道抵达游戏中的"像素厅"（Pixel Room），找到作者罗比内特秘密刻在洞壁上的"彩蛋"——"沃伦·罗比内特创造"（Created by Warren Robinett）。而这个瞒着老板埋藏在游戏中等待玩家发现的彩蛋，正是为了抗议雅达利公司对游戏作者署名权的剥夺和在经济上不公正的待遇。

自此之后，作者在电子游戏中埋藏署名彩蛋成为惯例。而《冒险》中这个铭刻在"像素厅"洞壁上的数字签名，与毕晓普等黑人向导铭刻在猛犸洞壁上的姓名缩写遥相呼应，恰恰成为猛犸洞奴隶史在 20 世纪游戏史中的苦涩回声。

四

在冒险和角色扮演类游戏中，不仅游戏的迷宫设计，对应了自然洞穴的物质性拓扑结构，其对话树的设计，也对应了洞穴探险运动中对洞穴分支结构的遍历性探索方式，即在媒介谱系研究的视野下，电子游戏的互动性叙事，也是对洞穴遍历性探险的模拟。因此可以说，现代电子游戏是在空间构造和叙事构造的双重意义上模拟洞穴探险。

由此谱系出发，可以发现，多种电子游戏的设计都具有类似的媒介特性：将裸露的开放世界"洞穴化"，成为某种有待开启的一连串未知洞室的连接。在这个意义上，甚至可以认为，游戏世界，就其本体而言都可被视作"洞穴"或"地下城"。例如，在早期文字 MUD（多用户虚拟空间游戏，是文字网游的统称）游戏《侠客行》中，门派取代了洞穴组成了玩家需要遍历的游戏世界；进而，在图形化的《金庸群侠传》中，古代中国地图被描绘为一个由门派所连接的地理网络，在门派之外的中原世界一无所有。在游戏中，我们必须将开放的地面世界洞穴化，将不可遍历的无限世界有限化。

那么，在电子游戏的洞穴迷宫中游走究竟为何让人着迷呢？回到开篇纳尔逊的观点，他在《信息设计师手册》第四版中概述了这种游戏流派的起源——从斯蒂芬·毕晓普的故事开始，他是洞穴探险家、制图师和奴隶，他曾在巨大洞穴内担任导游，以期为妻儿购买自由。纳尔逊写道："第一个冒险游戏的底色是由两个失落的灵魂斯蒂芬·毕晓普和威尔·克劳瑟塑造的，这让人很难不感到悲伤，他们两人都像俄耳甫斯一样无法将自己的妻子从地下带回。"游戏研究者丹尼斯·杰茨（Dennis G. Jerz）认为，虽然将两个人都钟爱的山洞与奴隶制、离婚和死亡进行比较，这看起来似乎有些戏剧化，但纳尔逊却恰当地指出，正是"悲痛"，成为将毕晓普和克劳瑟在巨洞中所经历的冒险情境化的直接动力。

对于克劳瑟的孩子来说，玩这款游戏一直是在父母离婚后怀念父亲的方式。克劳瑟夫妇的一位前洞穴同伴在回忆 70 年代初期的探洞社群文化时称，二人的婚姻破裂是这个社群的一场灾难。直到 30 年后，这个共同的朋友本人仍然在承受这种痛苦，他说只要瞥一眼《巨洞探险》就足以立即将其识别为一种情感宣泄，这是威尔为重建失去的爱情和家庭而进行的尝试。

由此，游戏迷宫的故事并不是任意的，迷宫遍历的过程，是一个将已经破碎流逝之物还原的过程，是逆时间回溯的过程，因而也是对抗死亡的过程。在没有地图（历史）作为参照的前提下，只能通过遍历所有的分支去对抗死亡。而游戏中的存档和读档，也即意味着回到迷宫的上一个岔路口——只有出现了岔路，才需要存档，即是对可能的死亡进行标记。在这个意义上，游戏也可被理解成一种"档案媒介"。

在电影《妖猫传》中，空海和白居易跟随妖猫的指引，在长安城迷宫的尽头，终于拼凑起杨贵妃悲剧的一生；在《头号玩家》中，韦德通过翻找隐藏在"绿洲"档案馆中的线索逐渐了解迷宫作者哈利迪（Halliday）

的一生，并以此连闯三关得到三把钥匙，在迷宫的尽头开启了作者童年的房间，与哈利迪的副本相遇，并通过最终的考验战胜资本，完成对"绿洲"所有权的交接；在获奖游戏《极乐迪斯科》（*Disco Elysium*）中，玩家扮演的警探在迷宫尽头的海岛上，遭遇了革命逃兵和自己失落的爱情。

因此，在迷宫的尽头，玩家（洞穴探险者）往往会与迷宫作者最隐秘的内心相遇。也可以说，在任何游戏的最后，你终将会遭遇作者。然而这种体验不必然是与作者的共情，也可能正相反，在今天绝大多数氪金游戏中，玩家在绝望的充值内购的尽头所遭遇的游戏作者，只是将玩家和程序员都作为奴隶去剥削的洞穴奴隶主——氪金游戏的所有者。

至此我们才可以理解，角色扮演、冒险和解密类游戏中，迷宫那与生俱来的"深沉的忧郁"。我们必须回到现代游戏媒介的历史物质性谱系，去破译凝结于其中的奴隶史、冷战史、物质史与情感史的交织。正是由伤感所带来的"强迫性重复"，驱动了迷宫中绝望的游走——寻回不可寻回之物，挽回不可挽回之情，反抗不可反抗的压迫，逃离不可逃离的死亡。也许正是这种绝望，成就了电子游戏作为"世纪末"媒介的魅力及其注定的局限性所在。

（参考文献：Jerz, Dennis. "Somewhere Nearby is Colossal Cave: Examining Will Crowther's Original 'Adventure' in Code and in Kentucky." *Digit. Humanit. Q.* vol. 1, 2007; Nelson, Graham. *The Craft of the Adventure*, ibiblio, 1995; West, Peter. "Trying the Dark: Mammoth Cave and the Racial Imagination, 1839-1869." Southern Spaces, 2010. ［后两种为线上出版物与文章，网址略］）

（《读书》2022 年第 3 期）

散文七宗

王鼎钧

杨牧教授把中国近代散文归为七类，每一类都有一个创始立型的人，这七位前贤是：周作人、小品，夏丏尊、记述，许地山、寓言，徐志摩、抒情，林语堂、议论，胡适、说理，鲁迅、杂文。他为此编了一部《中国近代散文选》。

夏丏尊

对夏丏尊先生我印象深刻，看到他的名字，想到《文心》和《爱的教育》对我的影响。他家境清寒，三次辍学，终身没有一张文凭，二十一岁就就业赚钱，我青少年时期的坎坷和他近似。杨牧教授说，中国近代散文中的"记述"一脉由夏氏承先启后，各种选集都收了他的《白马湖之冬》。

说到记述，夏先生记述他同时代的几个人物，写丰子恺，写弘一大师，那才是文以人传、人以文传。且看他写的"鲁迅翁杂忆"，他曾和迅翁在一所学校里同事，那时迅翁还没有用"鲁迅"做笔名，他说他俩服务的那所学校聘请了一些日本人做教员，需要有人把日文的教材译成中文。他写迅翁翻译教材的时候，用"也"代表女阴，用"了"代表男阳，用"系"代表精子。他写迅翁对他说过，当年学医，曾经解剖年轻女子和儿童的尸体，心中不忍。这时的周树人先生还没有"横眉冷对千夫指"，令人乐于亲近，不失为一条珍贵的史料。夏先生又写迅翁只有一件廉价的长衫，由端午穿到重阳，又写睡前必定吸烟吃糕，意到笔随，显出散文之所以为"散"。

周作人

夏丏尊先生的名气并不是很大，没想到把他列为中国近代散文的七位宗师之一，说到周作人先生，那就是众望所归了。周先生的学问了不起，不知为什么，未曾以皇皇巨著像冯友兰先生那样以哲学名家，或是像顾颉刚先生以史学名家，留在散文这一行，以"小品"受我辈膜拜。学问大的人下笔总是旁征博引，周先生常常引用我们没见过的书，从中找出我们需要的趣味。

周先生对散文提出两大主张，一、美文，二、人的文学。他似乎不喜欢雄辩渊博的论著，所以始终没说清楚，好在有人响应补充，有人以不同的术语引进相似的说法，今天我们可以印证，"美文"指形式，"人的文学"指内容。美文之美不是美丽，是美学，人的文学不是人欲，是人性。古人说，读了《出师表》不流泪的，不是忠臣；读了《陈情表》不流泪的，不是孝子。为什么会流泪呢，因为它发自人性，触动人性。天下教忠教孝的文章多矣，为什么要拿这两表说事儿呢，因为两表达到美学上的要求，是艺术品。长话短说，可供欣赏的散文，内容见性情，形式有美感。

放下理论读作品，周先生写"水里的东西"，有一篇谈溺死鬼，淹死的人的鬼魂一直留在他淹死的地方，不能离开，要想转世投胎，得先"讨替代"，拉一个人下水淹死，让那个人的鬼魂代替他。溺死鬼常用的办法是幻化为一种物件浮在水面，引诱人弯下腰捞取，他在水中趁势一拉。他常常变成一种儿童玩具，让小孩子上当短命，所以水乡传说中的溺死鬼往往是一群儿童，三五成群，一被惊动就跳下水去，犹如一群青蛙。

博学的周作人先生除了写乡野传说，还写到日本的河童，文字干净明亮，行文舒展自如，风格庄重闲适，这些都属于"形式美"。至于内容，孟子说"恻隐之心，人皆有之"，周先生对河边同一地点不断有人淹死，笔端没有温度，为什么也大受欢迎呢？我有一个解释：溺死鬼找替身云云根本是无稽之谈，难怪他写得既不恐怖，也不悲惨，"本来无一物"嘛！周先生谈溺死鬼，有破除迷信的作用，应该高举为无神论的上乘文学。无神论者不要禁止谈鬼神，要任凭周作人这样的作家去谈鬼神，使人感觉并没有鬼神。

林语堂

都说周作人先生喜欢在小品文中引用许多名著名言名人轶事，其实林语堂先生也是，两位前贤读书多，记忆力又强，一旦提笔为文，天上地下冒出来一群灵魂自动帮忙，"读书破万卷，下笔如有神"，或许可以如此解释。王勃作"滕王阁序"，句句是典，当众一挥而就，读者觉得不是进了滕王阁，好像进了图书馆，这也是一道风景。

谈散文欣赏，我们不用强调林氏的渊博，应该推荐他的幽默。众所周知，他是中国幽默的发起人。论幽默，他有理论："幽默家沉浸于突然触发的常识或智机，它们以闪电般的速度显示我们的观念与现实的矛盾。这样使许多问题变得简单。"

他是怎样"沉浸于突然触发的常识或智机"的呢？他说："世界大同的理想生活，就是住在英国的乡村，屋子安装有美国的水电煤气等管子，有个中国厨子，有个日本太太，再有个法国的情妇。"他说："派遣五六个世界上最优秀的幽默家，去参加国际会议，给予他们全权代表的权力"，世界上就不会有战争。他为这个幽默代表团拟了一个很长的名单，太长了，有些读者觉得并不幽默。多数人认为幽默要有警句。林先生晚年住在台北，有一所学校请他在毕业典礼中演讲，那天有多位政界学界商界的名人出席，个个发表长篇大论，林先生上台说："演讲要像女人的裙子，越短越好。"这是警句，全场大乐。报纸报道典礼经过，用这句话做标题。曾几何时，那天达官贵人经世济民的高论一概不传，林先生的"越短越好"独存。

林先生说庄子也幽默，孔子也幽默。庄子梦见化蝶，不知道是庄周化蝶，还是蝶化庄周；马克·吐温说，他的母亲怀的是双胞胎，临盆生产的时候，其中一个胎儿淹死了，他不知道淹死的是他，还是他哥哥。这在马克·吐温是幽默，庄子因此也幽默吗？孔子说"无可无不可"，大庙里两个和尚起了争执，甲僧向方丈告状，方丈说你说的对。乙僧也到方丈座前诉苦，方丈也说你说的对。丙僧得知情由，向方丈质疑，甲僧乙僧各执一词，师父应该明辨是非曲直，怎可认为他们都是对的？方丈说，你说的也对。世人都说方丈幽默，孔子也因此幽默吗？林先生这种广泛的幽默论，很多人跟不上。

读者大众希望幽默大师开口闭口都是警句，别忘了林氏幽默是从英国文学的熏陶中提炼出来，幽默是一种修养，在平淡中形成，这种幽默往往是一种独尝的异味，未必哄堂大乐。我们现在常说幽默感，这个"感"字有讲究，你我要有能力发现幽默，享用幽默，"感"是"我"锐敏的回应。"两山排闼送青来"，我怎么看不到，"于无声处听惊雷"，我怎么听不见，答案是主观的条件不足，幽默也是如此。

林先生认为庄子幽默，孔子幽默，连韩非都幽默。这么说，老子也幽默，他骑青牛出函谷关，守关的官吏一定要他留下著述再走，他用一大堆含义模糊的句子随手组合，让你进入迷宫，让后人视同秘典。林先生认为陶渊明也幽默，陶公作诗数落他的五个孩子，长子懒惰，次子不肯读书，老三老四是双胞胎，到了十三岁还不识字，最后这个小儿子九岁了，整天只知道找梨子找栗子吃。于是陶公说，既然老天爷这样安排了，我还是喝酒吧！这么说，迅翁也幽默，他有一首诗写失恋，"我"在女朋友那里接二连三碰钉子，百思不解，最后，"不知何故兮，由她去吧！"

徐志摩

接着读下去，见到徐志摩先生。徐氏的才气，跟周氏林氏的学识形成对比，他不管古人看见什么，重要的是自己看见什么，不论古人有什么感受，重要的是自己有什么感受。他写翡冷翠，翡冷翠是什么地方？Florence，也译成"佛罗伦萨"，欧洲文艺复兴的发源地，在艺术、建筑、绘画、音乐、宗教各方面产生许多大师，留下许多古迹，后世更有源源不绝的论述，徐氏的《翡冷翠山居闲话》，1600字，竟只引用了前人一句话。他写康桥，康桥是什么地方？Cambridge，也译为剑桥，英国最古老的大学城，多少世界名人跟这里有渊源，牛顿、达尔文、拜伦、罗素，徐志摩自己也曾在这里留学。他写康桥，5800字，几乎没有使用引号！他强调的是，啊，我那甜蜜的孤独！他游天目山，看和尚，游契诃夫的墓园，想生死，所谓墓园只剩一块石碑，他也写了2800字，不抄书，完全自出胸臆。

徐氏散文的光彩夺目在描写风景。这样的风景描写，在周作人、夏丏尊、林语堂诸位大师的文集中是找不到的，许地山先生也没有这样的文笔。到了现代，文评家一再指出，散文和小说中的风景描写越来越少了！

许地山

许地山先生是台湾人，对日抗战发生以前就名满全国，我十岁，他大概四十岁，语文教科书里选了他的文章。那时，台湾和东北都被日军占领，内地各省若有祖居台湾的和祖居东北的作家，都受到文坛特别的重视，我们小读者也对他们特别景仰。许先生常用"落华生"做笔名，"华"是古写的"花"，落花生是小孩子爱吃的东西，"落华生"的意义就丰富了，除了是植物，还是在我们大中华落地生根的一个人，许先生如此命名，可见他对中国语文的敏感，欣赏文学作品的人也该有这种敏感。

散文多半"意念单调，语言直接"，许先生不同，他常常在散文里说故事，有时候甚至就用散文写故事。这样的作品你拿它当小说，略嫌不足，说它是散文，又觉得有余。当年并没有人特别称赞这种写法，后来，我是说20世纪60年代、70年代，我和一些散文作家吸收了小说的技巧，给作品一个新的面貌，修改了散文的定义。这是散文的发展，文评家照例要给新生事物寻找源头，找来找去找到了许地山，于是许先生的排名在朱自清、郁达夫之前，位列七宗之一。

请看许氏的《读〈芝兰与茉莉〉因而想及我的祖母》。

文章开端"我"正研究唐代佛教在西域衰灭的原因，对琐碎的考证觉得厌倦。接着是从邮箱中发现《芝兰与茉莉》，开宗第一句便是"祖母真爱我"！"我"因此想起祖母。先发一段议论：他说西洋文学取材多以"我"和"我的女人或男子"为主，属于横的，夫妇的；中华人取材多以"我"和"我的父母或子女"为主，属于纵的、亲子的。中国作家叙事直贯，有始有终，原原本本，自自然然地说下来。这"说来话长"的特性——和拔丝山药一样地甜热而黏——可以在一切作品里找出来。

议论之后，接着写起"我的祖母"来。那是一个很长的故事，旧日大家庭凭着"七出"的条文，拆散年轻人的婚姻，那个受害的女子回到娘家没有再嫁，戒了烟，吃长斋，原来的丈夫也没有再娶，两人有时还可以秘密见面，由陪嫁的丫头在中间传递消息。后来女子生了重病，死前叮嘱原来的丈夫和陪房的丫头结婚，这个陪房的丫头就是"我的祖母"。全文约八千字，祖母的故事占了六千，许老前辈能知能行，果然原原本本、自自然然地说下来，和拔丝山药一样地甜热而黏。他这个写法可以说是用散文拖着一个故事，当年是散文的别裁。

鲁迅与胡适

现在应该谈到鲁迅和胡适了，这两位大师名气太大，几乎用不着介绍。读者的程度不同，背景不同，性情不同，各人心里有自己的胡适，自己的鲁迅，"千江有水千江月"，每个月亮不一样，也教人不知道怎样介绍。

提起迅翁，不免首先想到杂文。杂文本是散文的一支，繁殖膨胀，独立门户。散文也是"大圈圈里头一个小圈圈，小圈圈里头一个黄圈圈"。迅翁那些摆满了书架的杂文，是大圈圈里的散文，夹在杂文文集里的薄薄一册《野草》，是黄圈圈里的散文。欣赏迅翁的散文，首先要高举《野草》，讨论《野草》。

以《野草》中最短的一篇"墓碣文"为例，迅翁把他内心深处的郁结，幻化成一个梦境，把读者的心神曳入他的梦中。梦是阴暗的，犹不足，出现了坟墓、暗夜、荒野，孤坟凄凉，犹不足，坟墓裂开，出现尸体。尸体可怕，犹不足，尸体裂开，出现心脏，犹不足，尸体居然自己吃自己的心脏。迅翁使用短句，句与句之间跳跃衔接，摇荡读者的灵魂。迅翁使用文言，用他们所谓的"死语言"散布腐败绝望的气氛。这种"幻化"就是艺术化，散文七宗之中，唯有迅翁做得到，也只是《野草》薄薄一本中寥寥几篇，它的欣赏价值超出杂文多多。但丁《神曲》写地狱，《地藏王菩萨本愿经》也写地狱，也许是因为经过翻译的缘故，艺术性有逊迅翁一等。迅翁何以有此禀赋，可幸，既有此禀赋又何以不能尽其用，可惜。

至于杂文，那是另一回事。杂文是匕首，是骑兵，写杂文是为了战斗，而胜利是战争的唯一目的，当年信誓旦旦，今日言犹在耳。迅翁被人称为"杂文专家"，运笔如用兵，忽奇忽正，奇多于正，果然百战百胜。战争是有后遗症的，反战人士曾一一列举，我不抄引比附。此事别有天地，一言难尽，万言难尽，有人主张谈散文欣赏与杂文分割，我也赞成。

胡适先生的风格，可以用他的《读经平议》来显示。读经，主张中小学的学生读四书五经，政界领袖求治心切，认为汉唐盛世的孩子们都读经，因此，教孩子们读经可以出现盛世，似乎言之成理。胡先生写《读经平议》告诉他们并不是这个样子。第一，看标题，他不用驳斥，不用纠谬，不说自己是正论，他用平议，心平气和，就事论事。第二，他先引用傅斯年先生反对读经的意见，不贪人之功，不掠人之美，别人说过了，而且说得很好，他让那人先说。第三，他提出自己的反对意见，别人还没有想到，可能只有他想到，他说得更好。第四，文章结尾，他用温和的口吻劝那些"主张让孩子们读经"的人自己先读几处经文，不是回马一枪，而是在起身离座时拍拍肩膀，然后各自回家，互不相顾。他行文大开大合，汪洋澎湃，欣赏此一风格可参阅他其他的文章，如《不朽，我的宗教观》。

这两位老先生都有信念、有主张、有恒心、有文采，两老没说过闲话，人家是三句话不离本行，这两位前贤是句句念兹在兹。人家写小说，编剧本，他俩写散文，直截了当，暮鼓晨钟，甚至没有抒情，没有风景描写，可以算是近代文坛之奇观。两人作品内容风格大异，鲁迅如凿井，胡适如开河，胡适如讲学，鲁迅如用兵。读鲁迅如临火山口，读胡适如出三峡。那年代中国读书人的思想不归于胡，即归于鲁，及其末也，双方行动对立对决。"既生瑜，何生亮！"论文学欣赏，既要生鲁迅，也要生胡适，如天气有晴有雨，四季有夏有冬，行路有舟有车，双手有左有右。

每一本文学史都说，中国近代散文受晚明小品的影响很大，晚明小品"独抒性灵，不拘格套"，使当时的文学革命家如归故乡。乘兴为文，兴尽即止，作品趋向小巧，张潮一语道破："文章乃案头之山水，山水乃大地之文章。"固然盆景也是艺术，然而参天大木呢；宣德香炉也是艺术，然而毛公鼎呢；印章也是艺术，然而泰山石刻呢；流觞曲水也是艺术，然而大江东去呢？晚明小品解放了中国近代散文，也局限了中国近代散文。

散文七宗之中，迅翁和胡博士是超出晚明小品局限的两个人。

（《散文选刊》2022年第5期、2022年2月10日《南方周末》）

世事观

假如元宇宙成为一个存在论事件

赵汀阳

元宇宙是个未设限的概念

今天流行用法中的"元宇宙"已比科幻作家史蒂芬森在1992年提出的Metaverse概念多出许多含义，已成为一个未设限而上不封顶的概念，其技术前景不可限量，因而未能定义。

但把Metaverse译为与"宇宙"对应的"元宇宙"却有些疑问。宇宙原义是万物一统的世界，既然一统，就意味着只有一个宇宙。当代物理学推测或存在多个宇宙，互不相通而各自独立存在（所谓"虫洞"之类仍然属于科幻）。逻辑学承认存在着或可相通的复数可能世界，鉴于Metaverse不可能独立于真实世界，因此只是一个新的可能世界，并不是独立自足的另一个宇宙，译为元宇宙是夸大其词了。另外，Meta在这里译为"元"，虽不说似是而非，但现在尚无证据说明Metaverse能够达到"元"的能力。Meta有多义性，原义是某种事物的"之后"或"之外"。如采用"之外"的含义，则Metaverse意味着一个高于现实的虚拟"超世界"；如采用"之后"的含义，此种"元"指的是某系统对另一个系统整体的反思—解释能力，因而成为反思—解释另一个系统的"元系统"。如果说Metaverse是一个能够在整体上反思和解释真实世界的元世界，这种赋能过于惊人，就预期能力来看，显然尚有差距，但就不可限量的技术发展来说，却也难说。因此，Metaverse的实事求是译名可以是"超世界"，但"元宇宙"已成为通译，这里将沿用这个通译。

元宇宙被设定为一个与实在世界相对而相关的虚在世界。这就提出了一个存在论问题：至少有一个在真实世界之外的可能世界同样有能力实现其世界化和现实在世性，于是人可以同时生活在至少两个可能世界里。具体地说，在充分发达的视觉技术、听觉技术甚至触觉和味觉技术的支持下，更在区块链、大数据、人工智能和量子技术的支持下，再加上尚未出现的新技术，就可以狠狠地想象元宇宙作为一个世界的巨大能量。元宇宙中的数字化"万物"以虚拟现实的方式而存在，通过多种技术达到可以乱真的逼真性，从而产生"真正的"现实经验，这个奇迹意味着，虚拟现实将能够"在实际上"成为另一种现实，这是从虚拟到现实的魔幻转换。尽管元宇宙不能替代真实世界，但会挑战"现实性"的概念，会在虚拟技术条件下复活原本颇为无聊的普特南"缸中之脑"问题——假如没有元宇宙，缸中之脑就几乎是知识论里的一个伪问题。更为刺激的是，元宇宙里还有大量事物并非真实事物的高仿形式，而是在元宇宙里被创造出来的在物理上非真实而在经验上具有现实性的新事物，这就把神学问题现实化了：在元宇宙中，人处于相当于神的创造者位置而可以创造任何数字化的虚在存在。谁创造事物，谁就需要解释其意义，那么，制造虚在事物的意义是什么？或者，建造一个虚在世界有何意义？这是创造者必须回答的问题。

针对元宇宙对真实世界的"事先张扬的凶杀案"，我也愿意给出一个事先张扬的推想：假如元宇宙成功地"谋杀"了真实世界——当然不是真的毁灭真实世界，而是使之贬值——那么，元宇宙也不可能成为一个事事如人所愿的可能世界，不可能成为一个逻辑上的"最好可能世界"，而大概率会把真实世界的基本难题递归地移入元宇宙，并且同样无法解决，结果可能是，以后人类有了双倍的烦恼。

在可能世界谱系中的元宇宙

在广义存在论中，所有或任何一个可能世界都存在。狭义存在论只承认真实世界存在，与之不同，广义存在论的值域与逻辑等大。逻辑上的每个可能世界至少在纯粹意义上存在，但并不必然都能够实现为实在。可能性与实在性的存在论问题始于亚里士多德的模态逻辑，后来莱布尼兹的"可能世界"概念为之建立了清晰的存在论分析标准：在实在世界之外，还有无数非实在的可能世界。这样就能够在存在论里来分析所有或任何一个世界，包括未来的、过去发生的、历史重叙的、理想化的、主观意向的、文学虚构的、哲学设想的、神话的、科幻的、数学系统所定义的、数字化虚拟的以及一维的、二维的、三维的或多维的一切可能世界。我们可以将容纳无穷多或所有可能世界的存在论定义为广义存在论，而将局限于真实世界的存在论定义为狭义存在论。如果一个世界是实在的，那么其存在论的语法格是"实存"；如果一个世界是虚在的，其存在论的语法格就只是"在场"，但两者在存在论上或逻辑上的一般语法格都是"存在"。

通常承认实在世界具有存在论的优先性。理所当然，如果没有实在世界，主体就无处可在。但实在世界却是个未被良好定义的概念，一般会默认实在世界是物理世界，可是电子数字化也是物理存在，因此似乎应该说，数字化的虚拟世界也属于实在世界，加上虚拟世界的经验现实化，就更加具有真实性了。如此看来，物理性和可感知性已经不足以识别实在世界。如果允许我给出一个新定义，我愿意说，实在世界是生物学所解释的世界，生物得以生存的充分必要条件定义了实在世界，就是说，实在世界是作为生命存在环境的物理世界，在概念上小于物理世界。之所以增加生命这个约束条件，是因为实在世界的概念只在与生命的关系中才形成有意义的实在性，否则只是无意义的自在之物。因此，只有作为生命的存在论条件的物理世界才是实在世界，世界是生命的函数，世界因生命而存在。

我对实在世界的新定义未必是最好的，但有一个好处：引入生命就可以形成一个能够对实在性进行交叉定位的坐标系，即在物理世界与生命的关系中来确定实在性，否则实在性难免有歧义。鉴于实在世界的概念是固化了的传统用法，而实在世界的新概念尚未被接受，为了避免混乱，可以把与虚拟世界相对的生命实体所在的那个实在世界称为真实世界。

元宇宙将是一个可能世界如何影响甚至入侵真实世界的故事，真实世界不仅对于元宇宙没有设防，而且真实世界的部分居民就是元宇宙的制作者和内应，元宇宙必定长驱直入，于是，元宇宙和真实世界必定形成"跨世界劫持"——这里被绑架的将是整个真实世界以及所有人的生活，而不是某些人被外星人绑架或两个宇宙之间的虫洞那种科幻故事。

人类乐意为每个故事开发其历史线索而使之显得源远流长，并且把新事物合并到旧事物的概念和经验里，于是获得知识论上的安全感而忽视了决定性的些微差别。当元宇宙的线索被追溯到了始于数千年前的神话以及历代的文学和科幻,心里顿生认同感。这种追溯的暗示是,人类一直都在幻想比现实世界更好的可能世界或乌托邦,而元宇宙就是"我们"今天想要的最新可能世界。不过历史追溯有时是过度追认。就像"朋友的朋友的朋友"恐怕不再是可信任的朋友,有些事物的"谱系"其实已不能说明一致性了。

这里有一个历史哲学的基本问题:如何理解历史的连续性和断裂性。如以可能世界作为分析单位,那么,神话、童话、虚构作品还有元宇宙就都同样是可能世界谱系中的成员,具有家族相似的某些连续基因;但如果以这些可能世界各自的问题意识、意向性或目的为指标,就看到了难以概括的复杂性。在神话、童话、虚构作品和元宇宙之间,同时存在着迭代的连续性和当代的断裂性。历史本身就具有某种迭代性质,人类的基本问题在历史变迁中是递归的,这不奇怪,因为生活的基本问题是任何生存方式都必然发生的事情,不会消失,例如生老病死、兴衰存亡、战争与和平、冲突与合作,或者权力与利益、自由与规则、理性与情感,诸如此类问题永远不可能被解决,也没有终极答案,因此总是递归地存在。但在同时,每个可能世界都会提出各自独特的问题。

在可能世界的谱系或集合里,元宇宙很可能成为一个与以往的可能世界都不同的异数。元宇宙将具有无所不包的内容,也就当然会继承神话、童话、文学和科幻的许多冲动和欲望,特别表现在虚拟游戏中。但元宇宙的游戏不会因为承袭了人类幻想而变得更有意义和深度,虽然事情可以不再是那些事情,但问题还是那些问题。当然,虚拟现实的感性技术会使元宇宙的游戏在形式上更有趣,这个娱乐性的问题不值得讨论,除非是讨论万事娱乐化导致心智退化。重要的是,元宇宙与以往的虚构作品有着存在论上的差异,而绝不是文学上的差异。

元宇宙确实是一个与真实世界大为不同的虚在世界,但绝非与真实世界无关或脱离真实世界的另一个所谓"平行"世界,相反,元宇宙将是试图操纵真实世界的一个叠加世界。这将形成一个诡异的存在论关系:元宇宙是由真实世界所创造的,却又对真实世界构成了统治性的反身关系。这是一种新型的反身关系,这种反身性不是知识性的反思、解释,而是实践性的反身控制,即真实世界创造了一个用来控制甚至压迫自身的元宇宙,类似于一个人自愿选择成为奴隶。知识论对这种实践反身关系缺乏有效的解释，于是我们需要在存在论上去分析元宇宙。可以说，元宇宙或许可能成为一个划时代的存在论事件，在很大程度上废掉了现代知识论的威权性，迫使我们回到存在论的初始问题中去重新思考：元宇宙将如何改变真实世界的生活？元宇宙里的基本问题与真实世界的基本问题是否一致？元宇宙是否需要另一种新的存在论？

如果元宇宙成为一个存在论事件

元宇宙首先是一个当代事件。对当代性概念有一个常见的误解，即把当代性与现时性混为一谈。任何事物的在场都在现时里，无论回忆的过去，还是设想的未来，在时间上同样有着"正在发生"的现时性。但现时性未必具有当代性，此时此刻就发生着无数事情，其中具有当代性的事情其实很少。元宇宙正是一个典型的当代事件。

当代性的一个显著性质是"未来提前到来"。这不是在知识论上预测未来，而是入侵未来的实际行动。当代性不在于作为意向的"我思"，而在于落实为创造未来的"我行"，在此，行动成为未来的信物，或者是为未来提前背书。"我思"只发生在现时中，"我行"则试图抢占时间，迫使时间服从当下行动，以注册的方式给自然时间的绵延过程加上规划的刻度。尽管没有任何一个行动能够确保未来，未来永远具有偶然性，但具有"大势"的行动确实具有抢占时间的能量而把未来的可能性粘贴在当下行动上，于是呈现为未来提前到来。

抢占未来一直是人类最感兴趣的事情。无论是过去的农业技术、蒸汽机、电机、电脑、互联网，还是正在发展的人工智能、量子技术和元宇宙，都是抢占未来的最强形式，可见技术是抢占未来的主要手段。随着技术能量的增大，被预定的未来由进步的标志演变为风险的预告。今天，技术风险不成比例地增大，而控制技术的能力却小得不成比例。这意味着，人类有能力做惊天动地的事情，却缺乏能力判断哪些事情是好事。这是人类的智力隐患，人类从来就没有把握判断好坏，可以说，人类在价值问题上根本不知好歹。技术能力和反思能力之间的明显失衡，是人类作为创造者的根本缺陷。看来人类早有自知之明，知道人有着智力缺陷，所以幻想了全知全能的神。

在人类认知结构里，通常把没有知识答案或甚至不可能有答案的"根本问题"指派给哲学去反思，于是哲学成为负责研究不可解答的问题的"专业"。事实上哲学没有解决过任何一个根本问题，只在不断反思，于是维特根斯坦有问：不断挠痒算是一种进步吗？人类始终面临一个基本困境：技术能力不断提高，但哲学能力没有相应的提高，尤其在关于未来和价值的判断上始终存在着思想瓶颈。休谟指出的未来判断和价值判断的两大难题，至今尚无真正可信的解法。

在古代，这种思想困境不严重，因此哲学被误解为一种无用而高尚的思想。古代技术水平低，没有难以承受的破坏能量，低能量的技术和不彻底的思维形成可接受的平衡。今天的技术能量大大超过思想能力，也大大超过应对风险的能力，技术发展与风险增长成正比，而风险增长与控制能力成反比，于是人类生存的风险递增。人类一直尽力研究如何增长利益、便利和快乐的技术，却较少研究控制风险的原则和技术。人类早就进入了风险社会（吉登斯），而其深层问题是人类变成了"风险人类"，即人类本身就是风险制造者。人工智能、基因技术和元宇宙都是近年来最具诱惑力的技术冒险，人类能够预测这些技术的好处，但无法控制这些技术的风险。

因此，在对元宇宙进行经济学、社会学和政治学的研究之外，更需要在形而上学的层次上来分析元宇宙的革命性和冒险性。元宇宙不是寻常的当代事件，非常可能会成为一个存在论事件。所谓"存在论事件"，不是对事件的一种知识分类，而是标示事件的能量级别。任何事件，无论是知识事件、经济事件、政治事件或技术事件，只要其创作能量或"革命性"达到对人类存在方式的系统性或整体性改变，就是一个存在论事件，也就是一个创世性的事件。如果一个事件可被认定为存在论事件，就意味着这个事件蕴含着某种新问题的起点，也就构成了人类生活和思想的一个新本源，相当于为人类存在方式建立了一个创建点，按照"天不变道亦不变"的传统说法，那就是"道的改变"或"变天"事件。

人类生活有着持续的创造性，但主要是慢变化，其中达到"存在论事件"量级的巨变并不多。历史上最大的"存在论事件"至少有（1）语言（包括文字）的发明，这是人类所有后续创作和知识的基础。（2）生产技术的发明，包括农业、畜牧业、手工业和工程技术，这是后来一切技术的基础。控制自然的技术意味着发明了未来的概念，而发明了未来意识就等于发明了人的时间，即以人的事情和计划为准的时间表，这种时间表也是历史概念的基础。(3) 逻辑和数学的发明，这是思维为自身建立的普遍必然秩序，是语言之后的又一次思维能力革命，是最大的知识论事件。(4) 制度的发明，包括政治制度、分配制度、伦理制度和公共规则等，这是人类为生活建立的合理化秩序，同时也就发明了社会。这是最大的政治学事件。(5) 科学的发明，科学建立了万物理论，这是思维为知识建立的统一秩序，以及可重复验证和可必然追溯的知识证据链，这是另一个最大的知识事件。

如果更细致地分析创造文明的存在论事件，可以说，所有伟大的创作都是存在论事件，这个列表太长了。在文明史上，火的使用、水的使用（灌溉）、房屋、车轮、织物、农具、工业、蒸汽机、电力、核能、互联网等，还有尚未取得根本性成功的人工智能、基因技术、量子技术和可控核聚变等，都属于改变生活的存在论事件。

现在的问题是，元宇宙也有可能成为一个存在论事件，但能否成真还有待未来的证词。尽管就目前看尚有差距，但重要的是这种前景并非不可能，因此事先成为一个问题。元宇宙本身不是一种技术发明而是多种技术的汇集合作方式，包括逼真感觉技术、互联网、区块链、大数据、人工智能和量子技术等，可以说，元宇宙发明的不是一种技术，而是一个技术+的无限开放平台，任何可兼容的新技术都可以添加到元宇宙，因此，元宇宙会成为一个技术汇集中心，在技术足够密集的情况下就有可能建构一个新世界。如果说语言创造了复数可能世界的抽象存在，那么，元宇宙很可能将发明第一个被现实化的可能世界。数字化或信息化的可能世界一旦获得可经验性，就具有了现实性，可能世界就不再仅仅存在于思想中、逻辑中、数学上或虚构文本里，而将第一次负载着现实能量而叠加于真实世界之上，可能世界由纸上谈兵的不可通达状态变成可通达也可转换的实践状态，因此必定带来经济学、政治学、社会学和哲学的新问题。

存在论问题的递归：新世界和旧问题

元宇宙的建造者们有个估计可能是对的：将来更多的人会对元宇宙比对真实世界更感兴趣，"心的流量"会证明这一点。"心的流量"意味着人们在时间上的投入分配。存在方式就是时间的投入方式，时间的投入量就是生活最基本的存在论指标。不过，"流量"只是统计学标准，却不是价值标准，大多数人喜欢的事情仅仅说明了"大多数人喜欢这个事情"的事实，决计没有蕴含"这种事情是好事"或"这种事情能够做得成"的意思。

时间是最为稀缺的资源。元宇宙里，无穷大的数字化资源不存在稀缺问题，可是对任何资源的利用或占有都需要通过有限时间来实现，时间是任何资源有效性的限度，因此，时间的稀缺决定了人们不可能利用无穷资源。时间的性质决定了一时不能两用，每个人都以有限的生命时间作为投资去兑换想要的事物或经验，时间投入量的产出值就是时间的价值。无论流量流向哪一个可能世界，每个人的时间都是有限的，因此每个人的时间收益都是有限的。这意味着，虽然元宇宙和真实世界是行为主体可以任意切换的两个可能世界，但行为主体在任意时间段里却只能选择一种可能生活。行为主体在存在论上只拥有一种时间，即以生命为限度的时间，行为主体无论做什么事情，都占用了生命的时间。正因为只有一种时间，即使可以进入多个可能世界，可以增加许多身份，只要时间性质不变，增加可能世界的数目并不能增加可能生活，在形而上学上说，增加可能世界并没有增加另一种存在论。或许在元宇宙里一个人可以变成多主体，并把某些身份设定为"不占时间"的自动运行模式，或请 AI 代其运行某些身份，但终究没有为主体"变出"更多时间。虽然元宇宙能够建造无穷大的虚拟空间，但无法提供无穷时间，时间仍然是无法更改的存在论硬核，主体的有限时间仍然是不可逾越的存在界限，因此，元宇宙与真实世界必定属于同一个存在论，也会有着相似的基本问题，尤其是政治、经济和伦理问题。

既然时间的唯一性决定了人不可能同时实现两种以上的目标，人就永远面对"选择题"。无论两个选项或多个选项甚至无数选项，都只能选择其中一个选项。多选项被认为标志着自由，无数选项则意味着绝对自由，但选项的丰富度并不能保证必然选中更好的选择。正如常可观察到的，在大量选项的情况下人反而更加糊涂，甚至陷于"布里丹之驴"的状态。只有在全知全能的条件下，选项才多多益善，就像神学假设的那样，上帝能够"一下子"浏览完无数可能世界，所以轻松地选出最好的可能世界。对于有限智力的人类，选择题永远都是基本难题或最大难题。

选择题模式是人类命运的存在论基础。这个状况由人类的存在论第一事件所奠定，即否定词的发明。如前所言，否定词开拓了可能性的概念，发明了所有可能世界的无穷集合，因此人类思维第一次超越了必然性的概念，成为一种创造性的存在，建立了有模态的存在论，至今人类仍然生活在这个模态框架里。发明了可能性就制造了选择题，于是产生了选项的偏好排序，也就创造了价值，进而导致人之间的所有冲突，也产生了自己与自己的冲突，产生了经济的、政治的、社会的、文化的、心理的、思想的所有问题。如果无法超越唯一时间与多种选择的矛盾格局，就不可能产生新的存在论，因此，无论真实世界还是元宇宙，生活的基本问题都是相似的，或者说，真实世界的基本问题会递归地表现在元宇宙中。天不变道亦不变，同理，行为主体不变，基本问题就不变。

毫无疑问，元宇宙与真实世界会有明显的经验差异。首先是感觉技术（VR等技术）创造的逼真经验，还有数字化无穷空间里的身份自由选择和信息自由获取，还有区块链、大数据和人工智能创造的共同确认的信用系统和交往系统，如此等等。这些技术性的变化足以导致社会级别的变化，很可能会改变社会结构。我对高技术社会的一般理解也适用于元宇宙，即"服务就是力量"。元宇宙是互联网世界的升级版，是一个几乎无所不包、几乎无所不能的服务平台，这个平台的功能如此大全以至于成为一个"世界"，因此元宇宙必定是资本的新机会，金融资本大概率会垄断几乎一切服务而证明"服务就是力量"，并通过虚在世界控制实在世界，以中介垄断来控制用户终端，使服务系统成为控制一切人的技术机制。

中介系统正是文明的要害之处，一个权力必争之地。这个故事要从语言说起，语言是最大的中介系统，语言代表一切事情，进而代理一切事情，最终控制一切事情——孔子所言"名不正则言不顺，言不顺则事不成"是其最优概括。文明的第一代语言是自然语言，而数字化语言是最新一代语言,也是元宇宙的语言。控制了元宇宙就控制了新语言,也就控制了意识之间的交往方式和信息流,进而控制人与人、人与物、物与物的互动关系。既然元宇宙是一个万事通用的最方便平台,一切中介都会迁移到元宇宙里,后时元宇宙就会具有强过真实世界的高度组织能力和社会性,而真实世界反而变成碎片化的,每个人在真实生活里被孤立化,只在元宇宙里才能实现丰富的联系、交往和交易,最终结果可能是,与生活肌理遭到破坏的真实世界相比,元宇宙反而变成唯一有着完整系统的新社会。

假如元宇宙从一个服务平台生长为一个世界或一个社会,就会重新解释人际关系或每个人的在世关系。据说元宇宙能够减少存量竞争,比如身份、信息、机会和服务这些资源在元宇宙里基本上不再有存量竞争,然而,凡是价值与唯一性或排他性或有限性密切相关的资源,就必定维持存量竞争,尤其是权力、资本和影响力,因为权力、资本和影响力永远稀缺。可见,在元宇宙里,只是"娱乐性"的事情才不存在存量竞争,凡是有重要价值的事情都仍然因为资源稀缺而有存量竞争,因此,在元宇宙里,只要是涉及利益和权力的事情,或经济和政治的事情,其规律不可能有异于真实世界。元宇宙将延续与真实世界类似的"坏事",这一点不会令人吃惊,人们早已习惯于"坏世界"。问题是人们期望元宇宙会产生真实世界做不到的"好事"。

按照技术设想,元宇宙可以建立信息清楚可查可证的所有关系,几乎像逻辑一样清楚可信,区块链、人工智能和量子技术的联合将能够保证"绝对可信"的金融和交易关系——如果为真,这会是元宇宙的一个伟大成就。不过,技术的绝对可信性却是一个不太可信的诺言,技术博弈从来都是"道高一尺魔高一丈",无漏洞的无敌技术并不存在,就像不存在无敌的矛和无敌的盾。支持区块链、人工智能和量子加密的技术是否可以反过来用于攻击系统或者总会发展出更新的技术尚且未知,但从历史上看,"矛"的发展总是比"盾"的发展领先一步。不过我们无法断定元宇宙的情况是否符合历史模式,之所以只能采取不置可否的怀疑论态度,是因为元宇宙有着新的存在论基础而与物理世界有所不同。据说元宇宙的存在基础在本质上"完全是"数学,而数学定义的任何存在的关系、合理性和可信性确实不同于真实世界,就是说,元宇宙里的信用体系和相互关系都是在数学上无懈可击的,而数学不会骗人,因此,元宇宙里的"行为"必须是数学上合法的。相当于说，元宇宙里的任何行为都不得不遵守数学规律，否则就是无效行为——是事实上无效，与伦理学无关。按照这种设想，在元宇宙里应该难以作恶。不过我还是很不放心，也许，数学化的元宇宙本身不能作恶，但不等于元宇宙不能成为作恶的工具。尽管历史不能证明未来，但总是一种预兆。即使真的有某种基于数学的技术足以建立一个绝对无漏洞的系统，那么，一个控制一切事物的系统恐怕更有利于形成专制，显然，系统的能力越大越强，就越有利于发展专制而不是自由。

元宇宙的许多梦想都让人嗅到技术恐怖主义的味道。元宇宙表面上会有更多的自由、平等和无穷信息资源，但所有好处的背后都存在着资本和技术合伙定义的"系统化权力"，即资本和技术的专制秩序。未经证实的传说认为元宇宙的技术极客们都有心反专制，试图颠覆任何专制中心，从而建立一个去中心化的元宇宙。如果真有这种想法，恐怕是奥威尔后遗症。但奥威尔只知道专制政府是危险的，却不知道技术专制系统同样危险，如果把执行能力考虑在内，技术专制系统只能比专制政府更有能力建立全面专制。我有一个无法证实的预感：元宇宙很可能会达到现代自由平等浪潮的高潮点，然后成为落入全球资本、高新技术和"遍在系统"三位一体新专制的转折点。这种转折点可称为"柏拉图点"。柏拉图给出过一个难以证明却屡屡被证实的循环政治预言，即任何一种政体都有其优势，但总会在时间中蜕化变质（总会被"玩坏"），然后被另一种政体所取代，比如说当民主制被玩坏就会回到强权专制。柏拉图的政治循环公式很有解释力，但在什么条件下会形成转折点——柏拉图点，却从来难以确定。我疑心吸引了全球资本和高新技术而形成的"遍在系统"（无所不包的元宇宙平台）将是一个确定的柏拉图点。可以预料，成功的元宇宙平台大概率会获得比任何国家更大的权力和影响力。

还有一个不可忽视的问题。尽管元宇宙能够增加新经验，但恐怕没有能力建立新的价值观，这与元宇宙无法消除利益、权力和影响力等竞争性问题有关。这里只讨论其中一点。元宇宙同样需要为生活定义一些值得追求的价值——无人对无价值的游戏感兴趣——也就必定需要制造不平等。按照价值理论，有些事物具有"内在价值"，即仅凭自身的存在而不需要与其他事物进行比较就直接得证的价值，也就是那种"本身就是好"的事物，但具有内在价值的事物并不多，基本上可概括为真善美，都是稀缺事物。大多数价值都是"关系价值"或比较价值，即只在相互比较中才能够被定义的价值。没有比较，大多数事物就失去价值。于是，人们需要对事物进行价值排序，也称偏好排序，而排序意味着歧视，也称"鄙视链"。没有歧视就不存在价值，准确地说，如果没有歧视，大多数事物的价值就消失了，类似于租值消散。尽管人们处处反对歧视，但事实正是歧视定义了价值，并且，每个人都有所歧视，毫不歧视的人根本不存在，人们只是反对于己不利的歧视。如果元宇宙想要开展任何一种包含价值的可能生活，就无法超越歧视的问题。假定元宇宙非要实现人人在任何方面的绝对平等，就必定形成"不可能生活"或意义消散的生活，游戏立刻就结束了。其中的道理是，人人平等必然形成同等价值的互相抵消，导致新型的租值消散，同时就是生活的意义消散。人们因为不平等而斗争，可是唯有不平等才能够定义价值，这是任何一种可能生活的命运性的悖论，真实世界和元宇宙概莫能外。

尾声：一个事先张扬的好消息

元宇宙肯定能够开发一些真实世界所无的好处，但难以避免与真实世界类似的难处。历史说明，人类文明的强项是增加好事，而消除坏事却是其弱项。元宇宙的前景仍然是个未知数，如以中立的态度把元宇宙看作一种设想未来的方式，我愿意设想，元宇宙的技术有能力建立一个或可实现知识最大化的"元宇宙图书馆"，同时也意味着一个以"新百科全书"和"综合文本"为原则的知识论概念，既是对博尔赫斯的"巴别图书馆"和瓦尔堡的图书馆概念的致敬，也是对狄德罗和达朗贝尔的百科全书派的致敬。可以肯定，元宇宙图书馆会是一个所有人能够普遍受惠的知识中心。这是我能够想到的元宇宙可做的一件纯粹好事。

（《新华文摘》2022 年第 10 期、《江海学刊》2022 年第 1 期）

考古学有什么用？

陈胜前

2021年中国考古学迎来大发展，从中央到地方，研究、教育与管理机构都有重大的举措。然而，许多人可能都有一个疑问，考古学有什么用？三十多年前我学习考古学时就想知道这个问题的答案，但是中外考古教科书对此似乎都讳莫如深，很少有专门的论述。我们接受的教育更多是"为科学而科学""为学术而学术"。不要去问作用，似乎一问就庸俗了！可我还是想问，学生们也忍不住问，社会大众问的就更多了。就此我曾经有过一些思考，而今又有了新的认识。我注意到，不同时期考古学的作用并不相同，考古学的作用实际上决定了它的发展方向，是不能不重视的，当下中国考古学需要考虑不同的"用处"问题。

一百年前，瑞典地质学家兼考古学家安特生发掘了河南渑池仰韶村新石器时代遗址，也就是在这前后，北京周口店遗址的野外工作开始，法国传教士兼考古学家桑志华与德日进发掘了甘肃庆阳的水洞沟与内蒙古乌审旗的萨拉乌苏遗址。因为这几件几乎同时发生又十分重要的田野考古工作，中国考古学界通常把1921年视为中国现代考古学的开端。实际上，单就重要考古发现而论，20世纪三大文献发现，安阳甲骨、敦煌古卷、流沙坠简，都始于1900年前后，只是此时还没有正式的田野考古发掘。若以中国人自己主持考古发掘为标志，则要从1926年李济发掘山西夏县西阴村遗址算起。由此我们可以看出，中国现代考古学的出现是以田野考古的开端为标志的。现代考古学又称"科学考古学"，其内核是科学，即以客观的态度发现并分析古代遗留下来的实物遗存，同时运用合乎逻辑的方法，揭示真实的人类过去。由此，考古学形成了两个截然不同的阶段：前现代的（或称考古学的前身）与现代的。

考古学前身的作用

中国考古学的前身是金石学（西方是古物学），金石学兴起于北宋时期。金石学家吕大临在《考古图》的开篇就讲到了金石学的宗旨："观其器，诵其言，形容仿佛，以追三代之遗风，如见其人。"常见的解读是，北宋的金石家们希望从三代的器物中寻找完美的政治理想。这种解读稍嫌狭窄，金石家寻找的是一种意识形态，或者说理想社会的思想基石。换个更简洁的表达，就是"道"，实现理想社会的道。金石学的出现改变了从前的格局，此前都讲"文以载道"，道只可能存在于语言文字之中，而金石学暗含的主张是"器以载道"（或称物以载道），道在器物之中。或是说，在器物遗存之中，更可能发现真实的"道"。理由很简单，因为器物是古人生活真实的遗留，相反，文字经过历朝历代的传抄解读，错讹不断增加，反而可能失去了古人原初的意旨。

器以载道是金石学暗含的前提，其实也是考古学预设的前提，其间的区别在于对"道"的理解不同，以及解读方式存在差别。"道"是一定历史时期社会生活的产物，是社会思想观念高度凝练的表达。金石学之前的古人也曾注意到古物，他们将之视为神物或圣物，总之古物上有某种"神性"。我们不妨把神性理解为"道"的前身或象征，代表某种绝对的合理性。为什么人类社会会有这样的东西呢？因为它们是社会思想（意识形态）根基，是社会整合的基础，构成人们认识与信仰的"道"，也很大程度上决定了社会的成败。古人无法解释其中的复杂性，于是用神性来统率。"国之大事，在祀与戎"，祭祀是首要的大事，它在反复确认社会组织的观念基础。所有这些观念是通过物质呈现的，并且与物质相交融，因此，对考古学来说，器以载道应该是合理的前提。

现代考古学的作用

17世纪—18世纪，科学古物学在欧洲兴起，科学日益成为人们认识过去的方式，到19世纪中期，现代考古学形成。现代考古学有三个源头：以探索人类起源与演化的旧石器—古人类考古（19世纪中期形成）、以重建民族史为中心的新石器—原史考古（19世纪早期形成）以及古典—历史考古（18世纪晚期形成）。现代考古学的形成是一个"除魅"的过程。非常有趣的是，现代考古学在除魅的同时，实际上也在根据时代精神"制魅"。

一个最显著的例子发生在旧石器—古人类考古领域，涉及人的古老性的问题。按照《圣经》的教义，人是上帝创造的。红衣主教乌舍尔经过精心考证，甚至把上帝创造人的时间精确到公元前4004年10月23日。世间的一切都是上帝的奇迹，人的努力是为了自我的救赎。以宗教为中心的意识形态是组织社会至高的"道"，人深深地陷入宗教编织的种种束缚之中。考古发现远古的石器遗存，同时伴生有人类和灭绝动物的化石，引入地质学原理的考古学逐渐厘清地层的形成过程与年代，把人类起源的年代大大提前。与此同时，受到进化论的影响，考古学逐步明确人类演化的阶段，以实证的方式支持人是演化而来，而非上帝创造。宗教创世论崩溃，随之崩溃的是整个意识形态体系，社会组织之"道"由此可以变革。或者说，这样的变化是相互推动的循环，理性精神在除魅过程中产生，考古学的发展正是其中重要的助力。然而，我们知道人并不是完全理性、客观的，人所生活的世界也不是。但是，这正是近代资本主义发展所需要的，"理性的经济人"成为经济学的前提。

新石器—原史考古是重建史前史的主要力量，它也是近代欧洲民族国家的重要推手。19世纪初，当拿破仑侵入哥本哈根的时候，一方面打破了封建约束，另一方面激发了丹麦的民族主义。这种思想所依赖的不仅仅是具有共性的现实生活，更在于具有共性的历史遗存。民族作为"想象的共同体"不再只是一种想象，而是能够立足于具体物质材料之上的证明。考古学由此参与到近代民族国家的建构之中，它提供了民族国家存在的文化心理基础：我们之所以是一个民族，是因为我们有共同的祖先。当然，正因为其中存在建构的性质，也成为考古学容易被滥用的部分，纳粹主义、帝国主义利用这一点为其扩张服务，种族主义由此将种族优越论合法化。这也让我们今天保持警醒：所谓现代考古学中仍然残留有历史的沉渣，今天当我们面对当代世界的时候，仍旧可以看到帝国主义、种族主义的阴影，它们常常假借着科学的旗号。

制魅的过程并不只有这些，古典—历史考古也有贡献。古典—历史考古源自艺术史研究,主要研究古希腊—罗马的艺术遗存。18世纪开始,英国的有钱人经常会送青年子弟到欧洲大陆做一次旅行,他们带着仆人,先到达巴黎,然后翻越阿尔卑斯山到意大利,遍访佛罗伦萨、罗马等文化名城,史称"大旅行",看过电影《看得见风景的房间》的人对此会有一些具体的印象。他们为什么要做这样一次旅行呢?开阔视野、经受锻炼、增加知识,这都是普遍的解释。其中的关键之处,很少有人提及,"大旅行"实际是西方文化之旅,是西方人成其为文化意义上西方人的训练。如果西方人失去了文化认同,西方人也将不成其为西方人。西方人之所以成为西方人不是因为他们生来就是西方人,而是一种文化的熏染与训练,除了日常生活之外,还包括"大旅行"这种精致文化生活的训练。"大旅行"在培养西方文化的精英,他们获取西方文化的地方就是古代物质遗存。"器以载道"在这个意义上说,"道"是一种生活方式,是一种可以通过物的鉴赏学习的审美标准,是一个社会广泛分享的思想观念。

回顾一下现代考古学的诞生,不难发现它的形成与近代欧洲社会的发展密切相关,同时也会发现其中考古学三个分支所发挥的现实作用。它们都指向社会构建的意识形态或精神基础,指向新的社会组织形式(民族国家);按考古史家特里格的说法,还要指向新的阶级(中产阶级)。简言之,现代考古学是时代的产物,也是现代社会的参与者,它的作用体现在现代社会的构建上。某种意义上,我们甚至可以说,没有现代考古学,就没有近代欧洲社会(这里现代与近代指向同一个英文单词 modern)。

具体地说,现代考古学与许多其他学科一起贡献了近代西方资本主义社会形成的意识形态根基。与现代考古学伴生的有一系列重要的关联因素:西方文化、资本主义、民族国家等,它们构成现代考古学的人文背景,并且嵌入其中。对此我们需要特别加以关注,因为当现代考古学传入到诸如中国这样的后发国家的时候,这些因素的异质性就会凸显出来,由此产生一系列问题。一方面它们在强势权力的推动下,可能表现为帝国主义、殖民主义、种族主义、西方文化中心论等;另一方面,当我们在学习现代考古学时,如果排除这些带有人文背景的因素,就会让现代考古学成为一种纯粹客位的研究,丧失了考古学的人文性。接受前者,意味着文化上的自我殖民,而采用后者,又意味着丧失人文底蕴,于是陷入两难的境地。

20世纪六七十年代,过程考古学(processual archaeology)开始流行,它代表极端现代性取向的考古学。过程考古学非常强调跨文化的比较,寻求建立文化适应变迁的统一机制与规律。按照其主要开创者路易斯·宾福德的看法,考古学应该发展成为一门如同地质学一样的科学。有意思的是,过程考古学的中心是美国,主要流行的区域是盎格鲁-撒克逊文化圈,其他西方国家都只是借鉴了部分内容,而没有流行。如果按照过程考古学的主张(更科学、更人类学),那么它的流行区域应该更广才对。实际情况并非如此,考古学界对此罕有解释。过程考古学的主张其实暗合美国扩张主义的理念,美国考古学要建立以它为中心的世界考古。人类学是关于"他者"的研究,与科学的"客观"是一致的,都要站在对象之外开展研究。过程考古学试图构建起一个客观的体系,把世界各地不同的文化安放在里面,这个"自然的秩序"具有天然的合理性,这个秩序的构建者与维护者都是美国。某种意义上说,它正在把社会现实自然化与合理化。与之相应的是,美国考古学在全世界进行野外工作,80年代还曾计划到中国来,被夏鼐先生拒绝。回首19世纪末20世纪初,中国人都非常清楚什么叫作外国人在中国考古。考古学并不是像美国考古学所倡导的那样,只是一门科学或学科。

后现代时期考古学的人文转向

20世纪80年代开始,在后现代思潮的推动下,西方考古学在欧洲出现了"人文转向",后过程考古学(post-processual archaeology)登上学术舞台,考古学似乎进入了第三个阶段:后现代时期。如果从范式的角度来看,后过程考古学具有一套不同的本体论、认识论与价值论,它不认为物质遗存材料是客观的,将之视为在历史情境中早已为文化意义渗透的东西。就比如松竹梅,经过中国文化的长期熏陶,象征坚强的品质,有了特殊的文化意义。它们已经不是简单的客观之物,会影响到与之一起生活的人们。由此考古学的目的不在于解释机制,而是要理解情境关联,其价值在于意义的阐释。就好比我们读《论语》一样,了解原义固然必要,关键是要理解其中包含的思想文化,更在于结合现实生活领悟它们在当下的意义。正如伽达默尔所言,历史研究的真正兴趣与最高任务不能只停留于恢复过去的原貌，而在于理解历史事件的意义。在这里，理解就需要阐释，"阐释"（interpret）不同于"解释"（explain）的地方在于，阐释需要主体积极的参与，而解释正好要避免这一点。主体生活在现在，通过阐释，属于过去的物质对象与社会现实就联系起来了。离开了当下的参照系，就谈不上对文化传统的阐释。也正因为如此，考古学可以直接贡献于当代的社会建设。

人文转向后的考古学把物质遗存不再简单视为人类行为的遗留，而是认为在历史进程中物质已经为文化意义所渗透，人与物已经交融在一起，并不是客观之物。换句话说，物质是文化的载体，文化就是物质本身。这里所谓的文化不只是人应对各种挑战的手段，而是一个群体（如族群）观照世界的方式。它也可以作为人群的标识，更进一步说，它就是人存在于世的形式，物质遗存承载了一个群体存在于人类社会之中的基本属性，让他们与别的群体区别开来，让他们感受到观照世界的意义。风水轮流转，考古学似乎又回到了从前，这一观念与金石学惊人地相似。物质遗存承载了文化，包括文化的精髓——"道"。于是，随着考古学看待物质遗存方式的改变，考古学的作用也必然改变。

当下中国考古学之用

回到当下中国的具体情境中来，考古学又有什么用呢？平时我们去博物馆或是考古遗址公园参观，隔着玻璃橱窗看到一些展品，或是隔着围栏看到一些遗迹，或是惊叹，或是无感，或是失望，如此而已。考古学的作用似乎止于提供人们茶余饭后闲谈的资料、休闲旅游的目的地。我们也能清楚地看到地方政府之所以重视它，其中的原因，最明显的莫过于经济价值，它不仅是旅游这种无烟工业的重要产品，而且还有免费的、持久的广告效应。就像兵马俑之于临潼、三星堆之于广汉，看着文字都能想象到滚滚而来的财源。一个地方博物馆就是一个地方的客厅，是展示一个城市形象的地方。因此，稍有规模的城市无不是延请高明的设计师，打造出具有地标意义的博物馆。博物馆建设也是建筑设计师们的最爱，这意味着他们可以大展才华、名垂青史。在正式的文字中，考古学的作用叫作"满足人民不断增长的文化需要"。人民为什么需要这样的东西呢？仅仅因为他们想猎奇与休闲吗？

人民需要的是文化！而承载文化的正是物质遗存，它是古人生活的直接遗留，比反复传抄的文本更直接、更具体。科学考古学有非常强的现代性，它不认为物质遗存在提供历史信息之外另有价值。在现代语境中，科学等同于正确，不科学就是不正确。金石学不科学，所以应该被扫进历史的垃圾堆。殊不知金石学并非没有合理的地方，它的认识论比较落后，但是其本体论还是有意义的，物质遗存中融入了古人的文化。当代考古学出现人文回归，这是对科学考古学的纠正，物质遗存的研究本来需要科学与人文两个角度。现代性中暗含着非常强的"乌托邦主义"，以为凭借科学，就可以解决一切问题，把人文视为有待改造的荒地，而不是同等的帮手。历史已证明并没有这样绝对的东西，它的流行极大地削弱了考古学的价值。考古学不是仅仅为重建过去、证明某些历史规律提供材料，而要传承与弘扬文化。

如果从"器以载道"的观念再来看考古学，尤其与当下中国的发展结合起来的时候，我们就会发现，考古学的作用会有巨大的改变。这里我们不妨以中华文明探源研究为例来说明。中华文明探源是当前中国考古学的热点，是热点中的热点，也许首先要问，究竟什么是中华文明？对于许多研究者来说，所谓中华文明探源，就是要研究国家的起源，去寻找国家的三要素：城市、金属冶炼、文字。这个以西亚为中心，提炼出来的文明的标准很长时间成为中国研究者的圭臬，直到大家逐渐认识到诸如新大陆的文明并没有文字与金属冶炼，如印加文明，这并不影响印加帝国曾经拥有1200万人口，以及南北超过5000公里的疆域。当文明的标准不那么绝对之后，大家似乎对什么是文明陷入了混乱。其实，我们的研究一直忽视了一个非常重要的维度，就是文化！这正是考古学可以贡献于当代中国社会的地方。

所谓中华文明探源，除了探究国家或是社会复杂性的起源之外，更重要的是探寻中华文化的形成。这里"文明"有另外一层含义，即一种以意识形态（通常是宗教或核心思想）为中心形成的文化体系。就中华文明而言，其中有我们熟知的儒家思想、道家思想，还有诸子百家的其他思想，这些思想在后来的历史进程中不断发展，而它们的源头一直可以追溯到史前时代，比如中华文明之于天道、礼乐的强调，在新石器时代遗存中就能够找到踪迹。这个意义的中华文明，它决定所有中国人如何看世界，包含着所有中国人存在于世的意义根基，确定何为善，何为美。中华文化的根本精神不是口口相传的说教，而是实实在在的生活。这些生活的遗留就是考古学研究的物质遗存。考古学从这个意义上开展中华文明探源，就把历史与现实贯通起来，让考古学可以服务于当代中国的文化建设。

大众对于考古学家的印象总是与挖墓、探险联系在一起，考古总是意味着发现神秘的过去（如三星堆）。其实考古学的关注点跟其他人文社会科学是一致的，横渠四句能够非常好地概括这个共同点：为天地立心，为生民立命，为往圣继绝学，为万世开太平。天地万物的"心"就是文化意义，民众的人生意义来源于文化，文化的传承离不开承载之物，考古学是文化的传承者。中华文明之所以能够生生不息，正因为文化持续不断的传承。器以载道！考古学扎根深远，意蕴绵长，这已经不是"作用"所能包含的了。

（《读书》2022 年第 4 期）

粮仓或是粮荒
——走出两百年来的国际粮食体系

许 准

随着东欧局势的进展，以及俄乌战事的展开，世界的目光重新回到了亚欧大陆的这一端。这一场战争无疑牵连甚大，在谈及俄乌情况对世界的影响时，除开军事、制裁、难民以及油气资源，还有不少分析者也指出了俄乌两国都是非常重要的粮食出口国，所以目前的战争也会对世界范围的粮食问题产生明显的影响。事实上，眼下（2022年3月）国际市场上的小麦价格暴涨，从绝对价格上说，已经赶上21世纪初全球粮食市场危机的水平了。

从表面看，当下的粮食危机只是因为某种非常态的地缘政治因素使得市场受到影响，而一切平稳之后，俄乌等地的"粮仓"也许会让粮食问题回到正常水平。然而这种思路无视了围绕国际粮食贸易的一些长期的结构性问题。少有人提到的是，俄罗斯以及乌克兰的所谓"欧洲粮仓"甚至"世界粮仓"的特殊地位，并不是自然资源决定的结果，更不是自古以来的传统，而是相当晚近形成的世界粮食体系的一部分。而且在这种格局当中，俄乌两国的境况也发生过巨大的变化，一度从粮仓变为粮荒，而又在过去几十年恢复了粮仓的地位。这种历史变化是怎么发生的？我们首先需要明白当今世界的粮食体系是怎么出现的，而这种体系如今的危机又意味着什么。

所谓粮食体系，无非是指世界范围内粮食于何处并如何在世界经济当中进行贸易和消费的。在所谓前现代社会，本地的粮食生产与消费是高度统一的。一方面，有着大量的农业人口进行自给自足的生产，另一方面，贸易——尤其是长距离贸易——还没有发展起来，交易也总以奢侈品为主。可以说，在人类历史中的大部分时候，并没有所谓的国际粮食贸易。

这一切是到了近代资本主义产生之后开始发生变化的。我们熟知资本主义发展的条件包括自由可供雇佣的劳力，以及前期积累的资本。这样的简单化描述无疑默认了市场会自动提供低廉而充足的粮食，以供城市工人消费。但是这个条件并不会从天上掉下来，对于新兴的资本主义工业来说，本国的农业并不总是能够解决本国的发展需要。城市化、工业化的发展，以及农村生产关系的变化，都使得农业人口不断减少，而居住于城市的非粮食生产者增加。这无疑产生了前所未有的巨大粮食需求。同时，资本主义的分工等级不仅在国内，同时也在国际展开，出现了"世界经济"。欧洲西部尤其是英国逐渐发展起来资本主义工业，而其附属地如爱尔兰以及欧洲东部则首先沦为地位更不利的生活资料供应地，也就是所谓的"粮仓"。这一点在所谓前现代，也就是资本主义占据统治地位之前已经显出端倪，但是真正作为一个显著的国际市场现象，是从19世纪才开始的。

英国作为最早的资本主义大国，就遇到过长期的粮食问题。在整个工业革命时期，英国的农业生产陷入停滞，这无疑制约了资本主义的发展。在1700年到1850年这关键的一百多年里，英国的谷物产量每年只增长区区0.27%。这自然远远不够供应英国工业革命的需求。英国在17世纪—18世纪的大部分时候都还能略有粮食出口，而到了1800年之后，就转为一个稳定的粮食进口国。

如果说在19世纪前半期，英国旧势力仍然还能以《谷物法》极大地限制英国的粮食进口以及整个世界粮食贸易的发展，那么到了1846年废除《谷物法》之后，英国资产阶级从整个世界购买便宜粮食，从此，现代的粮食体系就迅速成型了。在19世纪60年代，英国近半的小麦进口都来自德国和沙俄（包括乌克兰），美洲（主要是美国）贡献了另外三成。在接下来的半个世纪里，新世界的重要性越来越高，而德国随着工业化的开展逐渐退出了粮食出口市场。到"一战"前的十几年，欧洲大陆唯一的主要粮食出口国就是沙俄，提供了英国大约15%的小麦进口，而美洲则提供了将近六成。

从《谷物法》废除到"一战"爆发这大半个世纪里所形成的国际粮食体系，是以主要工业国英国为进口中心而维持下来的。而这一体系的核心就在于有少数的工业国，依靠殖民地或者不发达地区的粮食出口维持本国的工业积累。这个局面在"一战"就被打破了。贸易的中断，以及俄国接下来发生的革命运动以及内战，都造成了工业革命以来第一次明确的世界粮食危机以及英国中心粮食体系的破灭。

这个时期开始接替沙俄粮仓地位的国家是美国。为了让欧洲免于革命，不仅在"一战"期间，而且在"一战"过后的重建时期，美国有意识地大量向欧洲输出粮食。当时的美国设立了专门的食品管理部门，其领导是后来的总统胡佛。胡佛宣称，美国的粮食出口就是要同时与饥荒和无政府（革命）进行战斗。美国能够扮演这样的角色，有其优越的资源基础，但最关键的还是其政府主动的干预政策。比如美国政府在这个时期节省粮食，动员民众参与各种节食运动，比如周一不吃肉、周三不吃麦，等等。与此同时，美国政府在世界上首次运用大量补贴来管理农业生产。很快，美国就积累了大量的粮食剩余，出现了卖不动的状况，胡佛甚至开始把粮食卖给苏俄。

可以说，在这个时期的美国已经建立了一种新的国际粮食体系的雏形，那就是以少数国家对农业进行补贴干预为基础，以部分国家和地区大量生产粮食剩余为中心，而体系中其他地方则吸收这样的粮食剩余。在"二战"后的相对稳定繁荣时期，这种美国中心的国际粮食体系开始正式建立起来。不过与"一战"后不同的是，"一战"后的美国体系里面购买美国粮食的是欧洲国家，而"二战"后，美国借助马歇尔计划和欧洲重建计划让（非社会主义）欧洲逐渐复制了美国的补贴干预模式，从而使欧洲成为国际粮食体系里面的出口方。

如果不是欧洲，那么谁去买美国（以及欧洲）的剩余粮食呢？出于内外两方面因素，世界粮食的进口方逐渐变成了大量的曾经自给自足的第三世界国家。从国际因素来说，美国以及少数其他国家通过粮食补贴有了粮食剩余需要卖掉；从国内因素来说，第三世界国家实现独立之后，都有着迫切的工业化的要求。然而，正如之前所论述的，工业化、城市化必然会增加粮食需求，这种需求增长往往要超过本国粮食产量的增长。在少数国家，比如中国，这种增长的粮食需求是靠严格的计划体制和城乡统筹来得到满足的，也就是把饭碗放在自己手里，但是一个必然的后果就是所谓"勒紧裤腰带搞建设"，会有一段艰苦奋斗的时期。在大部分第三世界国家，没有彻底的土地革命和农村集体建设，没有领导革命胜利的共产党组织，想要"抄中国作业"非常困难。这些地方采取的办法往往就是用国际市场来解决问题，也就是大量进口看似价格低廉的美国粮食。

这当然是一种看起来成本很低的工业化方案，躲过了农村生产关系的革命。这种国际粮食体系从20世纪50年代到70年代早期实现了比较稳定的国际粮食价格。但是廉价的国际粮食对于第三世界的粮食生产来说也往往有毁灭性的影响，不利于培育自己的粮食生产，逐渐受制于国际粮食市场（以及美国）。这种不平衡也预示着体系的危机，因为少数国家的粮食出口并不总是能够满足整个世界的粮食需求，国际市场始终处于某种紧平衡之中。比如，在20世纪六七十年代，东亚地区的净谷物进口翻了一番，而非洲的净谷物进口则增加了两倍，在这期间，美洲国家的净出口只增加了85%。

就在这种长期危机趋势还在发育的时候，一个"外来"因素在70年代开始进入国际粮食体系，并带来了一次大的冲击。这个因素就是拥有曾经是"粮仓"的沙俄领土的苏联。苏联在这之前基本独立在资本主义世界之外，但是就粮食来说，苏联基本上长期是一个出口方。比如在60年代，苏联的净谷物出口跟整个非洲的进口差不多。然而这种局面在苏联开始着力提高居民的饮食消费水平之后迅速改变了。在社会主义福利社会的建设中，苏联人民开始靠拢西方式的肉蛋奶消费。在苏联解体之前，苏联人均的热量摄入已经达到了美国的水平，而肉类的消费量超过了英国。这便要求国家把更多的粮食作为饲料，苏联在70年代开始变为一个主要的粮食进口国，并迅速超过了非洲和东亚的进口量。曾经的粮仓似乎已经反转成了粮荒，这种发展路径对于现有的美国中心的粮食体系是一个新增的挑战，这个突发的冲击也在70年代早期引发了20世纪第二次，也是"二战"后的第一次主要国际粮食市场危机。

美国中心的国际粮食体系在之后的20年里随之做了调整。一方面，美国大幅度增加了食品出口，而且长期以来需要进口粮食的西欧也成功地学习美国，转型成为粮食出口地区，这种市场供给相当程度上缓和了苏联进入国际粮食体系所带来的冲击。另一方面，苏联在90年代初经历剧变，苏联领导层采用的"休克疗法"对社会和经济都带来了巨大的、不可逆转的打击。在随之而来的长期萧条之中，俄罗斯人民（以及大部分苏联人民）的生活水平一落千丈，这也直接影响到这些地区的食品消费。以俄罗斯为例，苏联剧变之后，俄罗斯的谷物产量在很长时间里并没有增加多少，单纯是由于国内消费减少，俄罗斯得以在本世纪初期开始成为一个谷物出口国。

这两方面条件促成了80年代到21世纪第一个十年末期又一个相对稳定的国际粮食市场时期。但是其危机趋势也在慢慢积累，一个重要的表现就是，出于种种原因，美国越来越不能独力支撑起国际粮食体系了。比如说，在70年代危机时期，美国一国的谷物出口就占了世界谷物市场的一半，在21世纪初，美国依然占有三成，但是这个比例仍然在缩小中。到了21世纪第一个十年末期，国际粮食市场再次出现明显的不稳定状态，美国的谷物出口只占世界的不到五分之一。一旦没有一个中心力量来维持，这个持续半个多世纪的现有国际粮食体系可以说已处在缓慢瓦解当中。这一点倒是与美国霸权为基础的各种国际秩序类似。

从根本上说，美国中心的国际粮食体系是难以持续的。少数发达国家拥有粮食剩余，其他大部分国家由于廉价国际粮食而丧失了自己的饭碗，主要靠购买少数国家的粮食剩余而得以维持工业和城市。这种基于高度不平衡之上的市场平衡是颇为脆弱的，哪怕不谈刻意"卡脖子"的因素，第三世界逐步增长的粮食需求本来就很难依靠少数地方的粮食供给来稳定满足。更不用说，21世纪的北美和西欧都一度出现了减少粮食供应的趋势。一个重要的原因就是大批的农业用地被用于生产生物燃料。这也是本世纪第一个十年末期粮食市场危机的成因之一。

过去几十年的情况就是，老体系依然运行，而20世纪70年代的危机暴露出来的问题一直没有得到根本解决。在刚过去的21世纪10年代，出现了一个重要的新情况，那就是前苏联地区的再度崛起，在其中俄罗斯和乌克兰扮演了重要角色。在21世纪初的粮食危机之后，俄乌两国在数年之内就将小麦出口翻了一番。这种出口的增长建立在国内产量的实足增长，而国内消费仍然不高的基础上。就在这短短数十年间，俄罗斯的小麦出口量已经赶上和超过了美国，在某种程度上又恢复了沙俄时期的"粮仓"之名。

从这样的趋势看，世界上会形成一个新的俄罗斯中心（或者俄乌中心）的粮食体系吗？哪怕抛开现在凸显的地缘政治不稳定性造成的危机，可能性也并不大。正如前面所提到的，俄罗斯的粮食出口建立在本国消费低的基础上，哪怕是到了近年，俄罗斯的本国谷物消费依然没有恢复到20世纪90年代初的水平。也就是说，一旦俄罗斯的生活水平得到提高，哪怕是部分地恢复苏联后期的消费标准，俄罗斯的粮食出口很可能会大幅度缩小。到那时，又有谁能来补救呢？而且，现有的石油农业本身是不可持续的，其生产过程需要耗费大量的化石能源，且对环境有显著的破坏。从生态的角度来说，希望在少部分地区通过大量投入化石能源来规模集约生产以支撑整个国际粮食体系，也是不可行的。

那么，世界能否跳出粮仓与粮荒的周期变化，真正解决粮食问题呢？首先，技术的作用是有限的。粮食的生产无疑受到科学技术的巨大影响，然而粮食问题却远远超出了技术层面。过去的历史告诉我们，技术本身不会解决粮食问题，不管是20世纪的绿色革命，还是后来出现的各种新的生物技术，都是如此。我们并没有生活在马尔萨斯的预言里。实际上，全球的粮食生产完全可以满足人类总体的需要，但是具体的国际生产和分配制度，使得这一点难以实现。

因此，我们需要从根本上反思近两百年来的国际粮食体系本身。大规模国际粮食贸易的出现，在历史上首先是资本主义发展不平衡的结果，而且粮食体系的出现和维持，又会强化这种不平衡。英国作为第一个资本主义工业国，迫切需要从其他社会里获得稳定的粮食供应，而由此出现的第一个国际粮食体系有效地支撑了英国以及其他部分国家19世纪后半期的稳定资本积累。而到了美国主导的第二个国际粮食体系，低廉供应的美国粮食在"二战"后相当时期内促进了第三世界很多国家的资本积累，却又使得这些地方难以自己解决粮食问题，从而逐渐孕育新的危机。可以说，粮食体系是全球资本积累的重要制度，而粮食问题，则正是内生于全球资本主义发展的一个长期危机趋势。

这并不是说唯一的解决办法是取消粮食贸易，而是在于培育各个地区，尤其是第三世界自己掌握饭碗的能力，越是能够保护自己的农业和农民，就越是能够把饭碗放在自己手里，从而能够不被国际粮食体系所左右。这最起码要求，在这些地方，国家不能以短期的经济眼光来看待粮食生产、农业和农民，而是要将其作为整体发展的战略，把食物主权拿在手里。事实上，中国就是一个好的典型，虽然也参与国际粮食贸易，但从总体上说，在漫长的工业化、城市化的过程中，成功地做到了独立于国际粮食体系之外。这是与新中国彻底的农村革命以及领导层长期对粮食安全的重视分不开的。

民以食为天，天下同理，联合国的可持续发展目标第二条就是到2030年的时候消除饥饿，然而现在看起来希望渺茫。摆在世界——尤其是很多缺粮的不发达国家——面前的任务是迫切的。可以预想，随着美国霸权的衰退愈加明显，未来以美国为中心的各项世界秩序都不可避免地会迎来前所未有的冲击，其中也包括国际粮食体系。在过去粮食体系运作相对良好的时代，世界上也没能消除饥饿和营养不良，比如就在新冠疫情暴发前的2019年，世界上仍然有将近7亿人困于饥饿中。在世界局势更加不稳，全球气候变化加剧，粮食体系运作越来越不好的时候，更多的饥饿，乃至饥荒，恐怕都会出现。能否在未来几十年走出一条新的道路，真正地让全人类免于饥饿，这是我们所有人共同面临的深刻挑战。

（《读书》2022年第6期）

在医院，或在去医院的路上

王一方

现代人跟医院有着不解之缘，如同巴黎人的那句戏言："要么在咖啡馆，要么在去咖啡馆的路上。"人这一辈子何尝不是"要么在医院，要么在去医院的路上"。即使是医者也会有脱掉白大褂换上病号服的那一刻。随着医院分娩逐渐取代家庭分娩，每个人都生在医院，而求生欲望的膨胀与"维生"技术的发达，又使大多数人都会死在医院。人们保健意识增强，即使没有疾病，也要定期去医院做体检。总之，不想去医院，又不得不去。

有人说，医院是哲学家的摇篮，说来轻松，现实残酷。医院是死亡谷的入口。医院里的死亡率每每大于家庭与社区；即使能逢凶化吉，医院也是疾苦的悬崖，身心的绞架，在疾苦、死亡交相压迫之下，在无常宿命的拷打之下展现出人性的颤抖，展示出生命与灵魂的本相。

说到底，医院的征象是"转场"，一旦住进医院，就喻示着人生可能转场，不仅是躯体转场，从家庭到医院，从医院到殡仪馆，还是心理/社会/心灵角色的转场，更是命运的转场，从健康人到患者。当然还有婴儿从温暖的子宫来到冷暖交集的人间，ICU里的转危为安或回天无力。在生产力低下、物资匮乏的漫长时代里，疾病曾经是饥寒交迫的必然产物，疗愈疾病就是济贫解困，医院就是改善温饱之所。而今，疾病成为科学索因、技术干预的非常状态。现代医院的分级、分科、分序的建制又折射了个体的身份；地位、财富、道德。有人因拮据而贫病无医，也有人小病大治；有人重疾缠身却不住院，也有人小病微恙而非要住院；有人感念医护关怀，知恩图报，也有人稍有不便就心生怨愤，甚至恩将仇报，伤医毁院。由此造就了医患关系的复杂性。因此，确实可以说，医院文化就是生死、苦难、救疗的哲思文化。不过，医院的哲思不能高高在上，不接地气，而应该走进"办医院"与"住医院"的真实困境与心灵关切，成为解决眼下办院人与住院人诸多难题的钥匙。

医院的隐喻

关于医院的隐喻很多，但以"医院即监狱"最为知名（源自《规训与惩罚》），这一论断的热议只因米歇尔·福柯（Michel Foucault）的名声显赫，加之法国哲学的批判性传统。其实，福柯只是从疯人院的历史和精神病管制格局中洞悉这一隐喻，在他看来，监护即监视，监督即监控，别无二致。一个佐证是巴黎神舍医院（Hotal-Dieu）因火灾被毁，重建时选择了全景建筑形式，这一设计范式源自法国监狱的设计，主体为一幢环形建筑，可以放射状分隔为一个个小房间，中心是一座高塔，在高塔上可以鸟瞰整个建筑，监视各处的动静，而各个房间里的人因为逆光无法看到监视人员，构成单向玻璃效应。环形建筑的发明者是英国哲学家边沁（Jeremy Bentham）和他的弟弟塞缪尔，灵感来自巴黎的一所军事学校的建筑设计图。因此，全景建筑的初衷是便于管理学生，而非监控囚犯。不过，现代医院建筑普遍采用普威廉布局（Pavillion Plan），优先考虑病房通风与换气，后经过南丁格尔的大力推崇，英国的圣托马斯医院、美国的约翰.霍普金斯医院都采用了这种建筑风格。现代医院管理中，疯人院与麻风病院的管制模式早已摒弃，随着医院人文的倡导，南丁格尔开辟了以照顾为中心的专业化服务，以及以舒适为中心的设施改造运动，努力让患者享受良好的生活、治疗环境。如今人性化、艺术化的医院境遇比比皆是，并逐渐蔚为风尚。

第二个隐喻是"陌生—亲密关系"的夹生饭，这个隐喻来自查尔斯·卢森伯格（Charles E. Rosenberg）的医院史主题专著《来自陌生人的照护》(*The Care of Strangers*)：人们在健康时，生活在适意、恬静的家庭氛围中，享受着亲人的眷顾与温情；而一旦病魔缠身，躯体与心理遭受伤害时，却要暂别亲情的环绕，抛入"陌生"的环境，去向"陌生人"倾诉，并接受"陌生人"的救助与照顾。医学是"来自陌生人的照护"，也是与陌生人的沟通，为了医疗和保健的目的，患者要将个人的秘密告诉医生，让医生观看、触摸私密的部位，甚至冒着巨大风险去迎接药物与手术的干预，而他们对医生的德行技艺却知之甚少。患者要享受专业照护，就要接纳陌生环境与陌生人，而熟人、亲情总是伴随着非专业。伦理学家大卫·罗思曼（David Rothman）的著作《病床边的陌生人》(Strangers at the Bedside)进一步揭示了医患关系本质，那就是陌生人之间的博弈，而且互为陌生人。思格尔哈特（H. Tristram Engelhardt）在《生命伦理学基础》(The Foundations of Bioethics)一书中将这份"陌生—亲密关系"的核心定义为"利益共同体，道德异乡人"，而医患关系的递进遵循一定的位序，由利益共同体（博弈，搏杀）逐步过渡到道德共同体、情感共同体，最后才能升华为价值/命运共同体。

医院里的悖论

医院里充满着悖论，圈外人不明白，有时圈内人也"蒙圈"，都有哪些悖论呢？

科层悖论：医院里有这样的职业价值排序"金院士，银主任，铜院长"，若具体到医疗决策究竟听谁的，常常会出现院士、主任权威大于院长权力的现象。在许多院内决策中，行政权力让位于技术权威，似乎违背了科层制原则（柔性等级制），向刚性、僵化的官本位提出了挑战。在行政系列里，长官意志至上，一级管一级，而在医疗决策中，行政权力服从学科专家，因为专家的仲裁权与原创力是医院的核心竞争力。医院学科建设的核心是摆脱人为的桎梏与解放个性，这种"逆袭文化"恰恰是医院活力的源泉。

主客悖论：医疗活动中，医护人员无疑是服务主体，医院也是主场（相对于家庭医学），但医疗决策的原则却是弱者诉求优先，患者利益至上。此时，专家权威必须放低身段，倾听陌生患者的声音，给予无权势、缺钱财的患者更多的人道眷顾与人文关爱。通俗化解读，就是决策中既要尊重科学、遵循规范，又要听命于患者的情感、意志偏好，适时变通，引导医护人员在诊疗服务中能屈能伸、张弛有度，努力做到冷静而不冷漠，淡定而不淡漠，职业神圣而有温度，实现医者亲和力与权威性的统一。

是非曲直悖论：医院运营如同"戴着镣铐跳舞"，必须在不确定的医学、无常的生死归途中寻求确定性的优质服务、高效管理。一百年前，医学大师奥斯勒（William Osler）指出："医学是不确定的科学和可能性的艺术。"这一箴言被后人称为"奥斯勒命题"，它揭示了生命、疾病转归、苦难与死亡降临具有永恒的不确定性，生命的独特性，医学的不确定性，干预的多样性，疗愈进退的不稳定性，赋予医学神圣性，赋予医院文化的特殊性。医院中常常出现"人财两空"的窘境：即使在技术高度发达的今天，还有相当多的病因、病理不明确，病情的进展不可控，疗效不确定，预后（向愈、恶化、残障、死亡）不可测。如何因应这种局面？医院管理者要弄明白究竟是无计可施，还是有计难施，或有技误施，厘清"无过失"伤害，"不可抗力"危机，帮助患者和家属建立风险与代价意识，破除"零风险""低代价"的侥幸心理……这一切都考验着管理者的人文智慧。医学常常是在与死神交易，抢救室里，从来就没有生机无限，只有命悬一线，危机重重，医者满腔热情的救治可能换来的是回天无力、万般无奈，这不是管理流程与细节上的缺陷，而是人生的宿命。在诸多全力抢救一无效的案例中，人文管理的要义是突出"尽心了""用力了"的全力与抢救，而非"无效"（无力—无奈）的结局，帮助患者接纳苦难，豁达面对死亡。

伦理悖论：医院无时不在倡导不伤害原则，但手术、药物本身就是对躯体完整性与功能元状态的伤害，关键在于如何处理相对伤害与绝对伤害的关系。医院倡导患者获益原则，治疗中只能期望小伤害（代价）博取大收益，但真实世界里也可能是以大伤害（风险）获取小收益。医院也十分倡导自主原则，但急性（诊）手术因情况紧急存在医方代理决策的境遇（无法做到知情同意）。医院倡导公正原则，但由于优质手术资源短缺，使得就诊、候床、择期、择人存在巨大的人为裁量空间，无法做到绝对公平，只能追求相对公平，遵循先到原则，重症优先原则……

职业境遇悖论：医院、医生常常被赞颂为危厄中的"逆行者"，不仅在人类灾难时刻，其实在道德与情感的斜坡上，也是逆行者。他们必须在一个价值多元的时代依然坚定地追求利他的职业价值，明白利他即利己、助人即助己的道理。在一个信仰迷茫的时代依然保持坚定的职业信仰，敬佑生命，救死扶伤，甘于奉献，纯粹厚道；在一个真爱稀薄的时代依然在诊疗中保持爱的温暖并不懈地传递着人间大爱；在一个崇尚任性的时代依然保持敬畏悲悯之心；在一个视天真为幼稚的时代依然保持天性与事真；在一个道德重建的时代率先践行共情—共荣的医患信任，超越利益共同体，率先缔结情感—道德—价值共同体。

医院的观念与价值之辨

关于医院的哲思，本质是观念、价值之辨，旨在帮助医院、医生们咀嚼自己的责任、使命与愿景，完成各自的价值锚定。首先是"医院"（hospital）与"病院"（infirmary）之辨，hospital 源自 hospice（临终照护场所，安宁病房），但其拉丁词源为 hospes（外地客），host（主人），hospitality（款待），hotel（旅舍），凸显接待与服务功能，而 infirmary 源自 infirmity，是体弱、虚弱者，暗喻需要同情与悲悯的照护。东亚历史上，日本的明治维新之后出现"病院"一词；第一所病院可以追溯到 1557 年由耶稣会士阿尔梅达（Luis de Almeida）创立的"悲悯圣家"。中国最早的博济诊所（1835）则是医院建制。这两者的微妙区别在于前者强调医生（技术）的存在，后者强调蒙难者（疾苦）的存在。其次是"患者"与"病人"之辨，中文"患者"一词最早出现在《妙法莲华经》"无量寿第十六"，经文为"救诸苦患者，形如倒悬中"，在英文中，患者与病人共用一个 patient，源自 patience，意为苦难中的"忍耐"，更接近于患者的意涵。其三是"治疗"（cure）与"照护"（care）之辨，医院情境中，治疗通常由医生主导，而照护则由护士主导，在传染病肆虐的年代，治疗的急迫性被大大强调，而慢病时代，则照护逐渐成为医学的主责。当然，治疗—照护两手都硬，才是当下医院实力的象征。

时至今日，人们还特别纠结于"全科"与"专科"之辨，在许多人心目中，从全科诊所、药店接诊到专科医院，是医药学的巨大进步，细分带来诊疗的精准化，也逐步形成"强专科，弱全科""高水平的是专科医院，低水准的是全科医院"意识。于是，肿瘤医院、妇科医院、儿童医学中心、耳鼻喉医院、传染病医院、精神病防治中心，还有胸科医院、肝胆医院、肛肠医院应运而生，构成医院格局的多元化、细分化。如今，许多综合性医院也要特别强调自己的重点专科，忽视全科并进、科间协同效应。但是，专科医院有"性格"，不再是全科医院的来者不拒，而是只接诊符合本专科范围内的患者。专科医院的另一个盲点是非专业人士的患者无从准确选择，因为产生不适症候的器官可能并非原发病灶所在器官，所谓"专科在专科之外"。此外，单科突进，会导致科间协同与支撑力的削弱，甚至阙如，不利于多学科协作，综合解决复杂临床问题。如何在医院生态上协调好专科医院与全科医院的比重，表面上是一个区域医疗规划的问题，本质上是对医疗"细分"与"整合"趋势的把握。辩证的观点是有分有合，合中有分，分中有合。

"住院与反住院"之辩也成为现代社会的焦点，告别温馨的家庭不是人生所愿，历史上很长一段时间都是医生出诊，服务到家庭，专程到医院里去看医生是很晚近的就医格局。无疑，门诊与住院是两种诊疗模式，背后是病情掌控与干预"点""线""面"的区别。疾苦早期、轻症患者大多选择"点"式诊疗观察与干预，以点带面，即可达到痊愈的目的；突发伤害、重症患者，自然首选住院，最大限度地调动医疗资源，以便掌控危机局面，赢得转圜的机遇。但是，随着诊疗技术的改进，手术、药物安全性的大幅度提升，尤其是微创手术的开展，住院与非住院的临界点发生了漂移，"反住院"思维逐渐兴起，表现在日间手术清单日益扩大。可以预期，"日间治疗"理念将不断刷新门诊业务谱系，让患者获得有效、安全、费用可控的治疗模式。

健康中国理念催生了"治已病"与"治未病"之辩，这一理念源自《黄帝内经》，所谓"上工不治已病治未病"，下先手棋，提前布局，这一思想与健康中国的理念极为吻合。于是，这一传统理念复活了，许多医院新设"健康中心"与"治未病科"，但是，困扰医院，也困扰普罗大众的问题有二：一是既然没有病，为什么要干预，人们愿意花钱买治疗，却未必愿意花钱买健康干预，未雨绸缪的健康干预是否会被误判为"过度医疗"，引发医德讨伐；二是健康干预的收益相对于疾病干预的收益要缩小很多，而现行的医保政策按照单病种结算，而非按照社区居民健康状态及获益结算，这一机制只激励医院"等人生病，生大病"，医院全力干预，才能维持医院的正常运营，而没有从社区居民健康投入中分账的激励科目，导致医院"治未病"意识无法真正落地，也造成健康促进、健康教育成本费用无法列支，难以达成健康干预环节中的收支平衡。

说来说去，就想抖出一个理，无论办医院，还是管医院，都不能秉持单纯的技术思路，或者管理思维，富含哲思的范畴思维必不可少，唯有穿越价值拷问之后，才能洞明医院服务的真相与真谛。

(《读书》2022 年第 4 期)

"怪异人"的心理与西方现代化

杨凤岗

自从马克斯·韦伯在二十世纪初出版了《新教伦理与资本主义精神》以来，西方学者已经建构了多种理论，用以解释西方某种制度的成功，比如现代理性资本主义经济、现代代议政治、现代科学、现代法律、现代教育，或者社会整体的现代化。而比以往解释更具雄心、更具当代科学前沿性质、更加精细和广博的理论，最近由约瑟夫·亨里奇（Joseph Henrich）提出。他在2020年出版了《世界上最怪异的人：西方如何在心理上变得独特并且特别繁荣》，此书甫一出版，旋即引发广泛评论，亦有杂志组织专题讨论，可以说相当轰动。简而言之，他认为西方的成功不仅在于其经济，还在于其众多的社会制度，这些制度成功不能仅仅归因于新教伦理，更要归因于西方人的独特文化心理模式，而其心理文化特征的形成，是西方教会的婚姻家庭规划所带来的。

一

亨里奇原本学科背景是人类学，他的人类学研究采纳经济学的博弈或游戏方法，注重不同社会群体的文化心理研究。他曾经在艾默里大学人类学系任教，后来转到不列颠哥伦比亚大学，同时获得心理学和经济学两个系的终身教授职位。2015年，他又转到哈佛大学的人类进化生物学系任教并兼系主任。虽然现在北美非常重视多学科研究，但一个人在这样几个不同的科系获得终身教授职位，仍属罕见。

几年前，亨里奇和几个合作者最先提出了"怪异人的心理"这个概念。怪异人（WEIRD）是由西方的（Western）、受教育的（Educated）、工业化的（Industrialized）、富有的（Rich）和民主的（Democratic）几个词的第一个字母组合而成的缩写，恰好是英文中的怪异（Weird）一词。他们使用这个词，精炼而又颇具洞见地说明了心理学研究的一个奇特现象。心理学学者经常选取研究组和对照组进行心理测试研究，通过给研究组实施某种刺激并且与对照组进行比较，来发现人们的心理和行为模式。亨里奇和他的合作者们通过海量文献回顾发现，现代实验心理学的研究组和对照组的样本往往是大学生，而且大多是西方的大学生，特别多的是北美的大学生。心理学家们把这些研究的发现总结提升到普遍适用的程度，以为这些心理和行为模式是人同此心，心同此理。但是，作为人类学家的亨里奇，他的研究对象是原始部落人群，比如亚马孙森林中的部落，或者太平洋群岛中的部落。当他把同样的心理测验拿到那里时，结果常常有所不同。显然，不同文化对于人们的心理具有重要影响。他们因此总结说，实验心理学的已有发现可能只不过是西方受大学教育之人的心理和行为模式，这些人是"怪异人"，放在人类历史和世界范围内，其实是历时很短、人数很少的群体，他们的心理并不具有人类的普遍性，恰恰相反，是怪异的、独特的。这个文献回顾对于实验心理学提出了严峻挑战，令人们意识到不同社会在文化心理上存在巨大差异性，从而促进了文化心理学这个分支的拓展。

在本书的一开头，亨里奇即论述说，文字导致了人们的生理变化，特别是脑神经结构的变化。他列举神经科学的研究成果指出，识字者和文盲的大脑构造具有显著不同，识字者的脑梁（左右脑的中间桥）变得粗大，主管语言的前额叶皮质改变，涉及语言、物体和脸庞识别的左脑后枕部位更加专门化，这些生理变化改进了语言记忆并且拓宽了语言处理的脑部活动力，同时也迫使脸庞识别功能向右脑移动，从而导致面庞识别力和整体图像识别力的下降，也导致分析识别力的提升。也就是说，识字之人更多依赖把景象和物体分解成组成部分予以处理，更少依赖对于总体结构和格式塔整体形式的洞察。

文字这种纯粹文化的产物，不仅带来大脑结构的变化，并且相应带来荷尔蒙和器官质性的变化，进而带来人们的认知、动机、性格、情感等一系列思维或心智方面的变化。由此切入，我们可以认识到，经过很多世代的遗传和演化，不同文化可能会导致不同族群形成不同的深层心理结构。

也就是说，文化差异不仅仅是文化上的不同。如果仅仅是文化不同，一个族群就可以轻易地移植另外一个族群的文化，从而达到两个族群在文化上的同质化。但是，特定文化对于原有族群的大脑神经和心理结构已经造成了难以磨灭的影响，即使是移植了另外一种文化，其固有的神经和心理结构依然具有或隐或显的长久影响。

亨里奇基于脑神经科学和人类学的这些论述，与中国当代思想家李泽厚"文化心理积淀"和"儒学深层结构"的概念可以说是不谋而合。李泽厚的论说深具洞见，但停留在哲学的思辨和信手拈来的举例，其影响也局限在汉语的儒家文化圈之中。亨里奇采用现代科学的方法和实证研究数据，其影响范围也就更加广大。

二

那么，西方发生了什么样的文化演变？这种演变为何会导致西方"怪异心理"的形成？

亨里奇指出，在古往今来人类社会中，大多数人是文盲。中国人是个对文字和教育非常注重的民族，但是直到二十世纪初叶或中期，中国的文盲率始终在百分之八十以上。在一个社会的人口中识字率突破百分之二十大关，首先发生在大约五百年前的欧洲，特别是西北欧。追根溯源，识字率的突破是因为基督新教强调每个人都必须自己阅读理解《圣经》，而不能依赖祭司神父的代读和解释。那时的西北欧人的识字动机主要来自宗教，而不是来自经济因素或者对物质生活的追求。社会历史的量化研究显示，不同地区识字率跟人口中的基督新教信徒比例成正比。马丁·路德的宗教改革在德国的威腾堡发起，然后逐渐往外扩散。量化空间研究也表明，在宗教改革之后的西北欧社会中，识字率跟各地与威腾堡的空间距离成反比，即距离威腾堡越近的人口中识字率越高。基督新教和识字率不仅具有相关性，而且使用统计学控制变量的方法进行研究显示，是基督新教引发了识字率的提升，而不是识字率的提升引发了皈信新教。马丁·路德在发动宗教改革过程中曾经论述说，政府必须建立学校，普及教育，这成为现代学校的先声。当然，为了与基督新教竞争，天主教进行了对应改革，其中包括重视普及教育，比如耶稣会就特别注重办教育。在海外传教过程中，如在非洲一些地方，当天主教处于与基督新教的竞争时，天主教和基督新教都促进了普及教育。不过，在缺少竞争的地方，基督新教在传播过程中更多地从事普及教育，从而更快地提升了传教区人口的识字率。

识字率只是文化的一个方面。与识字相比，婚姻家庭是更加重要的文化现象。与其他灵长类动物不同，在人类部落社会中，关系比较固定的婚姻家庭成为日常活动的基本单元，婚姻家庭禁忌和规范也成为最重要的文化现象。因为自然环境的不同和部落首领的偶然决策，在不同的部落形成了不同的婚姻家庭制度。人们比较熟悉的是一夫多妻制、一妻多夫制、走婚制等等，还有一些其他的婚姻制度，比如兄死弟承制，也就是如果兄长去世，嫂子由弟弟承接为妻，并且替兄生子以便传宗接代。只不过有些婚姻家庭制度已被淘汰，或者实践那些婚姻家庭制度的人群在竞争中被淘汰了。

人们维护婚姻和家庭制度的努力程度，与自然环境有关，也可能和所从事的狩猎和农业类型有关。亨里奇引用发表在《科学》等一级期刊上的新近研究，用实证数据说明，水稻文化和小麦文化有显著的不同，种植水稻可以高产，但是费时费工，需要很多人的协作配合，因此水稻文化中的人们更多注重维护婚姻和家庭的联结，会形成大家族的村落和血亲相连的乡镇。与此相对照，种植小麦不需要很多人的协作配合，小家小户就可以从事耕种收获，因此小麦文化中的人们个性比较独立，婚姻家庭相对来说比较不稳定。

人类在其赖以生存的生物地理环境中，并且在与其他族群的竞争中，通常要依靠家庭和氏族求得生存和繁衍。跨家庭合作较好的部落，可以在生存竞争中胜出。当跨家庭甚至跨氏族的有效合作机制形成时，便出现了国家。氏族国家进一步演化，便形成地域庞大的帝国。亨里奇说，古往今来的绝大多数人类社会人都是以婚姻家庭为核心的，甚至庞大的帝国也是由分成等级的多个家族氏族联合主导的。中国的历朝历代，也都是由家而国的家国天下。

然而，与这种普遍而强大的人类群体自然进化趋势相反，西方社会的婚姻家庭规范和制度被强行打破了。那是被西方教会所主导的婚姻和家庭规划（Marriage and Family Program，缩写为MFP）所打破的。西方教会从公元四世纪到十三世纪，强力推行MFP，其中包括严禁一夫多妻制婚姻，婚姻必须是一男一女；严禁与近亲结婚，而且"近亲"的定义不断扩大，超出五服之外；领养之人、教父教母这些关系本来没有血缘关系，也被禁止通婚；禁止与非基督徒结婚。为了求婚，人们只好离开本村本乡。去更大的空间范围寻找相同信仰者。结婚以后，新婚夫妇要离开父母，建立独立的家庭。这个规划，在基督新教各派中，得到继承和贯彻。这些禁令和指令，逐渐削弱甚至破坏了亲属关系网，缩小了家庭规模，降低了生育，也限制了代际王位继承和财产继承。例如，英格兰国王亨利八世是个强势君主，但是，因为一夫一妻制的约束，他为了婚姻问题绞尽脑汁，但是罗马天主教教廷总是拒绝他的离婚和再婚要求，最后，亨利八世强令英格兰教会断绝与罗马天主教的关系。不过，一夫一妻的婚姻家庭制度依然被英国国教（安立甘宗）继续下去。由于婚后的不孕不育或者虽然生养却又夭折，都铎王朝终究无奈地终结。同样，贵族和平民一生积攒的财富遇到无子嗣的情况时，只能捐献给教会，通过教会留取功名。当人们遭遇危难时，也难以求助于已被打破的家族，只能依靠教会作为生活安全救济网。

西方教会的这一套婚姻家庭规划之所以形成并且得到强制执行，其原因或许是偶然的和特殊的，因为同样在基督教中的东正教教会，在这些问题上要宽松许多。亨里奇认为，在众多原因中，肯定包括它与其他宗教的竞争，特别是与古代罗马宗教、琐罗亚斯德教（拜火教）、犹太教和伊斯兰教的竞争。比如，在拜火教中，亲兄妹的婚姻是被接受甚至称许的；在伊斯兰教中，一个男人可以娶四个妻子，堂兄妹和表亲婚姻是被接受的，至今还非常普遍。不过，对于这些，亨里奇并未展开讨论。

西方血亲家族制度的崩溃，导致了一套奇特的心理和行为模式。因为没有大家庭和家族为依靠，为了生存，人们必须倚重个人的体能和素质，必须尽可能地掌握知识和技能，在感知和认知能力方面逐渐变得更加个人主义、自恋、控制导向；另一方面，因为没有大家庭和家族的束缚，这些深具独立意识的人们变得不墨守成规、较少羞耻感但有较强的负罪感，因为羞耻感往往是由于违背了族群规范而引起的，而负罪感则是因为违背了自己的良心或上帝的戒律而发生的。也就是说，当一个人决定是否做一件事情时，主要考虑的不是脸面问题，不再是外部规范问题，而是是否符合自己内心的道德原则或上帝的戒律。哥白尼提出日心说和马丁·路德发起宗教改革，可以说都体现了脱离家族依靠和束缚的个体独立心理。亨里奇说，这些不是所有人的共同心理，而是西方人特有或特别明显的心理特征。

生存竞争需要人们联合为群体以便抵抗其他群体，但人们不再能靠血亲联合，而是必须超越血亲关系寻找有共同兴趣和志向的人联合，从而导致了非个人、非血亲的社会规范的形成，包括对于没有血亲关系之陌生人的信任、公平、诚实、合作、公正的原则和道德判断的倾向。这些社会规范的文化，进而导致了某些社会组织制度的形成，包括行业协会、城市、大学等这些自愿加入的、超越个人特性的公平市场，以及在机构内部和外部社会的参与式治理。这些社会制度在中世纪的欧洲出现，逐渐演变成现代西方，并最终向世界各地扩散。对于这些，此书根据历史文献和多种研究做出了相当充分的叙述，比如大学的成立，城市公共钟表的建造及其经济效益、行会的扩展，在战争频繁的情况下城市人口的持续增长，城邦的代议制度等。

三

亨里奇强调，这本书不是关于西方与其他国家天壤之别的论述，也不是归因于基因遗传学的论述，而是探讨导致现代制度的文化进化、社会规范及其心理机制。"我们不是在观察民族之间固定的或本质的差异，而是在观察一个持续的文化演变过程，受到多种因素影响的跨地域和跨世纪的历史演变过程。"（194页）文化在人性中的中心地位反映在学习的能力——向谁学习、学习什么以及何时使用文化学习而不是单靠自己的经验，尤其是在宗教和仪式方面。不过，文化并非类似于电脑软件，可以简单升级软件，文化更新也会改变硬件，即改变人们的大脑结构和生理器官质性。在某个特定的社会文化中，"即使某些制度实践被放弃，围绕这些传统制度的价值观、动机和社会实践，仍然会通过文化传播延续几代人"。

在这方面，中国就是一个很好的例子，虽然采用了一些西方制度，但是传统心理依然存在。"在这种情况下，即使在家族组织消失之后，文化传播也会使家族心理世代延续下去。"虽然新中国的婚姻法和一系列革命举措极大地改变了中国的婚姻家庭制度，但是，"与中世纪欧洲使用MEP的地区的人们不同，二十世纪后期的中国农村，并没有自发地创建很多志同道合的陌生人之间自愿的结社。取而代之的是，人们重申了与他们祖籍地的联系，加强了他们的宗族关系，并且自发地改建了以亲属关系为基础的排他性群体，这种群体是建立在基于裙带关系的忠诚美德之上的。

因此，按亨里奇的观点，非西方民族的现代化，不得不经历很长时期的挣扎和反复，然后才可能将他们的心理、规范和制度，甚至重新构造的大脑神经，逐渐协调一致起来。如果协调一致的变化只能发生在几个世纪和几代人之间，那么，怎么才能避免陷入某种版本的文化本质主义或某种种族优劣论？这是我向亨里奇提出的首要质询。

其实，由中国、韩国、日本和世界各地的东亚侨民组成的全球东方（Global East），对亨里奇的这一套理论建构提出了一些挑战。首先，正如书中所描述的，无论有没有采纳西方宗教，当代全球东方确实采用了MFP的大部分做法，包括取消一夫多妻制、减少近亲结婚、鼓励新婚夫妇建立独立的家庭，等等。然而，日本、韩国、新加坡和中国的快速经济崛起并没有花费几个世纪，而且是与MFP的采用几乎同时或交错发生的。亨里奇所论述的MFP导致的心理变化、社会规范变化以及历时数个世纪的现代社会制度的形成，这些看似逻辑的必然次序，可能不过是虚幻的次序，抑或是现代制度的扩散过程不同于原生过程，扩散过程中的各项因素和具体过程可能是可以重新排列的。就如同韦伯命题，现代理性资本主义的创生或许是基督新教伦理带来的突破，而现代理性资本主义或市场经济的传播，则未必需要新教或新教伦理作为必要的支撑。

其次，亨里奇正确地指出："虽然欧洲以外的许多古代和中世纪社会都有繁荣的市场和广泛的长途贸易，但它们通常建立在人际关系和血亲制度的网络上，而不是建立在具有广泛适用性的非人情交换规范之上，不是基于公平和非人情的信任原则。"（307页）比如，回族依靠血亲关系曾经在丝绸之路上建立了繁荣的长途贸易。我要说的是，这不仅发生在古代的丝绸之路上，在近代西方殖民主义统治下的东南亚，华人的经济成功，可以说是发挥了以血亲为基础的社会网络独特优势，商业贸易和借贷通过居住在不同地区的血亲关系网得以进行，而不是依靠政府的法律法规。在现代西方主导的环太平洋地区，形成人类学家所称的"无界帝国"，其中同样可以看到血亲网络发挥了至关重要的作用。事实上，本人采访过的一些华人家庭，他们特意将家庭成员安置在太平洋沿岸的不同国家和地区，这是家族的一种生存策略，为的是应对各种风险，在不同国家不同时间不同地点，可能会发生战争、政治动荡、种族主义暴力或金融风暴，而提前安置在不同地方的家庭或家族成员，可以接待遭遇风险的亲人。同样，散居各地的犹太人，为了生存，在全球范围内保持着广泛的血亲网络。这些案例，凸显了移民、跨国主义和全球化等几项当代世界非常重要的因素，有必要进行更多的研究和解释，这些因素尚未进入亨里奇的论述。我猜想，浓厚的血缘关系可能会扼杀创造发明和经济活力，人口流动则可能会削弱或稀释血亲关系，从而给人们更多创造发明和经济活动的空间，同时又不会遗弃血亲关系在维持商业信任和作为社会安全保障网的某些好处。这些是值得进一步研究的。

第三，在采用西方制度或现代制度之前，全球东方就已经存在着一些所谓的怪异人心理和行为模式了。例如，此书给出了七十六个国家或地区的耐心程度全球分布图。深浅不一的灰色表明中国、日本和韩国与西欧、北美和澳大利亚非常相似，但我在此书中没有看到有关全球东方这个心理特性的相关讨论。此外，书中不止一次提到东亚人勤奋的工作伦理，但没有很好地融入理论解释之中。与前面提到的猜想相关，我的推测是，一旦血亲关系变得稀薄，就像二十世纪的全球东方社会和一些移民在文化多样化的国际大都市定居的散居社区中发生的那样，这些心理特征可能会有助于他们采用和融入现代制度。这也是可以进行很多实证研究的地方。

最后，本书将分析性思维作为"怪异人"心理学的一大特征，难道这不应该辅以综合性思维能力吗？也许大多数"怪异人"确实是分析性强而综合性弱，但是，在"怪异人"的世界中，同时具有这两种能力的极少数人，则能够像本书一样将分析性的部分组合在一起，并以壮观的方式呈现宏观图景，尽管其中尚有很多需要进一步研究、完善和加强之处。

无论如何，对于关心社会文化比较研究的学者来说，在未来相当长的岁月里，这本巨著必定会陈列于必读书目之中。它综合了多学科的最新前沿研究，在广度和细节上远远超出以往的同类著述。可以预知的是，总会有些人拒斥、批驳、证伪某些具体的方面，因为辩驳验证是现代科学和学术的正常现象。但是，作为整体，这本巨著达到了某种艺术水平，即使其中的个别细节被否证，其整体的艺术效果依然会屹立不摇。当然，这种艺术需要特殊的视角，没有这个视角时，你会看到一片杂乱堆积。一旦找准视角，就会为这件艺术杰作的构思和创作惊叹不已，恰如观赏纽约艺术家麦克尔·墨菲（Michael Murphy）的知性艺术作品一样。

(《读书》2022 年第 2 期)

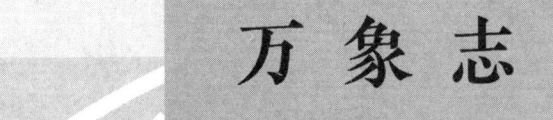

万象志

二十四节气的现代意义

郭文斌[1]

端午又至。

在我获得鲁迅文学奖的短篇小说《吉祥如意》里，就曾写过端午。总有人问我，为什么把端午写得那么美、那么香、那么多彩、那么欢乐、那么吉祥、那么如意。

我说，的确，在我的记忆中，端午是香的。

"五月和六月是被香醒来的"，当我把这句话写在稿纸上时，我就进入了另一个时空隧道，它的名字叫"端午"。

"五月"是姐姐，"六月"是弟弟，端午的故事，就是从姐弟二人被"香醒来"开始的。

既是"甜醅子"的香，又是"荷包"的香，又是艾草的香，又是"五月五"这个日子的香，更是"天之香""地之香""人之香"。

正是天地间弥漫的这种"香"，让"五月五"端午"十全十美""吉祥如意"。

也正是这种弥漫在记忆中的"香"，让我在端午等传统佳节之外，也对二十四节气着迷，用十二年时间写成了长篇小说《农历》。这部长篇的写作，更加深了我对中华文化整体性的体会。

2014年始，协助中央电视台拍摄大型纪录片《记住乡愁》，让我对中

---

[1] 郭文斌，中国作家协会全委会委员，宁夏文联主席、宁夏作家协会主席。中宣部文化名家暨"四个一批"人才。大型纪录片《记住乡愁》文字统筹、撰稿、策划。著有畅销书《寻找安详》《农历》等十余部；短篇小说《吉祥如意》先后获《人民文学》奖、《小说选刊》奖、鲁迅文学奖，《冬至》获北京文学奖，散文《永远的堡子》获冰心散文奖，长篇小说《农历》获第八届茅盾文学奖提名。

华文化的整体性有了更为广阔的认识。在我看来，这种文化的整体性，体现在时间制度上，就是二十四节气；体现在人类生命力的保持上，就是顺应二十四节气。正所谓"人法地，地法天，天法道，道法自然"，如果用一个字来概括，就是"中"。

今年，我和《宁夏日报》合作，计划用一年时间录制二十四节气的节目，我们希望尽可能开发一些观众"百度"不到的内容，侧重思考有助于人们应对一些现代性困境的功能，已播出八集，反响很好。让我高兴的是，我们的策划和北京冬奥会同步，冬奥会开幕式正是以二十四节气为序曲……在我看来，二十四节气是中华先祖对子孙后代的祝福，也是对人类的祝福。这种美好的祝福，含藏在穿越时空的精妙编程里。

二十四节气是天文编程

二十四节气是我们祖先通过观察太阳周年运动形成的时间体系，是先民们认知一年中时令、气候、物候等变化规律所形成的完整智慧体系。"春雨惊春清谷天，夏满芒夏暑相连。秋处露秋寒霜降，冬雪雪冬小大寒。"这首《二十四节气歌》，我们从小就会背了。

在写作长篇小说《农历》的过程中，我越来越清晰地认识到，二十四节气是"天文"和"地文"牵手形成的"人文"。它来自中华先祖最为现实的农业需求，那就是什么时间播种，才能得到最好的收成。特别是黄河中下游一带的人民，一年只有一次播种机会，如果没有二十四节气的导航，很可能因为走错"时间路线"而歉收。

农民最清楚，哪怕你错过一两天的播种时间，收成都会跟别人有差别，更不要说是十天半个月。同样的两块田，一块长势好，一块长势不好，我问父亲为什么？他告诉我，长势不好的那一块，是因为迟种了一天。

二十四节气的神奇，体现在它的精准。

有农村成长经历的人都有感受，二十四节气就是我们的人生，因为我们就是跟着这一套时间路线长大的。"清明前后，栽瓜点豆"，这几天老爹老娘就忙着播种了；"麦在地里不要笑，收到囤里才牢靠"，那种虎口夺粮的争分夺秒，真是一种极限体验。

我们的祖先，为了准确授时，"仰则观象于天，俯则观法于地，观鸟兽之文与地之宜，近取诸身，远取诸物"（《周易》），"终日乾乾，夕惕若厉"，日复一日，年复一年，不敢稍差分毫，才确立了天、地、人的对应关系，绘制出中华民族沿用几千年的时间地图。

中国人为什么那么熟悉二十八星宿，就是用它来反观大地、指导人生的。初昏，北斗七星的斗柄东指，天下皆春；南指，天下皆夏；西指，天下皆秋；北指，天下皆冬。如此确定的时间制度，慢慢就变成了历法，最后确立为农历。

正是农历精神，让人们"与天地合其德，与日月合其明，与四时合其序"（《周易》），从而建立了"天格""地格""人格"的对应关系，成为中华哲学、文学、美学的基础，也成为政治学、经济学、社会学的基础，更是医学、养生学、生命学的基础。

"仰以观于天文，俯以察于地理，是故知幽明之故"（《周易》），二十四节气，正是这种"幽明"的工具化。

这种"仰观"催生了古代中国十分发达的天文学，祖先们用圭表度量日影长短，确立了"冬至""夏至"，然后通过数学推算，将太阳运行一年分成二十四等份，确立每一个节气的时间。

有了精准的观象授时，就有了精确的播种；有了精确的播种，就有了农业的发达；有了农业的发达，就有了足够的粮食；有了足够的粮食，就有了增长的人口；有了增长的人口，就有了人文的兴盛、文明的发达。

相传由孔子删定《尚书》的剩逸篇所成之书《逸周书》，其中《时训解》就详细记录了七十二候。西汉《淮南子·天文训》中出现了二十四节气，从中我们得知，五日为一候，三候为一气。每一候都有动物、植物、天气等随季节变化的周期性自然现象，称为"物候"。比如芒种，一候螳螂生，二候鵙始鸣，三候反舌无声。比如夏至，一候鹿角解，二候蝉始鸣，三候半夏生。同一物候因季而变，从"雷发声"到"雷始收声"，从"蛰虫始振"到"蛰虫坏户"，从"玄鸟至"到"玄鸟归"，等等。

诸子百家之一农家的《审时》把"天人合一"在农业中的应用技术化，让二十四节气和农业充分对应。

秦汉时期的重农抑商思想，又为二十四节气提供了强大的政策支持，让它走入百姓日用。

今天，发达的气象学也没能完全代替二十四节气在农业中的重要性。播种、除草、收获、耕地、养墒，人们仍然要翻老皇历。在我心目中，老皇历除了具有实用价值外，还有一种特别的诗意和浪漫。写作《农历》时，小时候父亲在阳光下读皇历的景象，一次次浮现在我眼前。

父亲在黄土地上劳作的一生，又何尝不是一部老皇历。他年年岁岁面朝黄土背朝天辛苦劳作的身影，让我无数次地想起《周易》的核心要义：厚德载物，自强不息。

二十四节气是人文编程

写完《农历》，我就认定人文是天文的投影。古人在观测天象的时候，看到天体的运行不息，赋予人文的意义就是乾卦的核心精神——自强不息。

我们的祖先对此进行了系统性编程，这种充满智慧的编程，催生了二十四节气活的哲学。变易、简易、不易，阴阳、消长、运化，全在其中，"冬至一阳生，夏至一阴生""万物负阴而抱阳，冲气以为和"。在古人看来，"气"既是生命的存在状态，又是存在方式，这种状态和方式，体现在节律上，就是"节"；其目的，就是保证"中"、保证"和"；对应在人文上，就是《中庸》讲的："喜怒哀乐之未发，谓之中；发而皆中节，谓之和。中也者，天下之大本也；和也者，天下之达道也。致中和，天地位焉，万物育焉。"

这种中和哲学，让中华文明避免了非黑即白、非白即黑的简单思维，学会在阳中找阴、阴中找阳。道家用太极图来表达，儒家用中庸之道来阐述，体现在国家治理上，就是德法并重；体现在人类学设计上，就是构建人类命运共同体。

二十四节气的后面是天文，而天文对人文的最大启示，就是整体性。在散文集《中国之中》中，我用大量文字阐述了中华文化整体性对人类走出困境的现实意义的思考，因为"天同覆，地同载"，所以"凡是人，皆须爱"，这是天地表现给人类的整体性给予的启示。

古人为什么把春分跟秋分神化，认为它们是天上的两尊神，春分祭日，秋分祭月，就是因为他们观测到，这两天昼夜等长。作为二十四节气的原始坐标，它奠基了中国人的思维方式，就是处处"找中"。

这种"找中"的思维方式，让中华民族秉持辩证思维，不走极端。

相传，尧禅让帝位的时候对舜说："咨！尔舜！天之历数在尔躬，允执其中，四海困穷，天禄永终。"意即我把这一套极其高明的历法传给你，你要用它来找到那个"中"，好好为百姓服务，如果天下百姓陷于贫困，上天赐给你的禄位就会永远终止了。可见，中道思维来自天文；可见，真正的服务是天文服务、历法服务，真正的管理也是天文管理、历法管理，因为它是天地的中介。

这种"找中"的哲学用在养生上，就是平衡，抑制旺的一方，扶持弱的一方。为此，古人讲，"春不食肝，夏不食心，秋不食肺，冬不食肾"。春天养生，就要多支持脾脏，因为春天对应着肝，肝属木，木克土，脾属土。怎么保呢？多吃和脾土对应的黄色食物，比如小米、番瓜、豆芽、生姜、香椿等。从味觉上讲，酸味入肝，会让肝火旺，所以，春天要少吃酸，适当增加甜食，因为甜味入脾。

这种找"中"的哲学让中国人特别注重"天人合一"，让中国人学会随缘，顺其自然，不跟自然节律对抗。

人是宇宙的一分子，因此，只有"顺"，才能"合"，只有"合"，才能吉祥如意。如何来"合"？顺应节气。比如春天，《黄帝内经》讲："春三月，此谓发陈。天地俱生，万物以荣。夜卧早起，广步于庭，被发缓形，以使志生；生而勿杀，予而勿夺，赏而勿罚，此春气之应，养生之道也；逆之则伤肝，夏为寒变，奉长者少。"这句话告诉我们，春天要少吃动物性食品。在古人看来，宰杀动物时，人要先动杀心，而杀心引动杀机，伤害生机。人要健康，就要长养生机。

比如夏天，《黄帝内经》讲："夏三月，此谓蕃秀，天地气交，万物华实，夜卧早起，无厌于日，使志无怒，使华英成秀，使气得泄，若所爱在外，此夏气之应，养长之道也。逆之则伤心，秋为痎疟，奉收者少，冬至重病。"因为太热，所以贪凉，而贪凉，阳气无法宣泄，湿邪就被闭在体内，秋天就会得痎疟，冬天就会重病。

热的时候充分经受热，冷的时候充分经受冷，此谓自然。"人法地，地法天，天法道，道法自然"，养生的最高境界，就是这个"自然"。而二十四节气，就是中国人的"自然"课表。

二十四节气是幸福编程

在写作长篇小说《农历》的过程中,有一天,我突然意识到,大地回春、桃红柳绿,细想,都是温度在背后操盘。每一抹绿色回到人间,每一朵蓓蕾绽放,细微的变化之处,其实就是天地间的阳气在增加。而这增加了的阳气,其实就是阳光的增量。而阳光的增量,来自阳光到达地球的角度增量。这个角度,又来自地球环绕太阳公转的"节律"和地球本身的"姿态"。这个"节",这个"态",对应在大地上,就是"气"。我们都知道,地球是"斜着身子"绕太阳公转的。正是这渐渐"直起来"的阳光让大地春意盎然、生机勃勃。

正是这一发现,让我联想到,在人间我们能感知的爱和温暖都来自太阳,包括月辉。既然一切都来自这个"太",这个"阳",那么,我们就要向太阳学习,"与日月合其明"。

细细体味"合"的感觉,就会对"奉献"二字有新的认识。太阳的存在就是燃烧,就是奉献。当年,父母师长如是教诲,有些不理解,只是把它写进《农历》里。不惑之年,自己开始做志愿者,就有些体味了。

2012年,我支持几位同道创办了全公益"寻找安详小课堂",那种实实在在的幸福感,让我觉得,我在《农历》中写的五月、六月的父亲不再是一个小说人物,而是我自己。我把我所写的,变成了所做的。每天脑海里全是要帮的人和方案,没有时间焦虑和忧伤,也没有时间自私和自利,那是一种"忘我"的幸福。这才明白,活着的意义就是奉献。

2021年,长江文艺出版社要出版适合青少年阅读的大字号《农历》,让我修订一下。再读十多年前写下的那些文字,读"父亲"给五月、六月讲,要学习天、学习地、学习太阳、学习庄稼……泪水就禁不住流了下来。

想想二十四节气,从立春到大寒,天地要保障所有生命的生存,就得提供空气、水、食物……而这些保障生命的东西,都是天地无偿为我们提供的。

我一直在琢磨"谷雨"这个词,大家都在讲,"雨生百谷",却忽略了"谷养百姓"。这谷物,是谁创造的,为什么要牺牲自己,养活人类?

这也许就是天造地设，就是"本性"。突然就明白了《大学》为什么开篇要讲："大学之道，在明明德，在亲民，在止于至善。"何为"明德"，何为"至善"，"亲民"而已。也明白了《论语》开篇为什么要讲："学而时习之，不亦说乎？有朋自远方来，不亦乐乎？人不知而不愠，不亦君子乎？"学习什么，学天地精神，学日月精神，如此，才能"悦"。只有这种天地精神、日月精神绽放的"悦"，才会感召远方之朋；也只有这种会通了天地精神、日月精神的"悦"，才会"人不知而不愠"。试想，如果天地和日月听不到赞美就沮丧，就收回它的光明，那就不成其为日月。

也对"人法地，地法天，天法道，道法自然"有了新的体会。这个"自然"，就是"本然"，就是一种没有缘由的爱和奉献。这种心路历程，帮助我更加深入地理解老子讲的"自然"。

渐渐地，我就懂得了什么叫"自在"。没有"自然"，很难"自在"。也让我理解了什么叫"自信"，没有"自在"，就没有"自信"。中华民族是一个自信的民族，跟我们的自在文化有关。但凡自在的文化，都是可以经过时间检验的，比如二十四节气。

"春有百花秋有月，夏有凉风冬有雪，若无闲事挂心头，便是人间好时节。"（《颂平常心是道》）宋代无门慧开的这首偈，真是把自在文化讲到家了。全然地享受过程，享受生命的每一个"现场"，正是幸福学的真谛所在。

古圣先贤给我们开出的幸福学教程是活在"现场里"，要让全过程的每个"此刻"都要幸福。就学生来说，要用九千九百九十九个学习过程之"甜"换来一个更大的结果之"甜"，这才能真正实现夫子讲的"不亦说乎"。

目标性幸福，往往会把生命带离现场，而生命长期离开现场，是会出问题的。

我让孩子们把生命过程审美化、幸福化，让过程本身变成目标，全然地活在现场里，活在当下的幸福里，活在朴素生活的幸福里。播种时就要幸福，耕耘时就要幸福，而不仅仅是收获时幸福。生命的诗意就这么诞生了。不久，他们就会发现细节性的美，一朵花、一棵草、一丝阳光、一缕风。

古人晴耕雨读生活方式的智慧，是他们活在一种耕读的诗意里，活在农事诗的狂欢里。现在有很多人是"耕"也没了、"读"也没了，每天只活在一种"概念幸福"里，活在信息狂流里，活在计划里、效率里，活在手机里、网络里。渐渐地，生命的"实在感"丧失，"现场感"丧失，焦虑就找上门来了，抑郁就找上门来了。所以说，德、智、体、美、劳的国家教育目标是非常英明的。

二十四节气是一种与现代"效率时间"相别的"自然时间"。二十四节气中的时间是活的，有生命、有温度，能够呼吸，它让天、地、人、物的关系人格化、审美化，也让中华文化的整体性有了可感可亲的烟火气。

可以说，二十四节气本身就是先人的教育编程，不但是我们的认知方式，也是思维方式，更是行为方式，当然，也决定着我们的学术范式。

二十四节气是大教育。

我欣喜地看到，二十四节气教育正在以不同的方式走进校园。

在一些传统节日里——清明、端午、中秋、重阳等，不少学校组织学生诵读《农历》对应的章节，还有一些学校编排节目表演。受邀观看孩子们天真可爱的演出，我的脑海里就响起一个声音——

这农历，这二十四节气，不正是先祖们的天文编程、人文编程、教育编程、幸福学编程，甚至是人类学编程吗？

(《新华月报》2022年第13期)

螺纹歌

施爱东

据指纹学家介绍,每个人的指纹都是独一无二的,世界上绝不会有指纹完全相同的两个人,我们现在常用的二维码,就是模仿指纹原理制作的。可是,在儿童时期的我们看来,指纹只有两种,一种叫螺,一种叫箕。

螺是指螺旋状的涡纹,箕是指簸箕状的开口纹。张爱玲在《谈看书》中提到:十只手指上,螺越多越好,聚得住钱;男人簸箕也好,会赚钱,能够把钱铲回家;女人则是螺好,会积钱,手上没螺,拿东西不牢。

张爱玲的螺纹说过于简单。我小时候知道的比这复杂,也更有趣一些,我们客家人有一首螺纹歌:"一螺穷,二螺富,三螺牵猪牯,四螺蒸酒卖豆腐,五螺骑马应圩,六螺打死人,七螺做中人,八螺驮锁链,九螺解下院,十螺十足,层箩列谷,瓮子盛足。冇螺穿楤蕊(没有螺什么都留不住)。"

现在如果还有螺纹歌的话,估计得换换名堂。比如"牵猪牯"这个行当,即便在偏远的农村也已绝迹多年。我在江西石城长大,在那个边远的小县城,小时候常常碰见那些被称作"猪牯佬"的光棍汉,穿着一条脏兮兮的大裤衩,赶着一头步履蹒跚的老公猪,走村串户去给别人的母猪配种,收取极少的几毛猪牯钱。现存网络上有时会看到一些搞笑视频,一个年轻男子坐在一头大公猪身上,大公猪走得屁股一扭一扭的。这种视频纯属娱乐,真正的"猪牯佬"是极其爱惜大公猪的,因为那是他的身家性命。大公猪一天交配上数次,身子疲惫不堪,总是一边走,一边不停哼哼,别说驮人,驮只鸡都费劲。

螺纹歌之所以在现代社会不再流行,是因为螺纹歌所反映的社会内容,已经跟现代社会基本脱节。螺纹歌的时代,就是猪牯佬的时代,一个渐行渐远的,留在传说中的时代。

螺纹歌的流布地图

北京大学歌谣研究会从1918年开始面向全国征集歌谣,然后分批刊印,我印象中没有发表过这首螺纹歌。而在一些书商出版的童谣集中却载录了大量的螺纹歌,如商务印书馆《各省童谣集》第一集(1923年)就收录了三首,分别采自安徽休宁、浙江杭县、新昌;上海世界书局《绘图童谣大观》(1924)也收录了三首,分别采自江苏的吴县、无锡和江都;1932年的《民间月刊》发表的螺纹歌中,仅浙江富阳一地就有六首。可在1949年至1979年这三十年间,螺纹歌就再没有被大陆的正式出版物收录过。我相信在这一时期,大规模的民间文学采风运动肯定采录到了这首风行全国的著名童谣,但是基本上都没有公开发表。

1923年《各省童谣集》的编者说:"看螺纹定一生贫富贵贱,各省都有这种事,但所说各不相同,可见这事不足深信。"这话听起来,好像如果各地所说一致,就可以深信似的。这首曾经被打入"封建迷信"另册的趣味童谣,正因为异文众多,不足为信,才会给我们的童年生活带来许多相互打趣的快乐。

我陆续搜集了119首大同小异的螺纹歌,却发现它们只出现在十三个省市,并非"各省都有"。以其流行区域统计,螺纹歌似乎主要流行在东南沿海地区,从海南沿海路向东北方一路向上,广东、福建、台湾、浙江、上海、江苏,一个不落,而内陆却只有安徽、湖北、湖南、江西等几个紧靠以上地区的省份。广西、云南虽各有一首,但变异较大,跟其他地区的螺纹歌有明显区别。在西北和东北地区,我居然没能找到一首螺纹歌。不过,后来的事实证明,至少东北的辽宁和吉林还是有部分流传的,只是他们不说"螺"而说"斗"。但是,这并不影响上面"沿海路传播"的假设。

北京的儿歌是最丰富的,从清末开始,就有许多外国人在北京搜集儿歌出版,顾颉刚说,1918年北京大学发动歌谣运动,"征集到的歌谣以北平为最多,单是常维钧先生一个人就有了一千多首",可是,北大《歌谣》

周刊并未见到有螺纹歌发表。我所仅见的北京这首,被雪如女士收录在1930年出版的《北平歌谣续集》,内容还被精减、合并为"一螺穷,二螺富,三螺四螺开当铺,五螺六螺磨豆腐,七螺八螺自来有,九螺一箕,稳吃稳坐"。标题《一螺穷》也是仿《诗经》取首句为题。

老虎不在家,放屁就是他

北京的《一螺穷》虽然简单,却大致反映了螺纹歌的主要理路,也即张爱玲说的,螺越多越好。另一首不明地域的螺纹歌,这一思路更加明显:"一螺穷,二螺富,三螺四螺卖豆腐,五螺六螺开当铺,七螺八螺有官做,九螺十螺享清福。"生活质量的好坏基本上与手上螺纹的多少成正比。

像我这种一个螺没有的人,理论上是最穷的,所以我们客家螺纹歌的最末一句是"有螺穿棯蕊"。当然,这只是大致的正相关关系,也不是每首螺纹歌都遵循这种关系。螺纹歌的价值更多体现在它的游戏性,而不是命理的准确度。同在浙江,新昌人说:"十个箕,落得嬉,嬉到杭州上海没得剩。"基本上也是穿棯趣。杭州人却说:"十个箕,满天飞,前堂吃饭后堂嬉。"表面看都是"落得嬉",可结果却有质的差别。

各地螺纹歌中最一致的,大约是起首句"一螺穷,二螺富",全部119首中,占了73首。大凡"一螺穷,二螺富"的地区,基本都是为了在前几句中押一个"富"字韵。北平的《一螺穷》虽是删减版,却最有代表性。明白了这一点,也就明白了为什么有那么多人"开当铺""磨豆腐""卖酒醋""披麻布""无着裤""住大屋""倒大路"。

浙江富阳对于一螺和二螺的认识却是颠倒的,这里流传着许多《一螺富》的螺纹歌:"一螺富,二螺穷,三螺叠稻蓬,四螺挑粪桶,五螺磨刀枪,六螺杀爹娘,七螺八螺银子撞脚笋,九螺十螺讨饭没有路,十只箕,前厅吃饭后厅嬉。"由于穷和富的次序颠倒,导致后面螺数的命运也发生了巨大变化,三螺四螺之所以要"叠稻蓬""挑粪桶",就是因为要押第二句末尾"穷"的方言韵。富阳还有一首《一螺富》的第二句用了个"破"字收尾,再次导致三螺四螺的命运发生重大转折:"一螺富,二螺破,三螺掬猪屎,四螺开烟火,五螺磨刀枪,六螺杀爹娘,七螺八螺讨饭没路,九螺踏官船，十螺中状元。"

多数螺纹歌都会在五螺之后换韵。韵一换，运也转，比如湖北的"一螺穷，二螺富，三螺四螺住大屋，五螺卖柴，六螺穿鞋，七螺八螺，挑屎过街，九螺单，当天官，十螺全，点状元，十个簸箕，金银挑起"。昆明的螺纹歌跟其他地区不大一样，起首不说穷和富，而是巧与笨："一螺巧，二螺笨，三螺四螺捡狗粪，五螺六螺甩团棍，七螺逗人睺，八螺不下田，九螺发大财，十螺中状元。"但是，即便如此，这首螺纹歌依然在说到五螺的时候转了韵。

这就有点像客家儿童唱"一二三四五，上山打老虎，老虎不在家，放屁就是他"，为什么放屁的是"他"而不是"你"或者"我"，只是因为"他"与"家"押韵。因此，如果上一句唱成"老虎在家里"，那么对不起，"放屁就是你"。

起首句与《一螺穷》不一致的地区，主要是广东、福建南部和台湾。台湾金门的"一螺一嗲嗲，二螺跄脚蹉"与闽南的"一螺一底底，二螺跑飞飞"，以及潮州的"一螺一帝帝，二螺走脚皮"估计是同源异文，所谓"一嗲嗲""一底底""一帝帝"之类，大概也只是各地搜集者记录时选用文字的差异，都是为了表达一种舒适的状态，说明有钱有闲，以便与二螺"跄脚蹉""跑飞飞""走脚皮"的劳碌状态相区别。

《一螺穷》放在闽南话中，读起来很不爽口，因此只能重编一套《一螺一嗲嗲》的新螺纹歌，所以说，一螺到底是"穷"还是"嗲嗲"，不是因为东海岸人与南海岸人长得有什么不一样、命运有什么不一样，而是因为他们的语言系统不一样。

六螺磨刀枪，十螺中状元

在浙江，尤其是从杭州到台州的连接带上，杭州、诸暨、新昌、天台、临海，都流行一种恐怖版的螺纹歌，杭州是"五螺磨刀枪，六螺杀爹娘"，诸暨是"七螺磨刀枪，八螺杀爷娘"，新昌是"七螺磨尖刀，八螺杀爹娘"，天台是"六螺磨刀枪，七螺杀姨娘"，临海是"五螺攒刀枪，六螺杀爷娘"。少一螺的，总是执行前一工序，或者叫帮凶；多一螺的，总是执行后一工序，因此成了凶手。听起来，好像五螺和六螺（或者六螺和七螺，七螺和八螺）天生就会是一对杀人凶手，这两种人要是聚在一起，父母基本上就没活路了。

六螺在所有螺数中是最狠最倒霉的，在杭州和临海一定是凶手，到了天台，可以弱化为帮凶，再到诸暨或新昌，穷虽穷，却可以不必干那杀人的勾当，如果能走远一点，北上江苏如皋，好歹可以"去种田"，到了扬州、仪征一带就能"骑花马"，如果脚力勤，远上北京，还能攒钱"开当铺"。但是不能往西或往南，往湖北只能"穿草鞋""做强盗"，往湖南则是"打草鞋""放鸭婆"，到江西也还有可能"打死人"，到了广东和福建，大多数情况下还是只能"讨饭匹""掰心肠""做小偷""跌落水""给狗拆"。当然，少数南下分子，也可能"做相公"，如果渡海到台湾，则有可能"米头全"或者"有米煮"。

十螺在所有螺数中是最好的，俗称十全十美，这一说法几乎通行全域，只是说法稍有差异，诸如"十螺全富贵""十螺去当官""十螺做相公""十螺驾盐船""十螺足足，买田起屋""十螺全，生个儿子中状元"等，福建平和县甚至说"十螺做皇帝"。只有少数异文会有诸如"九螺十螺讨饭没有路""十螺守空房"的说法，这两种说法都出自浙江富阳（叶镜铭：《富阳关于手的俗信》），其他几则如"十螺做长工""十螺无瓦片"，也只出现在上海和浙江一带。或许是因为富裕地区的人民对于"满招损，谦受益"有更加深刻的理解。

多数螺纹歌为了方便儿童理解和记忆，在前一螺和后一螺之间，都会设置明显的对应或承接关系。比如，"一螺穷，二螺富"是财富的两极关系；"七螺八螺讨牢饭，九螺十螺做大官"是身份的两极关系；"六螺会种田，七螺贩私盐"是居家务农与外出冒险两种生存方式；"八螺去偷鸡，九螺去偷鹅"是异曲同工；"三螺无米煮，四螺无饭炊"是同义反复；"七螺八螺挨枪打，九螺十螺过刀铡"是相同结局、不同刑具。

据说人种不同，手指的平均螺数也不同。白种人与非洲人箕纹多，大洋洲土人螺纹多，黄种人介于两者之间。假设这种说法是正确的，那么，黄种人应该是以五螺六螺居多了，按杭州和临海的说法，他们都在"磨刀霍霍向爹娘"，这当然只能拿来当个噱头，供儿童们互相唱着取笑。

螺纹歌中的人生百态

福建北部的顺昌县，流传着一首似乎由女性专享的《手螺歌》："一螺穷，二螺富，三螺忙碌碌，四螺开金铺，五螺没儿生，六螺做奶奶，七螺插金钗，八螺要挨打，九螺全，十螺中状元。"所谓"做奶奶""插金钗"，性别特征都很明显，可是，最后一个"中状元"，却又不是旧社会的女性能够享受得到的荣耀。

有些地方的螺纹歌则会将男女的螺纹运势明确分开，比如唱到"九螺做老爹"的时候，如果针对女性，就得唱成"九螺做奶奶"。

纵观各地螺纹歌，涉及的职业行当五花八门，计有重工业（砸石条），轻工业（磨豆腐、弹棉花），军事工程（攒刀枪、磨刀枪、背刀枪、甩团棍），农牧业（会种田、牵猪牯），建筑业（起大厝），服务业（挑粪桶、抬花轿），商业（开当铺、卖绸缎、卖老婆），交通运输业（驾盐船、挑粪桶），旅游业（走天下），能源开发（担柴卖），文教卫生（中状元、学做贼、捡狗屎），信息产业（做媒婆），文化艺术（吹喇叭），宗教（拜菩萨），行政管理（会做官、坐官船、管天下、做相公、做太公、封太守）等等，三教九流，包罗万象。

在传统螺纹歌中，穷人的比例非常高，常常会穷到无饭炊、睡大街、做乞丐、倒大路、讨饭没路。命运不济的表现是忙碌碌、没儿生、掬狗屎、掰心肠、要挨打、讨牢饭、狗土虫。富足人家的表现常常是骑白马、穿绫罗、住大屋、谷满仓、银子撞脚笋、买田起屋、前厅吃饭后厅嬉、金子银子压秤砣、有钱无人知。平常的生活则是平平过、坐颊颊、走脚皮、盖草铺、住瓦屋、操心肠、得高寿之类。另外，打死人、杀爷娘、做强盗、做贼、偷挖壁、过刀剐的现象也非常严重。

要说螺纹歌真实地反映了现代社会的人生百态，那显然是拔高了，但若说反映了传统农业社会对于社会结构与人生百态的粗浅理解，则不会太过。

当然，螺纹歌也缺失了许多很重要的社会内容。比如对于读书的理解，只指出了"中状元"一条出路，似乎中不了状元就只能捡狗屎。至于现代社会的现代行业，就更加得不到体现。

螺纹歌一般只是用极端化的语言来戏说命运，不涉及人品问题，人们就算数到自己"倒大路"，也不会多生气。但是，南宁歌谣罕见地涉及了人品问题："一螺富，二螺贫，三螺为君子，四螺为小人，五螺佮（音gé，结伴合作）大贼，六螺救花军（乞丐），七螺担尿桶，八螺骑马上坟，九螺起屋平天下，十螺坐金墩。"尤其是"四螺为小人""五螺佮大贼"等，很容易演化成为人身攻击的恶意标签，变成破坏歌谣游戏性的"老鼠屎"。这类歌谣比较罕见，我搜集的螺纹歌中仅见一首。

　　在歌谣中，有些螺纹的命运必须与其他螺纹配合在一起才能生成完整的意义，比如浙江的"五螺磨刀枪，六螺杀爹娘"，松阳的"六螺跌落水，七螺拉不起"，江苏如皋的"八螺搬砖头，九螺砌高楼"，好像这两种螺纹的人不互相搭个手，就什么也干不成。

　　螺纹歌本是游戏性的，但在清末，还真有人拿它当回事。据胡祖德《沪谚外编》说："旧例，招募兵勇，及解配重犯，皆验十指箕斗。至狱讼供招，则仅以大拇指捺之。今俗以指上螺纹作圆形者为螺，如山脉状者为畚箕。旧有此歌，谓关于贫富，未必验也。"这里说"未必"，用词谨慎，表达的是一种半信半疑的态度。

东北地区的"斗"和"撮"

　　得知我在搜集《螺纹歌》，东北地区的朋友很不同意我对于流传地区的假说。民俗学同人杨秀认为，我之所以没能注意到东北地区的螺纹歌，是因为东北人不称"螺"而称"斗"，南方地区的"一螺穷，二螺富"，到了东北地区，只是变成了"一斗穷，二斗富"而已。

　　同事程玉梅也给我发来一条短信："爱东兄，今晨拜读大作《螺纹歌》，有趣！提供我记得的东北（长春地区）童谣一首：'一斗穷，二斗富，三斗四斗开当铺，五斗六斗背花篓，七斗八斗摇街（读该）走，九斗一簸，到老稳坐。'还有一个说法：'九斗一簸，到老稳坐，九斗一撮，到老背锅。'但我不知道簸和撮的区别。东北话里收运垃圾的工具叫撮子，多铁制，大概类似于你文章中提到的簸箕。"

　　辽宁大学的洪展姑娘提供了一首类似的东北童谣，很有趣，但是卖豆腐和说媒、做贼的比例有点高："一斗穷，二斗富，三斗四斗卖豆腐，五斗六斗爱说媒，七斗八斗爱做贼，九斗坐着吃，十斗全是福。"

另外一位辽宁朋友也说："我们小时候常常念：'一斗穷，二斗富，三斗四斗卖豆腐，五斗六斗开当铺，七斗八斗封官侯，九斗十斗享清福。'老人们还说，十个斗和十个簸箕的人，都是十全十美大富大贵的组合。"

非常奇怪的是，所有为我提供资料的朋友，全都是女性！这让我产生一个好奇的问题，螺纹歌的传播群体，是不是以女性为主？带着这个疑问，我将手头所有的资料重翻了一遍，只有三十一份资料标注了讲唱者，其中有二十三位讲唱者可以根据姓名判断为女性，比如张阿奶、廖应芳、朱芹勤、詹素珍、黄雪兰，等等。另外，多数回忆性的记录者在提及螺纹歌具体源头的时候，都是说到"我奶奶"，一次也没有出现过"我爷爷"或"我爸爸"这样的男性传承人。这虽然不是一个充分的统计数据，但也大致可以认为，螺纹歌的主要传承人是女性群体。

(《读书》2022 年第 7 期)

说"戏魔"

何祚欢

说到武汉戏码头，有一群人是非说不可的。那就是戏迷。

民谚说"无君子不养艺人"。戏迷正是人群中最自觉自愿拿钱（买票）"养艺人"的君子。

一般的戏迷，家里多少都有些底子。要么自己有好营生，有些余财剩米，爱戏折腾的是自己能当家的钱，谁也管不着。要么有好娘好老子，爱戏爱过头了，有人扛着。要么自己家大业大，儿女们养得娇，大小事做不来，爱看点戏也算有件事情占着手，听的看的还都是"忠孝节义"，也就眼睁眼闭地由他们去，有的还自己加进去凑趣。

但还有更多的"迷子"是这样的：日子过得苦兮兮的，武汉话叫"公一天、母一天"。找到了事，赚得到钱时，会在三天饭钱当中拿两天的钱出来看戏，看好了再去"谋事""谋财"。到了三餐都谋不到口的时候，就离戏台鼓乐远远的，看到了爱戏的朋友远远地躲开。这种"候鸟型"的戏迷，人数不少。他们爱戏爱得单纯。但在戏迷群中却不大受待见，一般觉得他们是"东搭葫芦西搭瓢"，忽热忽冷。其实人活在"手长衣袖短"的境地，这也算一种自爱，是值得尊敬的。

我要说的一位，似乎和一般戏迷都不一样。他是20世纪50年代初汉口一家叫馥馨裕茶庄里专管制货的（那时被称为"收拾货的"）小管事。在茶叶业的地位不低。介绍人在向老板推荐他时，说他"做事是一把好手，人勤快，就是喜欢看戏，喜欢得钻心，没得事把几个钱都送到戏园子里去了，所以混到二十大几岁连个媳妇都没接进门"。如果说别人是戏迷，那他就算"戏魔"了。

老板和汉口许多老板一样，也是个爱戏的，并不觉得这是什么大毛病。再说这位"戏魔"在茶叶业很有名,叫"刘丑"。说是因为属牛,爹娘就用属相给他做了"学名"。后来因为爱戏,他给自己取了个响亮的名字,叫"刘森峰"。但他很随和,两个名字随人家叫,他都答应。老板把进这个人的事交给管事(相当于现在的职业经理人)去办,刘丑就到铺子里来上班了。

新起新发,上班头一天,刘丑的"亮相"就亮得与一般店员先生不同。正值制花茶的季节,天气炎热,刘丑穿了一身白色杭州小纺绸的长裤短褂,冲心呢的圆口布鞋,拿一把白纸折扇,走几步路就是大牌"王帽老生"的派头。像戏台上的"角儿"出场一样,这个"亮相"好脆!

管事蔡先生在背人处低声问他,这样"扮"个周正鲜亮"所为何来",刘丑说:"收拾货的师傅就是跟老板做招牌的吵我干净,人家会说我们铺子里的货干净。"

听这么一说,蔡管事倒有几分赞他了——原以为这么装扮的人只是好招摇过市,哪晓得是为了给铺子"做招牌"。不由得暗赞了一声:"是个做事的人!"

制花茶的季节,是茶叶铺最忙的时候。首先要把原茶择干净——那里面混着的茶梗,要专门请女工一点点择除,然后才窨花、"打炕(烘焙)"。这些事情都是刘丑(刘森峰)先生管的。首先在择茶上,他管得就严。

择茶女工是季节工。制花茶的季节,柜台外面有一边的靠椅、茶几全部收起,放上大案板,择茶女工在案板两边相对而坐,一人面前一簸箕茶,择净便交刘丑查验。合格时,就会发一个竹制的小筹码,再发一簸箕茶。收工时凭筹码算工钱。这个筹码与码头上用以计件的长至尺余的筹码一样,"筹码"的"筹"与"忧愁"的"愁"同音,便有点犯忌,生意人一律反其意而呼之为"欢喜"。刘丑一来就把从前的旧"欢喜"全部丢了,说是"张三手摸过去,李四手摸过来,一用几年都不洗,晓得几'拉瓜'(脏)"!然后他自己花钱买了一大包新"欢喜",连续两个夜晚在每个"欢喜"上写字。写的么事?写的《一捧雪》《二进宫》《三岔口》《四杰村》《五台山》么事么事的,全部是戏名字。蔡管事一看又有点"萝卜丁咽酒"——烦了,低声斥他:"你收拾货也是个管事的了,把茶叶铺当了戏园子?"

刘丑说:"管事的您家是老方家(读音如'老法家',大内行的意思),在我们茶叶铺,这'欢喜'就是钱。有的铺子还真有人拿了假欢喜去多计数多拿钱。说在'欢喜'上写铺子的名字吧,盖印吧,你把那些老实人又看扁了,不做记号又不行。我反正是个好玩的家伙,写些戏名字,用我的字,只有我刘丑收拾货才有这个牌子!这样子管也管住了,大家脸上也好看些。"

择茶,窨花,打炕,诸事一开头,蔡管事还真喜欢这刘丑了。

刘丑爱戏不是病,但头天看完了戏第二天从楼上找到楼下柜台里也要跟人说戏,就又把蔡先生惹毛了,当众说他:"这是个做生意的地方,莫一天到黑前三皇后五帝!"

吓得刘丑再也不敢在开门营业时谈戏了。只在夜晚打烊以后,和同事或学徒伢们说几句过下子嘴瘾。但多数时候都会有提起话头的人自己听得散了神,让他深受鼓舞的是,有一个小伢什么时候都瞪着不错眼地看着他,每回都听到"挖台脚"。这个伢是老板的儿子,十岁还差几个月,于是他把这个伢当了知己,有空就和他谈戏,看戏就把他带着,来了名角票价论"块"(元)地掏也不心疼钱,照样把这小戏迷带着。再后来,刘丑和他谈茶,居然也能谈到一起了。

铺子里的唱片是老板全权交给刘丑去买的,一开始他买的全部是京戏,而且全部是老生唱段:谭鑫培、谭小培、谭富英、余叔岩、言菊朋、高庆奎、马连良、杨宝森、溪啸伯、王又宸、王少楼、麒麟童、林树森……他兴冲冲地摆给老板看,再一看老板的脸"虎"着,一下就慌了神。连忙说:"买多了买多了,您家看这样办好不好,铺里要的就留下来,不要的算我的,从我的月钱里头扣……"

老板说:"多倒不多,你就没想一下,哪有人人只听京戏的道理呢。这些都留到用,你再把汉戏楚戏还有'洋人打哈哈'和唱歌的都买一点。"

后来刘丑发现老板说对了,他添的那些唱片,像什么"洋人打哈哈",隔久了不放还有人会问。馥馨裕门口放唱片时把水果摊子的生意都挡了,人围得太多了。

有一天,柜上生意不多,老板儿子怀着心事把刘丑拉进柜台,打开那个装"欢喜"(筹码)的屉子,问刘丑:"刘管事,你这戏写重了呢,有甘露寺、芦花荡、回荆州,怎么又写《龙凤呈祥》呢?"刘丑只简单地回答他，是怕自己晓得的戏不够数，就把"本"戏折子戏的名字绞在一起凑数。说完了居然有些激动地对同事们说，没想到这点小伢看戏还看用心了！就着这份激动，他问老板的儿子：你晓得我为么事叫刘森峰？

"不晓得。"

"杨宝森晓得吗？"

"晓得。杨派老生。"

"陈鹤峰呢？"

"哦，麒派……"

"我刘丑，取杨宝森之森，陈鹤峰之峰，更名为刘森峰。此生别无所爱，唯此足矣！"

这个人没得名，也不谋名，但这一迷而至魔，似可一书也。

（《随笔》2022 年第 3 期）

真味潮州菜

盛 慧

有些菜，的确是有惊艳之美的，尝过一回，便会爱上，一发不可收拾，比如潮州菜。潮州菜有"最好的中华料理"之誉，在很多城市里，它往往是最贵的，虽然贵，依然深受追捧。有个做生意的朋友就曾和我说起一件有意思的事，他多次约一个大客户吃饭，客户总说没时间。有一次，他提出去吃潮州菜，客户脸上的表情立马生动起来，眼睛里露出晶亮的光来，后来，不仅做成了生意，他们还成了好朋友。

古往今来，有许多食家总结过潮州菜独特的饮馔之道，但我个人觉得它最有魅力的还是"清鲜"二字，这与现代人所追求的健康饮食理念有异曲同工之妙。

潮汕地区有大海、河涌、平原和山林，多样性的地理环境，为当地人的餐桌提供了丰富、多样的食材。潮州菜追求本味，力求最大限度地突出食材本身的甘美与芬芳。厨师们对每一种天然的食材充满敬畏，他们认为，不管哪种食材，只要是天然的，都能做出最美的风味。他们讲求搭配，重汤轻油，注重养生，尤其讲究时节，"五月荔枝树尾红，六月蕹菜存个空""六月鲤鱼七月和尚""端午食叶，胜似服药""九月鱼菜齐"……这些代代相传的俗语，就是食物登场表演的时间表。

食材本真的鲜味，最初是沉睡的，需要由盐唤醒，潮汕的老话说："要甜，落点点盐。"这句话乍一听让人有些费解，其实，这里的"甜"，并不是我们平常所说的甜，而是清鲜回甘的意思。在潮州菜中，盐并不是孤军奋战，它有各种各样的"替身"，比如豉油、豆酱、鱼露、咸菜、橄榄、咸梅、咸柠檬，等等，这些替身的味道不是单一的，它们在提供咸味的同时，还提供了不同风格的鲜味，达到了咸鲜合一的完美效果。

清代戏剧家李渔曾言，食物的美在于清新、自然、洁净。这也正是潮州菜所追求的至道。潮州菜以"清"为尚，但清而不淡，鲜而隽永，味极佳妙，如倪云林的山水，一草一木，皆充满清逸之致。这一点，在汤菜中尤其突出。潮州菜中的汤大多澄明莹澈，乍一看，几近开水，入得口中，却鲜香四溢，惊艳无比，如同一个历经世事的女子，却始终保持着一颗纯净透明的少女之心，一举一动，一言一笑，皆清新自然，让人怦然心动。

　　竹笙鱼盒是一道汕头名菜，制作精良，味道怡人，有不绝如缕的山林之气。鱼盒，是一种既文雅又生动的说法，就是将厚鱼片片开，但不完全切断。这道菜要将瘦肉、虾肉先剁成茸，调味，加香菇碎、芹菜末、方鱼末和蛋白制作馅料，像装金银财宝一样，装入鱼盒之中，隔水蒸熟。竹笙即是竹荪，乃是生长在竹林之中的白色精灵，位列四珍之首，野生的竹笙极为贵重，可遇不可求，其味极清鲜，像一位不食人间烟火、不染尘世俗气的谦谦君子，为了保持脆爽之感，不可久煮，只需在上汤中滚五分钟。将竹笙移入大碗，上置鱼盒，倒入上汤，加作料即成，汤色清澈，味道清爽，鲜美得不可思议。

　　潮汕人喜食橄榄，除了生吃，还可以炖汤。第一次去潮州菜馆喝青橄榄炖花胶，汤是隔水炖的，汤色极清澈，橄榄去掉了花胶的腥味，赋予它一种清冽的幽香，喝完汤之后，周身爽利，有一种奇妙的轻盈感。除了青橄榄炖花胶，比较常见的还有将猪肺、粉肠、骨头，与橄榄和白萝卜一起炖，菜名气势非凡，称为"青龙白虎汤"，清润回甘，清肺爽喉，喝完之后，浑身有说不出的舒泰。

　　素菜的制作，同样追求清鲜。猛火厚䐑，素菜荤做，一直是潮州菜的传统，但毫无油腻之感。这种做法的奇妙之处在于，猛火爆炒之下，猪油瞬间激发出素菜的清香，其叶青翠，油光闪烁，仿佛从雨后的菜地里刚刚摘起；点到为止的鱼露，让海洋风味氤氲其中，食之，清香满溢，甘美怡人。

　　潮州卤水用料堪称繁复，但杂而不乱，主次分明，来自五湖四海的各式香料，各司其职，相处融洽。上品的卤菜，不仅肉香满口、汁水丰腴，还可以品咂到一种隐隐约约的清爽余味。

　　潮汕人制作海鲜的历史，甚为久远。嘉庆《潮阳县志》称："所食大半取于海族，鱼虾蚌蛤，其类千状。"对于海鲜，潮汕人总结出了三个原则:"一鲜二肥三当时。"一首《南澳渔名歌》,道出了每个时节最美的风味——"是谁认得天顶星?是谁认得海鱼虾?相伴月华有七星,南辰北斗出秋夜。正月带鱼来看灯,二月春只假金龙。三月黄只遍身肉,四月巴浪身无鳞。五月好鱼马鲛鲳,六月沙尖上战场。七月赤棕穿红袄,八月红鱼做新娘。九月赤蟹一肚膏,十月冬蛴脚无毛。十一月墨斗收烟幕,十二月龙虾持战刀。海底鱼虾真正多,恶霸歹鱼是赖哥。海蜇头戴大白帽,海龟身上穿乌袄"。

潮汕地区的很多人家每天早上要买两条鱼,一条中午吃,一条晚上吃。鱼的鲜味与离水时间密切相关,时间越短,则越鲜美。一条鱼新不新鲜,主要看三个方面——眼亮腮红有光泽。新鲜的鱼,眼睛像婴儿一样纯净明亮;不新鲜的鱼,眼睛混浊,表面笼罩着一层迷雾。新鲜的鱼,腮是鲜红的;不新鲜的鱼,则颜色暗沉,如生锈的铁一般。此外,新鲜的鱼,鱼鳞闪烁着金属般的光泽;不新鲜的鱼,则没有这样的光泽。

赤棕鱼算不上名贵,但性价比高,肉质鲜嫩,细腻白皙;鸡腿鱼,学名叫马掌丁鱼,鱼身细长,鱼肉结实,少刺,鲜美,吃的时候,的确有啃鸡腿的快感;红花桃娇羞可爱,野生的体形很小,只有手指那么长,鲜甜嫩滑;河豚,潮汕人称为"乖鱼",其味之鲜美,世人皆知,冒着生命的危险都要品尝,潮汕人晒干后,用来煲汤,独具风味;鹦哥鱼,色彩绚丽,呆萌可爱,可以当作观赏鱼,因头部神似鹦鹉而得名,它以珊瑚为食,常以香煎食之,口感香嫩,少骨,鱼鳞香脆,可以一起吃,有类似于爆米花的口感;金钱鱼体态丰盈,金色的鱼身上分布大小不一的黑色圆点,像穿了唐装一样,富态十足。

在潮汕地区,蒸鱼配什么菜,也是有讲究的,一般来说,剥皮鱼配芹菜,红杉鱼配香菜;泥猛配冬菜,泥猛的腹部有点苦,买的时候,要挑腹部鼓胀的,方才没有苦味儿。

广府人喜食清蒸鱼,以保留它的原味。但汕头人觉得,这样烹制,水汽太多,冲淡了鱼肉珍贵的鲜味,他们喜欢贴鱼鼎,制作时,先在锅底垫上姜片、两寸长的葱段,放上鱼,鱼头朝内,摆成花瓣的形状,淋少许的油,加少量的水,慢火焖制。在轻音乐一般的慢火中,鱼儿们毫无保留地献出了自己的鲜甜。待锅里的水全部焖干,方才食用。这样做出来的鱼,鲜得令人吮指。

一个潮汕的朋友告诉我，小时候，家里条件不好，买不起大鱼，母亲总是在市场上买些杂鱼回来，用贴鱼鼎的方式来制作。所以，现在吃这道菜时，有一种怀旧的感觉，心里暖融融的，当鲜味在口腔里回荡，整个世界也随之变得美好起来。

潮汕地区除了爱吃鲜鱼，还喜欢吃鱼丸，其中，最有名的鱼丸产于汕头达濠。

相传鱼丸是抗清将领邱辉发明的一种鱼制品。当时邱辉的母亲双目失明，可她偏偏又极爱吃鱼。为了让母亲吃到鱼，孝顺的邱辉左思右想，终于想出了一个好办法，他吩咐家厨将鱼肉刮离鱼骨，制成鱼丸给母亲食用。

鱼丸的选材至关重要，不同的鱼，口感迥异，达濠人经过反复的尝试，发现白鳗鱼、那哥鱼的肉质雪白、鲜甜；马鲛鱼的肉质黏性好；淡甲鱼的肉质凝固性强，用它制作的鱼丸非常有弹性。一颗好的鱼丸，其实不是用一种鱼肉制作的，一般是三种鱼肉的集合。制作好的鱼丸，又以鸡汤煮制，最为鲜美。

鱼肉剔骨之后，用刀将鱼青一层层轻轻刮出、剁成茸，刮的时候要极小心、极温柔，好像要减轻鱼的疼痛似的。鱼丸的爽脆弹性，并不仅仅依靠鱼肉本身的天性，而要经过反复地拍打，好钢要淬火，鱼丸要拍打。这是至关重要的环节，经过反复拍打，鱼茸才会变得蓬松，吐出胶质，一般至少要拍打几千次。从食指和拇指中捏出一个鱼茸球，置于冷水之中，如能像鸭子一样浮于水面，拍打的工序才能告一段落。鱼丸成形后，上锅蒸制五分钟，立刻放入冷水中冷却，冷热相交，可以增添鱼丸的脆爽之感。当地流传着一个故事，说一个番客回到故乡后，来尝正宗的鱼丸，他夹鱼丸时，鱼丸不小心滑落到地上，赶紧蹲下去找，可怎么找都找不到了。这时，隔壁桌上的客人笑起来了，原来，这个淘气的小家伙早已经蹦到他们桌子上了。

与达濠鱼丸相比，海门鱼丸的知名度要相对低一点，但味道毫不逊色。雪白的鱼丸，浑圆光洁，如餐桌上的一颗硕大珍珠，每一颗都是一座鲜甜的宫殿，那鲜味并不是以排山倒海之势而来的，是迈着细碎的步子款款而来，在舌尖上跳着轻盈的华尔兹，幸福悠缓而至，让人飘飘欲仙。

潮州菜的烹饪手法多种多样，主要的手法有焖、炖、煎、炸、炊、炒、煸、泡、扣、清、灼、烧等，有些用法比较古老，比如，"炊"其实就是清蒸。比如，醉又分为生醉和熟醉，生醉是用酒对鲜活原料进行浸腌杀菌，除去腥味，增添鲜香美味；熟醉是将主料放入大碗或盅中，加入辅料与调味料，放入蒸笼中用蒸汽加热，"醉"的操作与隔水炖接近，但时间要比隔水炖短。又比如，有"逢焖必炸"的说法，由来已久，代代相传，食物炸过之后，口感发生变化，可以更好地吸收汤汁。炸又分为清炸、脆炸、酥炸。清炸是指原料不挂浆，直接入油锅炸；脆炸是指挂浆后炸；酥炸，是在已煮（或蒸）熟的食材上挂浆后，投入七八成热的油锅中炸制。熏也是一种手法，传统名菜鸭脯，就是用甘蔗渣熏制而成，鸭肉中有淡淡的甘蔗清香。这些手法，像十八般武艺，厨师要样样精通，这样才能根据食材的不同特点，选择最适宜的烹饪手法，制作出最佳的口感。潮汕人的创新精神，在美食上可谓发挥到了极致。

潮州生淋鱼一般选用鲩鱼。其制作工艺与白切鸡颇有几分相似，在密闭容器中用沸水浸泡鱼15分钟，然后取出，用毛巾吸干水，然后，淋上滚烫的猪油。这样的做法，使得鱼肉特别鲜甜爽滑。这道菜有甜、咸两种口味，一鱼二味，咸甜任择，充分体现了潮汕人的智慧。

食客们总是追求色香味俱全，一般而言，好看的菜大多不太好吃，但潮州菜却是个例外，大厨们将色香味都做到了极致，精美得让人不忍下筷。比如，糕烧过的番薯，娇羞莹润，简直像芒果肉一样诱人；石榴鸡是潮州菜中的一道经典，里面并没有石榴，而是将蛋皮做成石榴的形状，中间包入鸡胸肉，再以芹菜条束之，晶莹剔透，美味无比；炊莲花鸡，盛放鸡肉的面皮如同一朵绽放的莲花；焗袈裟鱼，用料是石斑鱼，因外面包裹着猪网油，形似袈裟而得名。均是独具匠心的菜式。此外，还有凉冻金钟鸡，将火腿片、香菜叶、蛋白片、芦笋片、鸡粒，加入适量琼脂冷冻而成，造型别致，如果冻一般，食材均清晰可见，红、绿、白、黄几种色彩相间，清新明快，赏心悦目。吃的时候，轻柔鲜美，微凉，如同在品尝月光。

清鲜之味传千年。如今，潮州菜已经美名远扬，成为高档菜的代名词，作为偏居一隅的地方风味，为何能拥有如此之高的地位呢？我觉得，除了潮汕人的聪明智慧和潮汕文化深厚的底蕴之外，至少还有三个原因。

潮州菜的兴起，是与华侨密不可分的。伴随着潮人远行的脚步，潮菜也在东南亚一带流行开来，几乎可与广府菜平分秋色。晚清潘乃光在《海外竹枝词》就曾描写过新加坡的餐饮："买醉相邀上酒楼，唐人不与老番伴。开厅点菜须庖宰，半是潮州半广州。"香港是潮州菜的中兴之地，从20世纪六七十年代开始，香港出现许多主打潮州菜的高档酒楼，1978年在九龙加拿芬道开张的金岛燕窝潮州酒家就是当时名气最大的一家。香港的潮州菜，在传统的基础上有了不少创新。陈平原教授在一次演讲中曾提到过一件趣事：1989年一月初，他去香港参加学术会议，和饶宗颐同桌，饶先生得知他是潮州人，上一个菜便问一次，连问三次，他全交了白卷。饶先生很是困惑，竟然质疑他到底是不是潮州人。

潮汕地区为省尾国角，位置偏僻，高速公路开通之前，坐汽车从汕头到广州要二十多个小时，即使到了现在，开车也要五个小时左右，正是因为偏僻的缘故，潮汕文化保持了一种可贵的独立与幽秘。时至今日，潮汕人仍然保留着许多古老的传统，比如，大年初一早上，我去井里打水，岳母马上叫住了我，我才知道，这水可不能随便打的，是要看属相的，如果是鸡年，这第一桶水，必须属鸡的人先打。

此外，潮州话是中国最难学的方言之一，被笑称为"学老话"，就是一辈子也学不会的意思。有人开玩笑说，每年春节，在潮汕地区的村口巷尾见人就傻笑的人，不是傻子，就是像我这样的外地女婿。在我看来，潮州话是一堵看不见的围墙，它牢牢守护着潮汕地区的传统文化。千百年来，潮州菜并非一成不变，不过，在对外交流的过程中，它始终坚守着自己的本色，最终成为中华饮食中一颗璀璨夺目的明星。

(《随笔》2022年第2期)

文人语

延津与延津

刘震云

河南延津是我的家乡。延津濒临黄河,"津"是渡口。因水运便利,三国时,曹操曾"屯粮延津"。官渡大战,更早的牧野大战,就发生在延津附近。但黄河不断滚动翻身,两千多年过去,延津距离黄河,已有三十多公里,成了黄河故道。作为渡口,已是两千多年前的事了。《诗经》也产生在延津附近。其中的邶风、鄘风和卫风,在周朝,皆是我乡亲口头传唱的民谣。台湾有个学者叫李辰冬,他经过二十年的艰苦考证,又说311篇《诗经》,不是口头民谣,而有一位文字作者,这位诗人叫尹吉甫,是延津人。我提尹先生,并无攀附之意,我们家,自我妈往前辈数,都不识字。我从小生活在延津县王楼乡西老庄村。黄河故道盛出两种特产:一、黄沙;二、盐碱;我们村得到的遗产是盐碱。春夏秋冬,田野上白花花一片,不长庄稼。据说,我外祖父他爹,是西老庄村的开创者。他率领家族,在这里落脚,看中的就是盐碱。一家人整日到地里刮盐土碱土,然后熬盐熬碱,然后推着独轮车五里八乡吆喝:"西老庄的盐来了""西老庄的碱来了"。新起的村庄,就着"老庄"的村名,显得出售的盐碱有历史传承。得承认,这是一种智慧。我们村距开封四十多公里。放到宋朝,就是首都郊区。那时的宋徽宗和李师师,口音都跟我们村差不多;说的都是普通话。我母亲年轻的时候,曾到开封学过汴绣;这趟旅行,成了她多少年聊天的经典话题。"我当年在开封学汴绣的时候,曾去状元桥吃过灌汤包;元宵节那天,还去马市街看过灯市。灯市你懂不懂?那阵势……"我不懂。后来读了孟元老的《东京梦华录》,懂了。

当我阴差阳错成为一个作者,"延津"作为一个地名,频繁出现在我的作品里。为什么呀?是不是跟福克纳一样,要把延津画成一张邮票呀?

这是记者问我的经典话题。我的回答是，我不画邮票，就是图个方便。作品中的人物，总要生活在一个地方；作品中的故事，总要有一个发生地；如果让这人的故事，发生在延津，我熟悉的延津胡辣汤、羊汤、羊肉烩面、火烧……都能顺手拈来，不为这人吃什么发愁；还有这人的面容，皱褶里的尘土，他的笑声和哭声，他的话术和心事，我都熟悉，描述起来，不用另费脑筋。正如有人问，你好多部作品的名字，都是"一"字开头，如《一地鸡毛》《一腔废话》《一九四二》《一句顶一万句》《一日三秋》，是不是有意为之呀？我的回答是，有意为之是件痛苦的事，给每部作品起名字的时候，我真没想这么多；但走着走着，抬头一看，它们像天上的大雁一样，竟自动排成了行。我这么说，估计人家也不信。不信就不信吧，一个作品名字，不是什么经天纬地的大事。

我书中的延津，跟现实的延津，有重叠的地方，也有不一样的地方；因为都叫延津，容易引起混淆。现实的延津不挨黄河，县境之内，没有自发的河流；总体说，延津跟祖国的北方一样，是个缺水的地方。但《一句顶一万句》中，却有一条汹涌奔腾的津河，从延津县城穿过。元宵节闹社火的时候，津河两岸锣鼓喧天，人山人海；第二天早上，沿河两岸，剩下一地鞭炮的碎屑和众人挤丢的鞋。一些读过《一句顶一万句》的朋友去了延津，从南到北，从东到西，在县城走了一遍，问：河呢？塔铺是延津的一个乡，我写《塔铺》的时候，以"我"为主人公，在高考复习班上，"我"与一位清秀的女孩李爱莲，发生了纯洁的爱情。一些朋友去了塔铺，四处打听：李爱莲的家在哪条街？《一日三秋》的开篇，从六叔和六叔的画写起。六叔画的，全是延津和延津五行八维的人；六叔死后，这些画作被六婶当烧纸烧了：为了忘却的纪念，为了重现六叔画中的延津，我写了《一日三秋》这本书——这是书中的话。一些朋友读了这本书，常问的问题是：延津真有六叔这个人吗？现在，我用六叔的画作，统一回答这些问题。"六叔主要是画延津。但跟眼前的延津不一样。延津不在黄河边，他画中的延津，有黄河渡口，黄河水波浪滔天。延津是平原，境内无山，他画出的延津县城，背靠巍峨的大山，山后边还是山；山顶上，还有常年不化的积雪。有一年端午节，我见他画中，月光之下，一个俊美的少女笑得前仰后合，身边是一棵柿子树，树上挂满了灯笼一样的红柿子，便问，这人是谁？六叔说，一个误入延津的仙女。我问，她在笑啥？六叔说，去人梦里听笑话，给乐的。又说，谁让咱延津人爱说笑话呢？"

不知我用六叔的画，说明白这些混淆没有。没说明白也不要紧，文学混淆了一些现实，也不是什么经天纬地的大事。我的意思是，什么叫文学？生活停止的地方，文学出现了。其实，如果我只是以延津为背景，写了一些延津人发生在延津的一些事，只能算写了一些乡土小说。乡土小说当然很好，但不是我写小说和延津的目的；欲写延津，须有延津之外的因素注入，也就是介入者的出现。是谁来到了延津，激活了五行八作和形形色色的延津因素和因子，诸多因素和因子发生了量子纠缠，才是重要的。这是一个艺术结构问题。在《一句顶一万句》中，有一个介入者叫老詹。有老詹和没有老詹，《一句顶一万句》的格局是不一样的，呈现的延津也是不一样的。老詹是意大利一个传教士，不远万里来到延津。老詹的本名叫詹姆斯·希门尼斯·歇尔·本斯普马基，延津人叫起来嫌麻烦，就取头一个字，喊他"老詹"。老詹来延津的时候，不会说中国话，转眼四十多年过去，会说中国话，会说河南话，会说延津话；老詹来延津的时候，眼睛是蓝的，在延津黄河水喝多了，眼睛就变黄了；老詹来延津的时候，鼻子是高的，在延津羊肉烩面吃多了，鼻子也变成一个面团。四十多年过去，老詹已是七十多的人了，背着手在街上走，从身后看过去，步伐走势，和延津一个卖葱的老汉没有任何区别。老詹在延津待了四十多年，只发展了八个徒弟。老詹在黄河边遇到杀猪匠老曾，劝老曾信主。老曾按中国人的习惯，问："信主有什么好处？""信了主，你就知道你是谁，从哪儿来，到哪儿去。""我本来就知道呀，我是一杀猪的，从曾家庄来，到各村去杀猪。""你说的也对。"老詹想想又说，"咱不说杀猪，只说，你心里有没有忧愁？""那倒是，凡人都有忧愁。""有忧愁不找主，你找谁呢？""主能帮我做甚哩？""主马上让你知道，你是个罪人。""这叫啥话？面都没见过，咋知道错就在我哩？"两人不欢而散。由于延津的天主教势单力薄，延津办新学的时候，教堂被县长征作学堂，老詹从教堂里被赶了出来，住在一个和尚废弃的破庙里；但老詹传教的心仍锲而不舍，每天晚上，都要给菩萨上炷香："菩萨，保佑我再发展一个天主教教徒吧。"在延津被传为笑谈。老詹和延津的关系，不知我说明白没有？《一日三秋》中，也有一个介入者叫花二娘。花二娘就是六叔画中那个仙女。老詹到延津是为了传教，花二娘到延津来，是为了到延津人梦里找笑话。你笑话说得

177

好,把她逗笑了,她奖励你一只红柿子;你笑话没说好,她也不恼,说,背我去喝碗胡辣汤。但花二娘是一座山,谁能背得动一座山呢?刚把花二娘背起,就被这座山压死了。或者,就被笑话压死了。一个笑话,与延津的量子纠缠。我的意思是,如果只写延津,延津就是延津,介入者的介入,便使延津和世界发生了联系,使延津知道了世界,也使世界知道了延津,也使延津知道了延津。除了介入者,从延津出走者,对于写延津同等重要。这是另一个艺术结构问题。在《新兵连》中,我写了一群从延津出走的乡村少年。他们在村里,到了夏天,还是睡打麦场的年龄,当他们离开延津,到达另一个世界,马上发生了困惑。刚到新兵连吃饭,猪肉炖白菜,肉瘦的不多,全是白汪汪的大肥肉片子。但和村里比,这仍然不错了,大家都把菜吃完了,唯独排长没有吃完,还剩半盘子,在那里一个馍星一个馍星往嘴里送。新战士李胜看到排长老不吃菜,便以为排长是舍不得吃,按村里的习惯,将自己舍不得吃的半盘子菜,一下倾到排长盘子里,说:"排长,吃吧。"但他哪里知道,排长不吃这菜,是嫌这大肥肉片子不好吃,他见李胜把吃剩的脏菜倾到自己盘子里,气得浑身乱颤:"李胜,干什么你!"接着将盘子摔到地上。稀烂的菜叶子,溅了一地。李胜急得哭了。事后"我"劝李胜,李胜说:"排长急我我不恼,我只恼咱村其他人,排长急我时,他们都偷偷捂着嘴笑。"这里写的不仅是李胜的难堪,也是延津在世界面前的碰壁。同时,"他们都偷偷捂着嘴笑",是我那个阶段的写作水平,开始知道由此及彼。由延津到世界,也是由此及彼。在《我不是潘金莲》里,主人公李雪莲也走出了延津:她从延津走到市里,走到省里,来到北京。走来走去,只是为了纠正一句话,"我不是一个坏女人";但她走来走去,花了二十年工夫,这句话还是没有纠正过来。一开始还有人同情她,后来她的絮叨就成了笑话,没人愿意再听她说话。当这本书出荷兰文时,我去荷兰配合当地出版社做推广工作,一次在书店与读者交流,一位荷兰女士站起来说,她看这本书,从头至尾都在笑,但当她看到李雪莲与所有人说话,所有人都不听,她只好把话说给她家里的一头牛时,这位荷兰女士哭了。接着她说,当世界上只有一头牛听李雪莲说话时,其实还有另外一头牛也在听李雪莲说话,他就是这本书的作者。这是李雪莲和世界和牛的关系。

再说一位从延津出走者,便是《一句顶一万句》中的私塾先生老汪。

老汪有四个孩子,三个男孩,一个女孩。三个男孩都生性老实,惟一个女孩灯盏调皮过人。别的孩子调皮是扒树上房,灯盏爱到东家老范家的牲口棚玩骡子马。牲口棚新添了一口淘草的大缸,一丈见圆。灯盏玩过牲口,又来玩缸,沿着缸沿支岔着手在蹦跳,一不小心,掉到缸里淹死了。那时各家孩子多,死个孩子不算什么,老汪还说:"家里数她淘,烦死了,死了正好。"转眼一个月过去。这天,老汪去家里窗台前拿书,看到窗台上有一牙月饼,还是一个月前,阴历八月十五,死去的灯盏偷吃的;月饼上,留着她小口的牙痕。当时灯盏偷吃月饼,老汪还打了她一顿。灯盏死时老汪没有伤心,现在看到这一牙月饼,不禁悲从中来,扔掉书,来到牲口棚的水缸前,开始大放悲声。一哭起来没收住,整整哭了三个时辰,把所有的伙计和东家老范都惊动了。转眼三个月过去,下雪了。这天晚上,东家老范正在屋里洗脚,老汪进来说:"东家,想走。"老范吃了一惊,忙将洗了一半的脚从盆里拔出来:"要走?啥不合适?""啥都合适,就是我不合适,想灯盏。""算了,都过去小半年了。""东家,我也想算了,可心不由人呀。娃在时我也烦她,打她,现在她不在了,天天想她,光想见她。白天见不着,夜里天天梦她。梦里娃不淘了,站在床前,老说:'爹,天冷了,我给你掖掖被窝。'""老汪,再忍忍。""我也想忍,可不行啊东家,心里像火燎一样,再忍就疯了。""再到牲口棚哭一场。""我偷偷试过了,哭不出来,三个月了,我老想死。"老范吃了一惊,不再拦老汪:"走也行啊,可你到哪儿,也找不到娃呀。""不为找娃,走到哪儿不想娃,就在哪儿落脚。"老汪带着妻小,离开延津,一路往西走。走走停停,到了一个地方,感到伤心,再走。三个月后,出了河南界,到了陕西宝鸡,突然心情开朗,不伤心了,便在宝鸡落下脚。这年元宵节,宝鸡满街挂满了灯笼,万千的灯笼中,他似乎又见到了灯盏。

不知我说明白没有?

我进一步想说的是,地域性写作,和走出地域的写作,不仅有外来介入者、从地域出走者的区别,更重要的是,背后还有作者世界观和方法论的分野。鲁迅与其他乡土作家的区别是,乡土作家写一个村庄,是从这个村庄看世界;鲁迅写一个村庄,是从世界看这个村庄,于是有了《阿Q正传》《祝福》《孔乙己》等作品。

我曾经说过,文学的底色是哲学。

接着我想说说幽默。目前我的作品被翻译成二十多种文字，文字到达之处，读过我书的人，都说我很幽默。其实这是一种误会，因为他们没到延津来过；到了延津他们就知道，我是延津最不幽默的人，我的乡亲，个个比我会说笑。这也是花二娘到延津来找笑话的原因。延津人日常见面，不以正经话应对，皆以玩笑招呼。张三到李四家去，李四家正在吃饭，李四邀请张三坐下吃饭，说的绝不是："请坐，一块吃点吧。"而是："又是吃过来的？又是不抽烟？又是不喝酒？"如果是外地人，便不知如何应对，场面会很尴尬；延津人会这么回应："吃过昨天的了，不抽差烟，不喝假酒。"坐下一块吃喝起来。两个延津人，在一起讨论非常严肃的话题，如张三与李四谈一单生意，或李四想找张三借钱，也是以玩笑的方式进行讨论；谈笑间，已安邦定国；或者，谈笑间，樯橹灰飞烟灭。

延津人为什么这么幽默？这也是一些记者问我的经典话题。当然，幽默的源头不该从幽默本身找；如果幽默只是幽默，就成了耍嘴皮子；幽默的背后，可能有更重要的现实和历史原因；结论可能是：喜剧的底色会是悲剧，悲剧的底色会是喜剧；或者，悲剧再往前走两步会是喜剧，喜剧再往前走两步会是悲剧；幽默再往前走两步可能就是严肃，严肃再往前走两步可能就是幽默。《一日三秋》中不会说笑话的人，在梦中被花二娘压死了，等于被笑话压死了，也等于被他的严肃压死了。1942年，因为一场旱灾，我的家乡河南被饿死三百万人。三百万人是什么概念？第二次世界大战中，在奥斯维辛集中营，被纳粹和希特勒迫害致死的犹太人，约一百一十万人；等于1942年的河南，有三个奥斯维辛集中营，缺少的是纳粹和希特勒。这些被饿死的河南人，是如何对待自己的生死呢？逃荒路上，老张要饿死了，他临死前没有愤怒，也没有追问：我是一个纳税人，为什么要把我饿死，国民政府为什么没有起到赈灾的责任？而是给世界留下了最后一次幽默，他想起了他的好朋友老李，老李三天前就饿死了，他说："我比老李多活三天，我值了。"老张为什么能用幽默的态度对待生死？那是因为从商朝到1942年，黄河两岸发生的饿死人的事太多了。我写《温故一九四二》的时候，曾采访我的外祖母："姥娘，咱们谈一谈1942年。""1942年是哪一年？""就是饿死人的那一年。""饿死人的年头多得很，你到底说的是哪一年？"当严酷成为一种日常的时候，你用严肃的态度对付严酷，严酷就会变成一块铁，你是一颗鸡蛋，撞到铁上就碎了；如果你用幽默的态度对付严酷，严酷就会变成一块冰，幽默是大海，这块冰掉到大海里就融化了。关于幽默，不知我说明白了没有？

延津有一种地方戏，叫二夹弦，大家再去延津的时候，建议大家听一听。这个剧种管弦节奏急，唱腔语速快，从头至尾，像两个人在吵架，让人目不暇接和耳不暇接。有什么事，不能慢慢说吗？急管繁弦，难说烟景长街；但它就是这么快，不给人留半点间隙和喘息的时间；就像我们村的人吃饭，个个吃得快，生怕吃了上顿没下顿一样，大概也是历史留下的病根。急切的戏剧，你听着听着就笑了，也是一种幽默。

至今想来，延津让我第一次感到震撼，正是我离开延津的时候。我当兵那年，在新乡第一次见到火车。那时的火车还是蒸汽机。我随着几百名新兵排着队伍往前走，上到火车站的天桥上，一列绿皮火车鸣着笛进站了。在火车头喷出的蒸汽中，从火车上下来成百上千的陌生人，又上去成百上千的陌生人，这些人我一个都不认识，我不知道他们从哪里来，要到哪里去；过去我在村里，村里的人我都认识；熟悉没有让我感动过，现在为了陌生和陌生的震撼，我流泪了。排长问："小刘，你是不是想家了？"我无法解释熟悉和陌生的关系，我只好说："排长，当兵能吃白馍，我怎么能想家呢？"

从此，我离开了家乡。后来，我和我的作品，又不断回到家乡。这时的回去，和过去的离开又不一样。我想说的是，延津与延津的关系，就是我作品和延津的关系，也是世界跟延津的关系。换句话，延津就是世界，世界就是延津。

谢谢延津，也谢谢每一个读过我作品和去过我家乡的朋友。

（《新华文摘》2022 年第 9 期、2022 年 1 月 7 日《工人日报》）

从书童到恩师

张　炜

书童

我一直觉得"书童"二字的意象很美。阅读、伴读，或许还有超脱与闲适包含其中。想一想那种情景，很是诱人。不过真正产生诱惑的可能不是当一个"书童"，而是拥有一个"书童"。问题就在这里。当一个"书童"，为别人挑担，忙前忙后，自己没有多少享受，所以很难成为心里的向往。这里的"书童"，指的是古代有闲的读书人，一般都是获取功名之人，他们到了一定年纪之后，身边跟随的那个童子。他们大约只有十几岁或更小一点，为读书人、主人出游时挑一个担子，担子一端是书籍，一端是茶饼之类。两人走走停停，随时歇息，这时书童就要为主人取茶取书，主人雅兴上来，书童还要为之研墨铺纸。

这种生活很雅致，舒放得很。书童实际上不是书的仆人，而是那个读书人的仆人。如果他小小年纪爱学上进，待在主人身边日久，也许会有高雅的养成，学问的增长，最后自己也成为饱学之士。那当然是最好的结果，不过那要另加讨论了。从以前的图画书籍上看，凡书童都扎双髻，额前留了短发，穿宽松衣裤。最主要的是，他们额上一般都描了个大红点儿。想来他们个个活泼可爱，性情纯稚。性别，可能大多是男的，不过也不排除个别女性。

如果只做书的仆人，那么可以说我们每个人都可以安心做一个书童，一生如此也不须后悔。读书人常年徘徊在书架前，码书看书，终其一生主要是干这个，真可谓一介"书童"了。每到书店图书馆之类场所，脑海里总要飘过这两个字。有一次我在自己参与创办的一家小书店里，作了个莽撞的提议：所有店员都穿老式宽松衣服，佩戴胸牌，上写"书童"二字。我特别主张包括自己在内的所有参与者都要轮流当值，并且要穿统一服装并佩戴胸牌。大家一致称好，也实行了几天。但是好景不长，我发现不久之后大家都不愿这样打扮了，胸牌也不知扔到了哪里。问他们，个个面有难色。说不上为什么，反正没有坚持下去。后来我才慢慢得知，大家不愿意在众多不解的目光下工作。在他人眼里，"书童"只能是稚童，老大不小的成年人称自己为"童"，前边还要加一个"书"字，实在有些矫情，让他们勉为其难。既然都这样看，我也就不再难为大家了。

这家小书店如今还在，可是原来的"书童"服及胸牌早就找不到了。

还有一次半岛上的经历也与此有关。当时我在一片林子旁边的书院住了一段时间，不久有一些访学的人也来到了这儿。有人特别喜欢到周边的林子里去玩，还常常带书去读，有时还要带上吃的喝的，这样就可以在外面待一整天。有个年轻人约我一起出游，我当然非常高兴。临行前，我提议携上一只木头食盒，再带上书、茶和热水，这样就应有尽有了。一切周全之后，再找个竹担挑上它们。就这样我们去了林子里。因为我年纪较大，所以还是同行的年轻人挑着担子。我们进了林子，我一边走一边打量身边的年轻人，总觉得有什么美中不足。或许他应该穿上老式的宽松大襟服装，最好再扎上双髻；如果额头染一枚蚕豆大的红点儿，那就更好了。尽管只是想想而已，但暗中自忖，那会儿还是将自己当成了有闲的读书人、主人，而同行的年轻人是随身的"书童"。

我们向往古代的一些东西，许多时候并不为错。但是有些腐朽的观念，也会不知不觉地侵蚀我们。

异人

我喜欢个性鲜明的人。如果一个人大不同于常人，专注，有才，就会极大地吸引我。我常常放下手中的事情，去寻找他们，来往渐多并成为朋友。我发现凡是这样的人往往都有较高的本领，他们很自我，一般不随潮流做热闹的事情，并不在乎别人怎么看，只做自己喜欢的、值得做的事情。他们较少掩饰自己，大多数时候把真实的想法暴露在别人面前。这是一些特立独行者，是生活中的少数。

我认为这一类人就是古代书中常说的"异人"，也等于"高人"。我向往这一类人。我自己不算这样的人，但赞同和喜欢这种人。这样的性格，在许多时候不是愿意与否的问题，不是选择和学习的结果，而是先天铸就的，所谓天性如此。也许觉得周边的生活太平庸了，我会经常打听哪里才有"异人"。时间久了，我真的认识了一些，并从他们身上获得各种不同的见解、经验和知识。他们的与众不同，主要是因为不盲从不轻信，于是才养成一些独见。我认定这个道理，平时也很少把对"异人"的喜爱掩藏起来，不管他是谁，在哪里，只要有可能就与之接近。这种人的特点是不太考虑人情，没有那么多礼节和客套，缺点也是显而易见的，比如会出乎预料地大发脾气等。不过他们大致没有伤人之心，也没有恶意。

我对"异人"的这种好奇心不知从什么时候养成，并一直保留下来。只要听说某个人专注而认真，重见识求真实，哪怕有什么怪癖都不在乎。我认为那样的人不仅有趣，而且有价值。这种好奇心长时间左右了我，让我有一种欲罢不能的感觉，渐成习惯。我定义的"异人"并不排除"怪人"，他们通常不循规蹈矩，又总有些或大或小的技能。这种人一般不愿混在人堆里。我认为他们至少有趣，而乏味的人太多了。有的人没什么大毛病，只是无聊。无聊其实就是最大的毛病。我宁可交往那些言辞刺耳、乖张狂妄、行为突兀者，也不愿和凡事唯唯诺诺、一天到晚依别人眼色行事、唯恐跟不上时髦者相处。

随着年龄的增长，我见过的"怪人"越来越多，得失互见，最后不由得做一番总结。这也会让自己冷静许多。比如我发现有人尽管有不少优点和长处，凡事执着，认理求真，可就是脾气太大了。他们莫名其妙就生气发火，恼愤不已，令人防不胜防。他们的激动和冲动十分突然，有时甚至远远超出预料，任何解释都没用。他们真的不是坏人，可他们太任性了。被他们伤害既很重，也很容易。这给人留下一次次痛苦。"异人"自以为是的时候同样专注，他们会将自己的诸多推理当成事实，不容分辩。他们相信心智，以自己为中心。

我向往和偏爱"异人"不是一种错误。他们永远可爱，也永远有价值。问题是我对"异人"的定义还要再苛刻一些才好。仅仅有一些本事、任性和怪僻，也还不够。真正的深刻、坚韧的守护、顽强的立场，可能并不妨碍通情达理。他同样可以是一个比较随和的、正常的人。真正的"异人"极有可能是一个善解人意、宽容和包容者。他会因为更深入的知与见，而变得迁就和理解。总之，"异人"主要还不是强烈的外在色彩。

有了这样的修正之后，我在继续偏爱和迷恋那些特异的好人时，也开始注意和小心了许多。

长衫

我有一个画家朋友，在办画展之前，不少人劝他置办这样一身行头：长衫和围脖等。我虽然并不认为这有多么关键，也还是支持他这样做。因为我亲眼看到另一个年轻的画家这样来到展场，给人很好的感觉。他的画和装束相映之下和谐自然。国画之美，在一个穿着者的身上多多少少折射出来，并不牵强。那个年轻的朋友除了长衫和围脖，还有怀表、留了长发等。这样的打扮并没有什么夸饰之感，让人觉得大致还是舒服的。

朋友犹豫着。过了一段时间，他还是找人琢磨了一番，挑选出几个样式发来以作商量。我仔细研判后，认为他穿上长衫未必可观，因为他的形体偏于粗凸，而最宜着长衫者应是细长身材。不过再一想，到了画展上则是另一回事，凡事应取其大端。所以我最后还是赞成他制衫。画展在即，他的长衫却一直未能制好，原因是到后来还是退却了。理由是自己从来没有穿过另一个时代里的服装。

不光是他，许多人都没有。可长衫在民国时期还广泛流行，再说即便是古代的装束，有的略加改造也能延续到现在，如有人穿了旗袍就很好。有时我们尽管不曾直接采用古代衣饰，但心里还是认可的。比如明代的服饰我们都是看到的，它在戏曲中最常见，那真是美极了。我们如今大街上没有人穿明代衣装，这是个遗憾吗？如果目前仍然有人偶尔穿上那样的衣服上街，也不失为一件雅事。我觉得好的服装不是个现代与否的问题，而是实用和美观的问题，更是心情和审美的问题。总是追赶当下时髦，尽力附和工业时代、后工业时代的气息，在美感方面也许不尽可取。

说到实用，我问过一个严冬里着棉长衫的朋友，他说很是暖和。那几天极冷，大家出门都穿鸭绒服。可是这位朋友站在街头满面红光，谈笑自如，一点都不冷。有些衣服只是跟上了时代风气，其实不是最美的也不一定是最实用的。适当地放松一下，进一步解放思想，将古代或上一个时代的日用美物淘换出来，也许是好事。这看起来只是穿着打扮之事，其实是自由自我的志趣和风景。人们心里有这些需要，日子就更好了。

我偶尔写一点古风，受一位朋友的影响，想出一函蓝布套的仿古书籍。想想这事就高兴。因为古书的美，在西洋装订法盛行之后还不能消失，我们心里对它仍有需求。这或者是自己未能免俗，或者是不错的选择。适当宽泛地采纳事物，相信自我，应该是可以的。

书法

书法作为一门艺术，很晦涩，很特别，很有趣。朋友们越来越多地想当书法家。写大字是一种欲望，在宣纸上挥洒有一种特殊的快感。写得好，有功力，这当然好。不停地写字的人，笔画里自然会有自己。一直临写古人字帖，是一条捷径。极像古人的字，可能不应该算作书法艺术。书法是生命的自然表达，如果这个生命的质地不同，写法属于自己，起码会是指纹似的东西。这才可以是艺术。朋友说他写了几百万、近千万硬笔字，改成软笔，以前的磨练过程就全不算数了？多少应该算数。这样一想觉得他说得也对。只写了很少的字，连几十万都没有，不过一直在仿造古人，这只能看作速成法。

无论是软笔还是硬笔书写，字总是一种转化记录的符号，是表意工具。所以真正留下来的古人墨宝，大多是书信手札。那时的人没有硬笔，都用软笔。当时这些字在使用，它的功用和品质决定了其自然性。失去了这种自然性，抽离了使用的目的，只为了让人看，像看画一样，那就渐渐偏执和畸形了。如果一个人每每以写出一种好看的字、并以写出古字为业，这或许就异化了，成为不太正常和自然的事情。写字原本就不是艺术，只是一种表情达意的符号。当这种符号可以用来欣赏时，也就成为艺术。专门独立于使用之外的艺术，一定是可有可无的。为什么写字？为了挂起来看，这就有些不好理解了。文字在使用中透出生命之蕴含、之高尚雅趣，这是从生命的角度去看，看人在生活中形成的特异创造力。

这样想想朋友的话，他喜爱纸上的事情，也就同意和理解了。尽管如此，我写了近五十年，用软笔的时间却少而又少。所以我对软笔是极不习惯的。不过再不习惯，换了任何一种笔，写出的也还是字，而不是另一种"画"。"画"出的字，太费心了，太矫情了。

软笔的特异与规律，使用方法，如提按之必须，当然不同于硬笔。硬笔按不动，力透纸背也白搭。所以软笔的技巧一定有，不过这种技巧的价值在一般情况下被高估了。看书法，现在就是看几分像古人，而不担心抄袭。他们不太注意一条铁律：艺术中的抄袭是大忌。这是不能触碰的底线。但奇怪的是，所谓的"书法艺术"从来不是这样：越是抄袭越是得到喝彩，还美其名曰"某某体"。"体"都成了别人的，为什么还要去做？

有人将书法视为东方遗留的某种怪癖和陋习，类似于宦官和小脚之类事物。这样看过于意气用事，因为写出好字是积极且有意义的，绝不在扬弃之列。虽然这样极而言之，似可以让人从辛辣的讽刺中吸收和反省，但书法仍然是艺术。不过关于它还是应该记住，一切只会在使用的意义之后。好好写字应是本分，但狂飞乱舞的"艺术"一旦泛滥起来，到处是腰悬一杆大笔的人，那就糟了。

恩师

我们常常听到脸上稚气未褪的孩子连连喊着"恩师"，仰脸开口如小羊，说我的"恩师"如何如何。多么令人羡慕。我们因没有这样纯洁的弟子而自惭形秽。如果这一生从事教学授业那样的工作，比如从孔子开始的这种大美之业，会多么好。师道之尊之重，古代大家韩愈有一篇《师道》，就说得透彻，成为不刊之论。弟子意味着青春对知识的延续，还有其他。师长是端庄的，虽然也不必一直端着，因为平易近人的大学问家、道德家更可爱。但"恩师"不仅是一种职业。我们现在觉得这渐渐成了一种职业，开始有所不安。

朋友的孩子自小可爱之极，后来学习极佳，顺利升学，于是也有了自己的"恩师"。孩子私下里不停地这样喊叫，我们都觉得他有礼数有教养，将来或成大器。尊师历来是美德是大事，背叛师长是不得了的劣行。这不仅在中华，在任何地方都是一样。不尊师者不可近，这已经成为观察和判断人品的一个不易之法。可是事情的另一面也因此产生，那就是为师者要有品格有自尊，有不太差的学问和道德。再好的老师也有缺点，有不太好的性格和脾气也很自然。但是如果没有品行，属于逢迎拍马之徒，那就大不可亲近了。

我们对这位朋友孩子之"恩师"一直不得见。大家都好奇，但还不至于特别好奇，因为我们发现越来越多的孩子都这样称呼自己的老师。奇怪的是往往只这样称呼大学或研究生指导老师。"恩师"，听起来真好。我们想起了春天的黄鹂之声。无数黄鹂鸣翠柳，那是盛春之象啊。怎么没人喊我们这些人为"恩师"？因为没有那样的职业。这是个遗憾。不过如今补救已晚。

终于有机会一睹"恩师"的音容笑貌。那是一个小型座谈会，我们几个不太出门的人也应邀到会，于是就碰到了"恩师"。这次会议从头下来很是失望。那个被朋友家的孩子一直挂在嘴上的人，不仅长得獐头鼠目，令人看了颇不舒服，而且一场言谈让我们大为惊愕。完全是廉价和肤浅之言，还时而狂妄无礼，仅仅是半个多小时，就将一副趋炎附势的嘴脸表现得淋漓尽致，而且公然胡说八道，多次践踏常识和底线。

从那儿回来，我们不得不直接找到那位朋友，说你家孩子跟那个人叫"老师"可以，因为那不过是个职业称谓；叫"恩师"，这可不行。"恩师"，多么庄敬的指称啊，我们能随便称一个从教的人为"恩师"吗？这样乱叫引起我们这些人的嫉妒事小，指鹿为马造成的失尊失格，以及指标混乱，事大。

(《上海文学》2022年第5期)

郑敏先生二三事

张清华

一

2021年末的一天，我正在去南京的高铁上，忽然接到郑敏先生的女儿——诗人童蔚的电话，她告诉我说，老太太可能就是这一两天的事情了，让我与师大文学院说一下。我闻之愕然，虽说有数年没有见到老人家，但一直听说她身体尚好，怎么忽地就有了这样一个消息呢。

心中掠过一阵悲伤。我知道，102岁的生命已足称得上圆满，但毕竟她的离场，标志着新文学彻底成为历史，最后一位仅存的新文学的硕果，也将走入先贤和古人的行列。她的离去，将会让这个曾经璀璨而浩繁的星空，这曾名角云集的舞台，最终完全空寂下来。

一时不知道说什么。我马上与单位取得了联系，把可能要做的事情做了建议。

然后，在新年开始后的第三天，我听到了她离去的噩耗。

天气也倏然开始寒冷起来，那一刻，我的脑海里出现了里尔克的一句诗："精疲力竭的自然，却把爱者收回到自身……"

这是《杜伊诺哀歌》中的诗句。仿佛时间也会疲倦，大自然也会有她不能持续柔韧与刚强、慈悲与大爱的一天，也会躺平。

这一天终于来了。

而她正是受到里尔克、奥登等诗人影响的一代人，属于黄金的一代。到她这里，新诗似乎已渐渐找到了一种恰如其分的写法，一种前所未有的深沉而清晰、内在且安静的表达。当她在1942年秋季的某个时刻穿越昆明郊外的稻田的时候，我确信中国的新诗，经历了一个关键性的、值得纪念的片刻。

而八十年过去，到现在这一刻，曾经足以称得上繁华的"九叶"，已经凋谢干净——最后一片叶子不但穿越了世纪，也穿越了那些几乎不可能穿越的苦难与迷障，直抵新一个百年的二〇年代，几近乎成了一个传奇。某种意义上，他们这个群体，正是上承了新诗变革探索并不厚实的家底，外接了由里尔克、叶芝和奥登们所创造的智性与思想之诗的启悟，经由 20 世纪 40 年代的艰难时事，以及西南联大那样特殊的精神温床的繁育与呵护，才有了他们更趋智慧和知性的写作，这标志着刚刚经过一个青春期的新诗，终于有了一个正果，一个成熟的明证。

当然，这里还有许多历史的细节，比如他们的前辈冯至的引领，还有她所学专业，哲学的支撑，等等。

天空仿佛有雪花飘落，寒风呼啸着席卷过去，仿佛在刻意地提醒，一个时代就要在这岁尾的寥落中结束。

但那是属于另外一些人的工作。那些与历史有关的大词，围绕这一代知识分子，这一代诗人的恩怨纠结、是非沉浮的评价，可能不是我能够完成的，甚至也无须再行梳理，它们已早有定论。而另一些属于个人记忆的细节，却在片刻中渐渐清晰起来。

我的脑海中，浮现出了几帧岁月的剪影，与郑敏先生相识二十多年的几个微小的私人场景。

二

我与郑敏先生之间，虽没有任何直接和间接的师承关系，但认识她却非常早，是在 20 世纪 90 年代，具体是哪次会议上，记不得了。那一次，在会后的饭桌上，大家兴致很高，便开始读诗。有人点我，我便背诵了她的那首《金黄的稻束》。此诗我在读书时就很喜欢，自然背得纯熟，也得了掌声，她对我便有了印象。记得她是用纯正的北京腔说："张清华，你的声音很好啊，你适合学美声。"

我说，我一直敬仰会用美声歌唱的人，想学而未有机会呢。她便说，等一会儿，我来教你。

我以为她老人家就是开玩笑。那样的会上，她哪有时间教我呢。后来便把这一节搁下了，年深日久，也早淡忘了。

大概是2015年秋，老太太过95岁生日，我随几位师友去她在清华园的家里看望她，大概早已错过了生日的正点儿，但是老太太依然很高兴，那时她头脑还算好，精神头很足，也很健谈，就是爱忘事儿。她女儿童蔚告诉我们，她已有点"老年性痴呆"了，专业一点的说法，便是得上了"阿尔茨海默病"。我初时不信，说，老太太这么有精气神，怎么会有那病呢。话音未落，她便问我，哎，你叫什么名字来着？我说，我是张清华呀。她便说，对对，你看我这脑子，你是在北师大工作吗？我说是啊，老太太，您不是很多次来学校参加活动么，我一直负责接待您呀。她马上说，呵哦，想起来了，你不错。

于是就又谈笑，说了些别的事情。过了五六分钟，她又问，哎，你叫什么名字来着？

我说，我是张清华呀，您一会儿就不记得了？她马上道歉，说，啊，对不起，我现在的脑子坏掉了，不记事儿啦。张清华，我们认识有很多年了吧？我说是啊，怎么也有二十多年了。

她忽然说，张清华，你声音不错，应该学美声，我教你唱美声吧。我说好呀，郑敏先生，您二十年前就说过这话呀。她说，你过来，我便随着她来到另一个房间。这时，好逗的刘福春也过来了，他说，老太太您不能偏心眼儿，您也得教我啊。老太太被逗乐了，便说，一起教。刘福春，你先开口唱一句我听，刘福春唱了一句，她说，不行，你不适合学美声。

她转头又看向我，说，哎，你叫什么名字来着？大家便都笑了，知道老太太这忘事儿已经是没办法了。她说，你把刘福春唱的这一句再唱一下，我便随口唱了一句，"在那遥远的地方……"老太太马上说，你适合，我来教你。老太太便从音阶上开始教我唱"啊——啊——啊——啊——啊"，由低到高，再由高到低，反复了几下。说，发音的部位应该是颅腔，要掌握气息，用气息上行来发音……

我就在那儿装模作样地学着，老太太一会儿也没多少精神了，加上刘福春在那儿不断插科打诨，也就歇了。非常奇怪的是，老太太一共问了我不下十次"你叫什么来着"，却一次也没有问过刘福春。我们便逗老太太，说，您这叫选择性遗忘啊。

遂大笑。

吃饭的时候，老太太的胃口很好，也很开心。就是每过十分钟，就会再问我一次叫什么，而且她完全不记得刚刚问过一遍，每次问都像是初次。这让童蔚有些尴尬，对她说，人家来看你，还请你吃饭，你就不能记住仨字儿吗？问了十几遍不止了。

末了，告辞的时候，老太太又问，你叫——对，你是张清华。我记住了，你声音条件不错，抽空来，我教你美声唱法啊。

这次是我最后一次见老太太。

三

更早先的时候，大概是1998年春，北京文联和《诗探索》编辑部，召开了一次关于"当代诗歌的现状与展望"的研讨会，史称"北苑会议"。我那时才30冒头，还在外省工作，有幸忝列此会，自然印象很深。那次会是在北苑的某个地方，那时这一带还是典型的郊区景象，没有一座像样的建筑，"北苑会议中心"还远未建成，街上流着污水，乱得一塌糊涂。但会开得却非常热闹。

那一次，郑敏先生是与会者中最老的一位，坐在那儿，好像一位慈祥的祖母。但奈何她精气神儿足，所以主持人让她第一个发言。老太太发言的内容，是略述了她之前发表的几篇文章中的意思，大意是反思新诗的道路，语言和形式上的问题，还引述了德里达的哲学。她的发言，明显与她一直以来的身份和形象不一样，因为在大家的眼里，她是老一代诗人中十分"前卫"的探索者，现在居然反过来了。她认为新诗的写作，因为只强调了"言语"而忽视了语言，故而把汉语——甚至汉字中原有的那些丰富含义都慢慢丢失了，写作者也因此丢失了原有的文化身份，变成了双重人格……这些反思当然都很有启示性，只是如此总结近一个世纪的新诗历史，也许又显得有些过于苛刻了。

照理说，郑敏先生的这个发言非常书面化，理论上，也因为涉及了结构与解构主义的方法，而显得很"玄"，所以实际上是很难回应的。主持人评点完之后，会议好像陷入了一个停顿。隔了几秒钟，上海来的李劼突然说，我来说几句吧。

这个李劫，说话向来是语不惊人死不休的。他开口第一句话就是，"郑敏先生发言一开始说自己不懂诗，我以为她是谦虚呢，听完以后才知道，她是真的不懂"。这话让所有的人都愣住了，现场空气仿佛僵了五秒钟。我注意到，郑敏先生虽然有点错愕，但还是一直笑眯眯地盯着李劫，并没有不高兴。

李劫接下来讲的，其实与"当代诗歌的现状"并没有多大关系，他的兴趣好像也不在诗歌方面，而是对解构主义的"虚构"理论的阐发。他兴致勃勃谈论的是前南斯拉夫的著名导演库斯图里卡的一部电影，叫作《地下》。

随后发言的是欧阳江河，他回应了李劫的发言，主要关键词也是"虚构"，他那时大概也刚刚写下了《市场时代的虚构笔记》，认为人类社会的所有问题，都与虚构有关——股票、资本、经济、日常生活，乃至文本本身，文学或诗歌的"态势""趋势"都是虚构出来的。如果说李劫只是提出了一个哲学命题，而江河便是从阐释学的角度，给予了完整系统的解释。

两个人的发言，都有叫人拍案惊奇的效果。但会间休息的时候，陈超起身对李劫说，李劫啊，你刚才可有点过分了，你说别人不懂诗也就算了，说郑敏先生不懂诗，可是有点儿大逆不道。

李劫笑笑，完全不当回事，他也不去向老太太道声抱歉，而是径直出门，吸烟上厕所去了。

这时还沉浸于疑惑中的老太太，叫住了从她身边走过的欧阳江河，说："江河，石油也是虚构的吗？江河说，石油本身不是虚构，但它的价值是虚构出来的。"

"那么，母亲呢，母亲也是虚构的吗？"

老太太终于有点急了。可是欧阳江河不假思索地说，"是的，母亲也是虚构"——随后他大概又解释了一句，说，"关于母亲的理解，这个文化是虚构的"。

老太太摇摇头，再没有说话。

这是我第一次对老太太有深刻的印象，也对她产生了一点点的歉意，虽然冒犯她的不是我。毕竟我们这些与老太太坐在一起的人，年龄都不大，她比我们所有人的母亲都要大，更不要说她在20世纪40年代初就写

193

下了传世之作。

四

但不管怎样,我与郑敏先生的交集,还是有一点可以提及的,就是2015 年我编选了一套"北师大诗群书系",其中有一本《郑敏的诗》。当然,编选的过程中,我基本都是与童蔚联系,并没有敢多打扰到老太太。这套诗集,是考虑到要把北师大的"文脉"做一些梳理,从鲁迅的《野草》开始,北师大校园的诗歌传统,当然也离不开在这里执教四十余年的郑敏先生。

这个编选的过程,是学习的过程,我心中关于她的诗歌写作,似乎生成了一个有岁月痕迹、有时间链条的印象,也让我清晰地看到了她与历史之间的对应。

这非常关键,一个人在历史中,也许不一定能够发挥什么作用,但他或她,究竟怎么认识、以什么样的文字与这历史对话,则显得至关重要。从中我们会看清楚一个写作者的灵魂,它是否足够坚韧和独立,是否与真实和正义站在一起。在这一点上,郑敏先生是值得尊敬的。

还有一次,是在北师大。在主楼七层文学院的会议室里,记不清是一次什么主题的会了。那次郑敏先生依然是讲诗歌的语言和形式问题,印象中应该是 2013 年,或者稍晚。她讲着讲着,声音忽然越来越高,显然是兴奋了。她忽然说:"我现在其实非常愿意讲点课——张清华,你不请我来讲点课呀?"我当然听出了其中的一点幽默的意思,连忙说:"好啊好啊,郑敏先生,我们可求之不得,您要来讲课,那还不得爆满呀。"

又是童蔚打断她:"您说什么呀,人家这是学校,讲课都是按课表计划来的,怎么就要请您来讲课啊。"

老太太便捂嘴笑笑:"说,我也就这么一说,算了算了,说多了。"

一不小心,这一场景成了永久的遗憾。确实安排一个偌大年纪的老先生讲课,也是一件麻烦事,学校如今的管理制度,也确有难以逾越的僵硬处,但至少做一点讲座,哪怕是系列讲座,还是能够安排的。可毕竟老人家年龄太大了,出行需要专人陪护,稍有点闪失便很难应付,所以就迁延了下来,以至于成了她的一个再未能实现的遗愿……

五

几天后，是八宝山告别的一刻。

一月的寒意，围困着每一个前来的告别者，在大厅外的广场上，大家哈着热气，互相打着招呼。或许与时令和天气有关，我注意到，原来期望中黑压压的送别人群，其实并不多，有不到百人的样子。起先我很诧异，郑先生如此深刻地影响了现代新诗，更影响了当代，一生也是闻名遐迩的学者和教育家，为何居然堪称寥落，身后的哀荣亦未有我想象中那样盛大？

思之良久，我忽然意识到，这实在是太正常不过了，因为先生活得太久，不止她的同代人早已作古，就连她早年的那些学生，也几乎都到了耄耋之年，或许有许多也早已不在人世。人生至此，实在是繁华阅尽只剩凋零了。在告别人群中，我看到了年近八旬的吴思敬教授，便和他说起自己的感受，他也感叹道，是啊。即使比郑敏先生晚一辈的人，也所剩不多了。

没有想象中的那种强烈的悲伤和哀戚。因为确乎她的一生，她的终点，已是一座高出人世的雪山，常人的体察力和情感，在这样一座冰峰面前，已经显得过于渺小，没有悲伤的资格。倒是与她同时代的那些英年早逝的人，那些历史中的落英，更让人感叹唏嘘。这一代人，经历得太多了，而她则是真正见证了该见证的一切。

沉缓的哀乐，仿佛在低声讲述她漫长的一生，在朗诵她那些充满睿智与思想的坚定的诗句。仿佛那田野的稻束在黄昏的光线中，还依稀述说着一位少女，对一切衰败的母亲的哀悯，对那不朽的劳动、苦难和生存的赞美。她在22岁时，就写下了那样不朽的感人诗句。

如今，她静静地安卧在鲜花丛中，走入了那永恒的光线，终于也成为一尊雕塑。

我随手写下了一首小诗，题为《悼郑敏》，也录在这里——

九片叶子中的最后一片，最后
于今晨凋零。像先前所有的飘落

一样安详，静谧，悄无声息
就像世纪冰山的下陷，岁月的末尾
带着无边的凉意。几近静谧的塌陷声
哦，这世纪的凋零，仿佛慢镜回放
已经历太多风雪，太多波澜泥泞
一百年，田野里横躺的稻束仍照耀着黄昏
一个母亲的疲倦已带走了无数另一个
她坚持了那思的姿势，朝向，还有
遥远的历史。告诉我们，站立本身
是多么重要，还要再经历多少？多少
岁尾的悲哀，多少落雪后的空旷，多少
比死还要深、比沉默还要虚无的寂静？
当一月的风想用寒意测量这叶子的分量
你已从雪花的高度，无声地落下
这汉语因此，而一片肃穆的洁白……

谨以此志念。

2022 年 1 月 20 日，北京清河居

（《文艺争鸣》2022 年第 5 期）

重读《诗经》（之一）

张定浩

关雎之事

以前读《诗经》，对《关雎》总是无感，就像旅行时遇到著名标志性景点总想绕道而行，避过热闹人潮，往幽深处走。但走来走去，最后不免还会绕回来。

西汉时《诗经》被列入官学，讲授《诗经》的有四家，鲁、齐、韩、毛，日后"毛诗"盛行，鲁、齐、韩三家渐亡，只在各种古文献中零星得以保存，待到清代汉学大兴，三家"诗"在乾嘉学者努力之下面目渐渐清晰，但又成为今古文经学门户之争的战场，聚讼纷纭。民初学者张尔田在《史微》中讲，"诗经亦有两派，一曰今文，三家是也，二曰古文，毛氏是也。后儒不见三家之全，不考毛诗之本，辑三家者则讥毛诗为伪，宗毛氏者则讥三家非真，斯亦争讼之一端矣。不知诗有四例，有古人作诗之例，有太史采诗之例，有孔子删诗之例，有后人赋诗之例，四例明而后诗可得而治也"。他进而就以《关雎》为例，论证"鲁诗"侧重追究诗人作诗之本事，"齐诗"偏好分析孔子编选这些诗的用心，而"毛诗"则源自太史采集民间歌谣的标准，专为国家政教之用，至于"韩诗"，因为尚有《韩诗外传》存世，其体例往往先引古事，再以诗证之，断章取义，呈现后人读诗之心得，如此，四家诗恰好分别承担四例之一。此种剖判，未免过于精巧，因为若是细究，这四种治诗方法实际上在四家诗中多有交叉，未必可以截然区分清楚，但就阅读《诗经》而言，理解到关于一首诗的多种解释可以并存不悖，看到诗人、哲人、政治家乃至读者可以共存在一首诗中，进而理解经典作品与相应而生的诸多解释系统是一个有机整体，且随时代不断变化、丰富、互相作用，却是非常重要的。

《关雎》是国风之首，进而也被视为"六经之首"。《韩诗外传》卷五第一章："子夏问曰：'关雎何以为国风始也？'孔子曰：'关雎至矣乎！夫关雎之人，仰则天，俯则地，幽幽冥冥，德之所藏，纷纷沸沸，道之所行，如神龙变化，斐斐文章。大哉关雎之道也，万物之所系，群生之所悬命也，河洛出图书，麟凤翔乎郊。不由关雎之道，则关雎之事将奚由至矣哉！夫六经之策，皆归论汲汲，盖取之乎关雎。关雎之事大矣哉！冯冯翊翊，自东自西，自南自北，无思不服。子其勉强之，思服之。天地之间，生民之属，王道之原，不外此矣。'子夏喟然叹曰：'大哉关雎，乃天地之基也。'诗曰：'钟鼓乐之。'"

"关雎之人"，即《关雎》的作者。韩婴除了讲诗自成一派之外，也善治易，这段对话里多用易象，或许在他看来，写下《关雎》这首诗的诗人，几乎可以与编纂《周易》卦爻辞的哲人相媲美。因为"人能弘道，非道弘人"，所以有"关雎之人"才有"关雎之道"，而将这个道理转化成文字与音乐中的行动与感应，再交付给读者，使他们乐意效仿追摹，是为"关雎之事"。

《韩诗外传》虽借孔子之口，极言"关雎之事"的重大和作用，但究竟何谓"关雎之事"，却未明言，这可以从两个方面来理解：一方面，诗不同于散文和其他实用知识之处，就在于它是依靠暗示的方式来让人自行体会，因为唯有自行体会到的东西，才有可能化作生命的一部分，并付诸日常行事；另一方面，对于先秦两汉的读者而言，"关雎之事"或许已成为一种常识，无须赘言。

然而昔日之常识，今日皆为歧路。"关关雎鸠"，单是讨论这第一句里的雎鸠为何物，从古至今，我所知的意见大抵就有鹗、鱼鹰、鸤鸠、野鸭、布谷、杜鹃、中华秋沙鸭、白腹秧鸡、彩鹬、凤头䴙䴘、水斑鸠、苇莺、鸿雁、天鹅、鸳鸯这十几种，并且越到近世，争议越是频繁。翻看这些考证文章，有点像读一首外文诗不同版本的译作，单独看某个译本尚觉有味，各种译本合在一起看就渐生疑窦，茫然不知所从，最后若有能力翻看原文，反觉得要比读任何译本都更清楚。

也许，朱熹《诗集传》里"水鸟"的解释最为平易。诗人即景起兴，

"关关雎鸠，在河之洲"，就字面而言只是河中沙洲上水鸟鸣叫场景的白描，至于这水鸟在生物学上究竟归于什么种属，有什么习性，以及这"关关"声到底是雌雄相应之和声还是雄性求欢之独鸣，就诗兴诞生的那一刻而言对于诗人可能并不重要，重要的，是这些场景和声音的表象会让诗人联想到什么。写诗不是做论文，但读解一首诗却可以做成论文，诗与论文是两件事，分则双美，合则两伤。

"窈窕淑女，君子好逑。"这是诗人看到水鸟听到鸣声之后想到的事。后世论者根据自己时代的经验体会，生出很多伦理上的解释，比如诗大序中的"后妃之德"，毛传所强调的"挚而有别"（感情深挚又恪守夫妇之别），以及西汉匡衡进一步的发挥，"窈窕淑女，君子好逑，言能致其贞淑，不贰其操，情欲之感，无介乎容仪，宴私之意，不形乎动静。夫然后可以配至尊而为宗庙主。此纲纪之首，王化之端也"；至于东汉郑玄更由后妃又延及众妾，"言后妃之德和谐，则幽闲处深宫贞专之善女，能为君子和好众妾之怨者"，这是将汉代天子后宫争斗的惨痛经验悄悄纳入这首经典诗作的解释中，虽有其极强的现实意义，但也因此左支右绌，离原诗越来越远。

这两句诗本身说的只是一种理想的婚姻关系构成，或者更准确一点，是说对于君子而言，唯有"窈窕淑女"方是其理想的配偶。窈窕，是外在的美丽，淑，是内在的善，"窈窕淑女"是美与善的结合，而君子一词，已兼顾男性的德与位。以美替配德位，此种结合，可以说是诗人的心事，这心事偶然被水鸟所触发，其中的牵连是快速发生的，我们读诗的人，也需要快速地从"关雎"过渡到"关雎之事"。

《周易·序卦传》："有天地然后有万物，有万物然后有男女，有男女然后有夫妇，有夫妇然后有父子，有父子然后有君臣，有君臣然后有上下，有上下然后礼义有所错。夫妇之道不可以不久也。"在《序卦传》的作者看来，夫妇之道是从自然世界过渡到一个有礼义文明的人类社会的枢纽环节，而"关雎之事"，讲的正是从男女到夫妇的变化。

"逑"，本义为聚合，又训为匹偶。王筠《说文句读》解释"匹"字的来源，"古之布帛，自两头卷之，一匹两卷，故古谓之两，汉谓之匹也"，长长的布帛从两头分别卷起，最后相聚在中间，而唯有相聚之时，方能认清彼此二者原本就是一体，中国人以此意象表征夫妇，与古希腊阿里斯托芬"圆形人"的隐喻有相通之处，但与被宙斯劈成两半的圆形人急切在尘世寻求另一半以期完整的激烈爱欲相比，从一个整体的两端缓缓走向彼此的夫妇之道显然要平和很多。

但"逑"的意思，又不单单是"匹"可以概括。"逑"字从辵，求声，从其形调和声训来看，它的所谓聚合、匹偶之意都不是静态的，而是也藏有一个动态的求索寻觅的过程。

"参差荇菜，左右流之。窈窕淑女，寤寐求之。"这第二章的四句诗，从雎鸠的"在河之洲"过渡到荇菜的"左右流之"，从"逑"跃至"求"。正是从静态到动态的转换。"逑"，是知道了自己要什么，"求"，是想知道自己如何去要。这两件事，其实都很难。一个人如何确切地知道自己要某样事物呢，假如他事先没有见过它，或者说，假如他事先并不知道它的存在。这也正是拉罗什富科所说的意思，"如果没有听说过爱情，有些人永远也不会坠入情网"，而一个人既可以从他人的经验中知晓爱，也可以从自然和万物中直接感受爱的存在。"关关雎鸠，在河之洲"，它们就在那里，作为一个保证，这种自然的和谐使我们确信，在人类社会中也必然存在类似的对应物，譬如"窈窕淑女"之于"君子"。

然而就在这样的确信之后，依旧还有很多的不确定。"参差荇菜，左右流之"，可谓这种不确定心情在自然界中的客观对应。"左右流之"，是空间上的不确定，不知道它会流到哪里去；"寤寐求之"，是时间上的不确定，不知道什么时候能够求得她。把我们伴随时间流逝所朦朦胧胧思索之物，安放到具体某个空间中，甚至具体的某个物之中，给不确定之物以某种定型，这是诗意的一个基本标志。在这首诗中，如果说"关关雎鸠"是诗人诗意之兴起，具有某种偶然性，那么"参差荇菜"就是诗人受到诗意感发之后努力寻求的带有必然性的落脚点，是这首诗得以成立的基石。当诗人设想一个君子应当努力求得一位窈窕淑女的时候，他自己率先做出"寻求"这个行为的示范，他在夏日河洲的纷繁迷丽中，找到了随着水波漂浮不定的荇菜。

"求之不得，寤寐思服。悠哉悠哉，辗转反侧。"因为这一章的句法忽然与前后都不同，历代诗经学者遂生出好几种变通办法，比如陆德明和朱熹就将二三章合并为一章，四五章合并为一章，把全诗分为三章，南宋之后还有一些是单将二三章合并为一章，其他四句一章，这样把全诗分成四章,当然,更多学者仍旧遵从孔颖达朴素的五章分法。我觉得姚际恒《诗经通论》在此处总结得很好,"前后四章,章四句,辞义悉协。今夹此四句于'寤寐求之'之下,'友之,真乐之'二章之上,承上递下,通篇精神全在此处。盖必著此四句,方使下'友''乐'二义快足满意。若无此,则上之云'求',下之云'友''乐',气势弱而不振矣。此古人文章争扼要法,其调亦迫促,与前后平缓之音别。故此当自为一章,若缀于'寤寐求之'之下共为一章,未免沓拖矣。且因此共一章为八句,亦以下两章四句者为一章八句,更未协",他针对的,其实就是三章的分法。

"诗三百"中有很多规律整饬的句法节奏,但规律整饬的前提恰恰是对例外和波峭的涵容,"诗三百"中处处见规律,也处处见波峭,开篇的《关雎》正预示了这种独独属于诗的节奏。从音韵的角度,第一、第二章同押幽部韵,但韵的位置悄然从句尾移到倒数第二个字,在平缓从容中酝酿着变化,为第三章的换韵做铺垫。而第三章虽然由幽部韵换成了职部,意思却还是顺延第二章,这可能也是后代学者将二三章合为一章的理由。但诗歌在意思的表达之外始终还有声音的表达,而意思和声音在一首诗内部的变化往往是交错进行的,而非同时,这也是王夫之所总结的"韵意不双转",在意思还没变化的时候音韵已经变了,落实到这首诗中就是二三章,反之,当音韵没变的时候意思正悄然发展,如这首诗的一二章。而唯有将"求之不得,寤寐思服。悠哉悠哉,辗转反侧"这四句单列成一章,方可更好地辨识此中的跌宕与连绵。

"寤寐思服"的"思服",因为"服"在古文中就有思之义,加上诗经中也不乏"思"做语助词的例子,很多人遂认为"思服"的"思"也是无意义的语助词,这样看起来句法和意思的确都很清晰,不过,却或许将原本更为丰富的诗意给简化了。闻一多《诗经通义》认为"服"之所以有思之义,是因为它和"复"通假,"复亦训念。复之义为往复,往复思之亦谓之复……本篇'寤寐思服',即思复,犹言思念也……《文王有声》篇'无思不服',即无思不复。谓每思必往复追怀,不能自已,盖极言其思之之甚也"。竹添光鸿从字面本义解释"服","盖服如服衣,服药之服,凡着用身心者,皆谓之服,思人者常着之于心而不忘"。这两种解释都颇有意味,又可相通,但前提都是把"思服"之"思"作为一个有意义的单字,而非语助。但凡求索一样珍贵之物,就有得与不得,或者更准确地说,就要经历一个从不得到得的漫长过程,这第三章的四句诗,完全是"寤寐求之"一句变化出来,从位置上来看居于全诗中心,从篇幅比例上来看,"求之""友之""乐之"三阶段中唯有"求之"被反复铺陈,可以说这首诗的具体形式也正暗示了"求之"的重要和艰难。

"求之不得,寤寐思服",历来注家都把"寤寐思服"视为"求之不得"的无奈结果,但其实,也可以看成一种积极的对策。"寤寐"包括醒与睡,也就是时时刻刻;"思服"是思之又思,用全身心在思,面对"求之不得"之美善,唯有"寤寐思服",时刻全神贯注其上,所谓精诚所至,金石为开,如此或可在"悠哉悠哉,辗转反侧"的漫长夜晚之后,见到一丝曙光。

"参差荇菜,左右采之。窈窕淑女,琴瑟友之。"如果说之前的"流之"与"求之",尚停留在某种不确定之中,需要我们集中全部的精神来思虑它,那么到了此处,就是从思想走向行动。"琴瑟友之",相应于"左右采之",是一个君子在反复思虑之后做出的具体行动。

在《关雎》一诗的解释学系统里,就诗旨而言,一直有婚歌和恋歌之争,仿佛婚姻与恋爱是水火不容的。近年来尤其有一种将婚姻与政治相联系的新解,认为"周王朝是姬姓一族对众多异姓族群的统治,借着婚姻关系与异族结成稳固的政治联盟,是王朝政治的重要方式。这正是诗人歌唱婚姻,《关雎》被排列在《诗经》之首的主要原因"(李山《诗经析读》)。这种解释对接受了功利主义思想的当代人特别有说服力,正如"后妃之德"的解释对汉代人很有说服力,而"民间情歌"的说法对五四一代人也很有说服力一样。

《礼记·乐记》:"凡音者,生于人心者也。乐者,通伦理者也。是故知声而不知音者,禽兽是也,知音而不知乐者,众庶是也。唯君子为能知乐。是故审声以知音,审音以知乐,审乐以知政,而治道备矣。是故不知声者不可与言音,不知音者不可与言乐。知乐则几于礼矣。礼乐皆得,谓之有德……乐者,所以象德也。"如果说"窈窕淑女,君子好逑"是期待以女子之美善来配男子之德位,那么当美善"求之不得"的时候,一个君子首先要做的,恰恰是努力提高自己的德行,"琴瑟友之",精通琴瑟之道在先秦诗人那里显然是道德修养的隐喻。爱,或者说对爱的追求,首先是在暗暗逼迫一个人迈向更好的自我。当然,即使抛开道德层面的隐喻,在现代社会，一个会弹吉他的男孩也常常更容易获取女孩的芳心。

《诗经》中还有几处有关"琴瑟"的描写，如《女曰鸡鸣》"琴瑟在御，莫不静好"，《鹿鸣》"我有嘉宾，鼓瑟鼓琴。鼓瑟鼓琴，和乐且湛"，《常棣》"妻子好合，如鼓瑟琴"，它们呈现出相似的氛围，即一种属于小团体独有的以共同精神生活为基础的亲密和谐。琴与瑟，一方面同为先秦君子日常生活所必备，是其道德修养的象征，所谓"士无故不彻琴瑟"（《札记·曲礼下》）；另一方面，琴与瑟发出的声音又是和而不同的，晏子对齐景公解释和与同的差异，"若琴瑟之专一，谁能听之？"（如果琴与瑟只发出一个声音，谁能听得下去呢？）和谐不是众口一词，而恰恰是对差异的接受和吸收。一个小型的、充满差异又相互平等的友爱共同体，是恋人们的温床，"窈窕淑女，琴瑟友之"，要赢得她的芳心，就要先吸引她进入这个小共同体，和她分享友爱。我们在先秦的诗人这里似乎遭遇到一个极其现代的观念，即婚姻是以友爱为基础的。如果说婚姻确有其政治作用，那么它在《关雎》中所呈现出来的，首先也是一种"友爱的政治学"。

"参差荇菜，左右芼之。窈窕淑女，钟鼓乐之。"这里的"芼"字，有一种通行的说法，是将它和之前第二章的"流"、第四章的"采"同训，都解释为采择。马瑞辰说，"诗变文以协韵，故数章不嫌同义"，大抵是持此种解释者的基本态度，他们认为《诗经》中很多复沓段落的换字都只是为了押韵，意思并没有改变。这种看法，多少有点小看了诗，是操持着望远镜去欣赏诗。当然，也一直有反对意见存在。方玉润在这里就说，"诗人用字自有浅深，次序井然"。在古文献里，"芼"有几种意思，都和菜有关，如"芼，菜也"（《仪礼·特牲馈食礼》郑玄注），"以菜和羹曰芼"（《集韵·皓韵》《楚辞·大招》洪兴祖补注）；"拔取菜"（《玉篇·艸部》），由此也引出"左右芼之"的几种解释，一种认为这是指将采来的荇菜摘取出可食用部分的过程，另一种认为是把菜混合到肉羹的过程，这两种解释亦可调和，即都是要处理成菜品。朱熹索性将"芼"解释为"熟而荐之"，即烹饪成熟菜之后用于祭祀，高本汉依据训诂认为朱熹穿凿附会，我倒觉得这正是朱子的删繁就简，弃小取大，是透彻理解诗人用意之后的引申。

荇菜从流动无方到被采摘，再到烹饪，这个次序正相应于待字闺中、交友恋爱、宣告完婚的不同阶段。交朋友、谈恋爱，尚属私下行为，有其自由选择的空间，但结婚却是一桩要付诸公开的事，它涉及的不仅是两个人或某个小共同体的事情，而是牵连到两个家族乃至更多陌生人的事，自然要更为郑重。这其中的差异，正如独自俯身从水中采摘荇菜和在一个公共厨房和大家一起做菜的差异。相较于琴瑟，钟鼓是专用于公开场合的大型乐器，从"琴瑟友之"到"钟鼓乐之"，同样也是从私密走向公众。顾梦麟《诗经说约》："琴瑟在御，友于闺门燕居之时，钟鼓在悬，乐于庙庭赘见之际。"一段感情，做到两情相悦并不难，难的是经受种种外部风雨的考验。因为人皆是社会中的人。在恋人身份之外依旧拥有无数的身份，"窈窕淑女，钟鼓乐之"，就是令这段起于私密的感情大白于天下，彼此还对方以一个完整的人，且以两个人各自完整的面貌重新在众人面前相见，看看在这样的相见中，能否还继续欣喜欢爱，如果可以，那么这段感情也一定会震荡感染更广阔的宇宙。如此，友爱的政治学方可再进化为社会的政治学。"乐者，天地之和也。和，故百物皆化。"（《礼记·乐记》）

婚姻是人生重要之事，亦可能改变很多人生的走向，从选择、追求到成婚，每一步都各有其艰难，但这种艰难之旅最终抵达的，在古典时代的中国人看来，并不是什么个人幸福的顶峰或正果，而只是另一个由钟鼓所奏出的迈向公共生活的开端。《孔子诗论》在谈到《关雎》的时候，用了一个"改"字，"《关雎》之改，《樛木》之时，《汉广》之智，《鹊巢》之归，《甘棠》之保，《绿衣》之思，《燕燕》之情，曷？曰：童而皆贤于其初者也"。从寤寐之求到琴瑟之悦再到钟鼓之乐，是一个人被外在之美善不断牵引从而不断改变和提升"旧日之我"的过程。歌德说："永恒的女性，引领我们向上。"《关雎》要讲的也是类似的意思。一个写诗的人乃至一个读诗的人，也就是这样借助一首首诗抵达一个个更好的境界。

葛覃之思

《关雎》之后，是《葛覃》。曾有论者将《诗经》中的《关雎》《葛覃》喻作《周易》中的乾、坤，虽有夸张之嫌，但看到在《诗经》的首次二篇可能隐约存在的对应关系，却不失为理解《葛覃》的一个切口。

《关雎》五章，每章四句，《葛覃》三章，每章六句，都是奇偶相生之象，又各有变化。在《关雎》中，我们看到一个孜孜以求的男子形象，而在《葛覃》中，跃然纸上的，是一位沉静深思的女子。两首诗分别以动物和植物起兴，关雎之动，正对应于葛覃之静。

困扰历代诗经学者的，是《葛覃》中的女子到底是待嫁还是已嫁，具体而言，就是最后一句"归宁父母"的"归宁"作何解释，这将影响到对整首诗的理解。

依照今天的理解，"归宁"自然是专指已婚女子回娘家省亲，但这个词义被广泛接受并使用，其实是宋以后的事。就春秋时代乃至之前的文献史料而言，"归宁"二字连用仅见于《葛覃》，也就是说，我们并没有证据能证明《葛覃》中的"归宁"是当时就已经成形的一个词组，而"归"这个字的本义在当时则非常清晰，就是专指女子出嫁，《说文》："归，女嫁也。"因此，前人在解释《葛覃》末章时遇到的最大困难，就是如何处理"言告言归"和"归宁父母"中的两个"归"。如果前一个"归"是指出嫁，后一个"归"却指回娘家，在短短几句之内一个字竟然有截然相反的两种意思，显然有点不合常情，这里面必然需要某种统一。随着"归宁"一词在后世越来越成为一个固定用语，人们开始倾向于把"言告言归"的"归"也解释为回娘家，尤其在朱熹《诗集传》之后，几成定论。但这样用一个词的后起义去覆盖本义，就训诂学而言，实为大忌。因此，清代学者如惠周惕、段玉裁、胡承珙、陈奂、马瑞辰都曾先后有过质疑和详细考证。他们达成的一个共识是，这两个"归"应当都指出嫁，"归宁父母"应当读成"归，宁父母"，即"出嫁，使父母安心"之意。我们使用现代汉语的人因为习惯了"归宁"连读，就会觉得这种断句有些牵强，所以二十世纪的诗经学者如陈子展、程俊英、袁行霈等都依旧还将"归宁"解释为回家探望父母。但清代学者的质疑其实有很强的文献学根据，具体可参见他们的相应著作。新世纪近来的诗经学界也开始对此陆续有所回应，如刘毓庆《诗经二南汇通》就指出，"毛传释'言告言归'之'归'为'妇人谓嫁曰归'，而于'归宁'只释'宁，安也'，于'归'则无说。这表示'归宁'的归，与'言归'的归同训，而不能释为回家探望父母"。刘毓庆追踪"归宁"词义的变化，认为"'归宁'被解释为女子省亲，大约是魏晋以降的事"，这结论大抵是可靠的。

但刘毓庆就此认为，《葛覃》就是一首赞美采葛的歌，其重点不是写人而是写葛，这未免又拘泥了点。因为，一旦我们能确认《葛覃》中的女子是待嫁而非已婚,它与《关雎》的对应关系其实也变得更显豁了。

《关雎》写男子求偶,《葛覃》写女子待嫁,都指向婚姻,是未婚男女各自生命中至为重要之阶段,一者动之以追求,一者静之以等待。

她等待,却是在劳作中等待,她的安静也随之是劳作中的安静。古典时期的女性从少女时期就开始承担大量的生产劳作,如采摘、纺织、制衣、浣洗、做家务等,这些劳作的描述在《诗经》中随处可见。《礼记·内则》:"女子十年不出,姆教婉娩、听从,执麻枲,治丝茧,织纴组紃,学女事,以共衣服。观于祭祀,纳酒浆、笾豆、菹醢,礼相助奠。十有五年而笄,二十而嫁。"《白虎通·姓名》:"妇人十五通乎织纴纺绩之事,思虑定,故许嫁,笄而字。"这都是在说女孩子从十岁开始的少女期间所应接受的妇职教育,这其中,大约以学会织布制衣为其最重要的本分。

《葛覃》所讲的,正是少女生活中的这件重要之事。葛是多年生草质藤本植物,春夏滋长,秋日开花结果,在西周,春秋时期作为纺织原料被广泛运用,后来到了汉代才慢慢被麻、棉替代。采葛多在五六月份,初夏时节,收割(即"刈")葛藤,放在锅里煮(即"濩"),让其软化,就能得到细腻柔软的葛缕,再经过暴晒,葛缕会从黄褐色变得雪白,随后再将葛缕手工捻成极细的纱,最后将纱织成葛布。在葛布的制作过程中,根据葛纱的粗细,织成的衣服也有优劣之分,粗厚的葛布称"绤",细薄的葛布称"絺"。葛衣制成之后,穿在身上,自然还要随时清洗,以保持洁净。

> 葛之覃兮,施于中谷,维叶萋萋。黄鸟于飞,集于灌木,其鸣喈喈。
>
> 葛之覃兮,施于中谷,维叶莫莫。是刈是濩,为絺为绤,服之无斁。

这两章的前半段相似,后半段不同,所以要合在一起看,方能见出对照。葛是依附攀援型植物,《诗经》中凡以葛为题,如《唐风·葛生》《魏风·葛屦》,都是女子自喻,本诗也不例外。葛藤是那样的长,蔓延在山谷之中,它的叶子从春天的青翠繁茂("萋萋")到夏天的深绿成熟("莫莫"),正隐喻少女的长成,而两章的后半段则对应了少女长成的不同阶段所呈现的状态。少女是美丽的,她的美丽很多时候在于不自知其美丽,也不为人所知,正如春日山谷中的植物。后世《北魏给事君夫人王氏墓志》"凝质淑丽,若绿葛之延谷",杜甫"绝代有佳人,幽居在空谷"皆可作"葛之覃兮,施于中谷,维叶萋萋"之注解。另一方面,少女之美更在于这种如植物般的寂寞中所蕴藏的无尽潜能,黄鸟的婉转鸣叫打破了山谷的寂静,这些群集而来的飞鸟连通山谷之外的世界,因为它们的存在,这山谷中静谧的美得以被注视,被应和,被保全。王维"涧户寂无人,纷纷开且落"恰可作为《葛覃》首章的反证。

"是刈是濩,为絺为綌",这是在直陈少女采葛、煮葛和制衣的过程,同时,从山谷中的自然生长,到经受种种人工的制作,最后成为或精或粗的衣服,葛所经历的这个过程,也正是在暗喻少女要经历的过程。少女是采葛的人,却也可以和葛融为一体,讲述一个人的劳作可以就是在讲述这个人的命运,这两句诗中所蕴藏的这一层意思,似乎还不曾有人讲过。

从葛藤到絺綌,是一个少女从懵懂自然到成熟待嫁的过程,她制造衣裳,也将成为一件衣裳。旧解"服之无斁",有一层意思就是"言己愿采葛以为君子之衣,令君子服之无厌"(郑玄),希望君子穿上这件自己做的衣裳后不会厌弃,即委婉地希望日后所嫁君子不会厌弃自己。但这样的希望,其实终归是不可靠的,因为由不得自己。所以"服之无斁"还有一层意思,就是将"服之"的主语落在少女自己身上,是少女穿着自己所制作的衣服,无论精粗都不厌倦,从隐喻的角度,这是说她对于自己的劳作乃至在劳作中养成的自己,是满意和爱惜的。另有一种解释,也是郑玄提出来的,是将"服"解释为整治,"服,整也。女在父母之家,未知将所适,故习之以絺綌烦辱之事,乃能整治之无厌倦,是其性贞专",这有点接近于孔子所说的"学而不厌",对古时的女孩子而言,学习整治衣裳的过程也是一种性情的调理和教育。

相对于葛在时间中的静静生长,黄鸟之动,是天真自然之动;刈濩之动,则是社会劳作之动。《葛覃》的前两章,讲述的就是一个少女动静相宜的"劳作与时日"。

顾随在讲《葛覃》这首诗的时候,特意拈出语辞在诗歌中的作用。"中国方字单音,极不易有弹性,所以能有弹性者,俱在语辞用得得当……此诗首章若去掉语辞:'葛覃,施中谷,叶萋萋,黄鸟飞,集灌木,鸣喈喈。'那还成诗？诗要有弹性，去掉其弹性便不成诗。"语辞，也称语助辞，助字，虚字。刘淇《助字辨略·自序》："构文之道，不过实字虚字两端，实字其体骨，而虚字其性情也。"袁仁林《虚字说》："凡书文、发语、语助等字，皆属口吻。口吻者，神情声气也。当其盲事盲理，事理实处，自有本字写之，其随本字而运以长短、疾徐、死活、轻重之声，此无从以实字见也，则有虚字託之，而其声如闻，其意自见。故虚字者，所以传其声，声传而情见焉……发语辞，转语辞，助语辞，疑辞，叹辞，'辞'即当时口气，写之以字而成文辞者……千言万语，止此数个虚字，出入参伍于其间，而运用无穷。此无他，语虽百出，而在我之声气，则止此数者而约而尽也。"

实字虚字，是文法两端。写诗文的人自然会虚实兼顾，但读解诗文的人，往往会顾实不顾虚。读历代诗经注疏，最令人气闷之处就在于对虚字的解释，往往是一句"发语辞"，或"语辞，无义"，就打发了。《葛覃》的特别之处，正在于其中有大量的虚字，三章十八句诗几乎句句不离虚字，甚至反复出现，其比例之高用意之显，让人不得不正视之，体察之。

若再与《关雎》对照，则体会更深。《关雎》多为实字，整首诗是在名词、动词和形容词的推动下稳步向前，"寤寐求之""琴瑟友之""钟鼓乐之"，句句掷地有声，一步一个境界。与之相比，《葛覃》的节奏就明显舒缓很多，其意境也轻柔迷离很多，"葛之覃兮，施于中谷""黄鸟于飞，集于灌木""维叶萋萋""维叶莫莫""其鸣喈喈""是刈是濩，为絺为绤"……那些名词、动词和形容词仿佛是被虚字包裹着，吞吐着，那些或悠闲或劳作的时日仿佛都在少女情思的萦绕下，变得缓慢。韩育生《诗经草木魂·采采卷耳》在这里讲得很好，他说，"让我们的心一次次停顿、倾听、怀想、诧异的，是那个展现葛藤停顿交织的'之'，是那个依托又展现生命之势的'兮'，是不愤不悱将生死的缠绵展现得从容有致的'维'，是那个饱含爱恨若即若离的'其'"。这里还可以补充的，是"于"。袁仁林《虚字说》讲到"于"字时说，"但观其出声时聚唇而前出，可以得其用矣。有专趋直注之情，有往取向著之意"，《葛覃》首章三个"于"字，正是在神情声气中传达着少女的专注与希望。

诗歌的交流，很多时候并非概念上的交流，而是感受性的。这种感受性，需要时间来承载。每一行诗句，不仅仅在讲述意义，也在消耗、占用和重新分配时间，这有点类似音乐给予我们的感觉，是那些声音构成时间，也构成所谓的"现在"，并铭刻成我们意识中的连续性感受。出没在《诗经》中的虚字，看似无意义，却发出实实在在的声音，这声音讲述某种不可讲述之物，它呼唤我们进入其声音的场域，和它分享一段被诗歌所捕获的时间。

> 言告师氏，言告言归。薄汙我私，薄澣我衣。害澣害否，归宁父母。

很多论者都看出最后一章在语气上的急迫。闻一多《诗经通义乙》："自'是刈是濩'至篇末，句多叠字，繁音促节，如飘风暴雨，倏然而来，忽然而逝。杜甫《闻官军收河南河北》'即从巴峡穿巫峡，便下襄阳向洛阳'，异曲同工。"若再细究一下，和《闻官军收河南河北》"峡"与"阳"的响亮的开口音名词叠字不同，《葛覃》中的叠字主要是虚字的重叠，且以闭口音为主，虚字的大量参与使得承载句义的部分变得更短，节奏也相应加快，但同时，句义的加速又被虚字的重复所阻拦，滞留在那些一发即收的入声字中。进而，这种声音上的感受，又和诗歌要表达的激动与犹豫的并存，是一致的。

"言告师氏，言告言归"的三个"言"字，毛传郑笺都认为是"我"的意思，到了宋代，朱熹认为这里的"言"是无意义的语助辞，这两种意见在后世各自都有很多拥护者，直至近世仍争执不休。从古音学的角度，"言""我"在上古音中声母一致，韵母主要元音也相同，读音非常接近，段玉裁就此认为"言"是"我"的某种方言读法，"《尔雅》《毛传》'言，我也'，此于双声得之，本方俗语言也"，这是很有见地的，再从语义学的角度来看，"凡言者，谓直言，无所指引借譬也"（徐锴《说文解字系传》），"言"就是直接说自己的事。我口说我心，自然和"我"有关，所以邵晋涵《尔雅正义》就讲，"言，为发声之词，故即以为自谓之称也"。所以，无论从语音还是语义的角度，上古时期的"言"都和"我"有关系（近年出土的安大《诗经》简中，多处"言"字皆写作"我"，也可作为旁证）。至于后世关于《葛覃》中的"言"究竟有义还是无义的争论，最终也关乎虚字有无意义的认知。如前所述，虚字是有意义的，只不

209

过这个意义表达的不是概念，而是情感。"言告师氏，言告言归"的意思，如果翻译成现代汉语，大致就是"我说我要告诉师氏，我要告诉她我要嫁人啦"。"师氏"，大抵是指当时贵族少女所配备的家庭教师，也有说是保姆，但这两种解释其实并不矛盾，一个贵族女孩子的保姆往往正是她最初的生活导师，也是可能比父母更为亲密的陪伴，所以，倘若她得知聘媒之事，想到要去告诉师氏，也是非常合乎情理的。

郑玄在这里把"告"解释成"见教告于"，即我被女师所教告，教告我有关嫁人要遵守的道理，朱熹将"言告言归"解释成"使（师氏）告于君子以将归宁之意"，这两个解释都属于增字强释，且意思都太迂曲了点。细细体会诗意，《葛覃》前两章写的是一个少女的所见、所思，末章则从这些沉静自抑的观看与情思跃至喷薄而出的自言自语，其中蕴藏多少羞怯、渴望和不安，周华健《明天我要嫁给你》的歌词，恰可作为"言告言归"的现代参照。

"薄汙我私，薄澣我衣。"薄，有急迫之意，勉力之意，但这急迫和勉力又是轻微道之的。王夫之《诗经稗疏》"薄言"条：《方言》：'薄，勉也。'秦、晋曰薄，南楚之外曰薄努。郭璞注曰：'相劝勉也。''薄言采之'者，采者自相劝勉也；'薄送我畿者'，心不欲送而勉送也；'薄言往愬'者，心知其不可据而勉往也。凡言薄者放此。《毛传》云：'薄，辞也。'凡语助辞必有意，非漫然加之。"船山先生是哲人亦是诗人，所以他知晓语助辞在诗歌中的要义。汙，用去污的碱灰水揉搓；私，贴身内衣；澣，用清水涤荡；衣，穿在外面的衣裳。这两句诗的表面意思，是少女劝勉自己把内衣外衣都洗干净，但如果联系前面所说的，衣裳亦是女子的一种自喻，那么，洗衣即转喻洁身，"言常自洁清以事君子"（郑玄）。

"害澣害否"，害，即何。这句通常被解释为"哪些衣服该洗，哪些衣服可以不洗"，但为什么有些衣服是可以不洗的呢？前人猜测或因为礼制，或因为古时衣服面料的原因，勤洗易烂，故节俭为之。但不勤洗不代表不洗，并且如果特意注明有衣服是可以不洗的，从比喻的角度就是忽然从以衣裳喻女子跳至以不洗衣服喻俭德，也显得有些混乱。所以我觉得在这里还是姚际恒《诗经通论》讲得好一点，"何玄子谓'何者已澣？何者未澣？'较集传'何者当澣？何者可以未澣？'为直捷"，这句诗要讲的意思，其实是和上面两句相贯通的。上面两句是勉力常自洁清，这句则是省察这种洁清的程度，自问还有哪些衣服没洗干净，就是自问在出嫁前自己还有哪些地方做得还不够好。由此唤出末句的"归宁父母"，以清白明净之身、沉着从容之心出嫁，方能让父母宽心。胡承珙《毛诗后笺》："正谓能事君子，则能宁父母心。"

"其鸣喈喈""服之无斁""归宁父母"，《葛覃》三章的末句，写的都是喜悦之事，满足之事，但境界又有细微差异："其鸣喈喈"是单纯被外物所感，一派天真，"服之无斁"已是历经辛劳之后的自洽，而"归宁父母"，则又从自我的满足转向使亲爱者满足，从自利转向利他。

《孔子诗论》："吾以《葛覃》得氏（祗）初之诗，民性固然。见其美必欲反其本。夫葛之见歌也，则以叶萋之故也。"这里的"祗初""反其本"，通常认为意指以父母为本，以孝顺为本，出嫁之女不忘其本源，以让父母安心为上。但这样解，似乎不太属于民性（人的自然性），而是属于一个封建制社会体系中对于女性的规训。细考"夫葛之见歌也，则以叶萋之故也"一句，似乎"葛之见歌"正对应"见其美"，而"以叶萋之故也"正对应"必欲反其本"。诗人见到一个自尊自爱又富有责任感的待嫁女子，见到这个女子内外兼修之美，就想知晓这美的由来，于是再联系到她所穿戴整治的美丽的葛衣，再由葛衣追溯至葛藤，乃至葛藤上初绽的新叶，"维叶萋萋"，诗人渐渐看到一个女孩最初的样子，所有日后的含苞待放，都来源于此。一首诗，就此也找到了它的开端。

过去讲《葛覃》这首诗，因为第三章"归宁父母"一句的缘故，遂常常是倒着讲，认为这首诗的精彩之处即在于倒述，如方玉润《诗经原始》就讲，"因归宁而澣衣，因澣衣而念絺绤，因絺绤而想葛之初生"，后来吴闿生《诗义会通》进一步发挥，"此诗止言归宁一事。因归宁而及絺绤，因絺绤而及葛覃，而其词乃从葛起，归宁之意止篇末一语明之，文家用逆之至奇者"。这么讲，并不是不能讲通，但这首诗因此也被凿实了，它仅仅在讲述一个被规训好了的融勤劳、节俭和孝敬于一身的妇女之回忆，而非可以和《关雎》相并列的、属于少女的希望之诗。

(《书城》2022年4月号)

我愿意跟你一起去巡夜

毛 尖

一

四十年前的一个夏日正午,全宝记弄都在午睡,邻居阿四突然大叫着"校长校长"冲进我们家。他是来借钢笔的,后面跟着他们家的阿二阿三阿五阿六阿七。阿四要去参加自卫反击战,他要借我爸的钢笔签个名。

我父亲是中学校长。从我记事起,他的衣服胸袋总是别着两支钢笔,一支金色一支黑色。金笔应该是祖传的,象征的功能大过使用的功能。有一次,我妈洗衣服,两支笔跟着一起下了水,我妈先捞黑笔,说金笔不要紧,没墨水。

我爸郑重地从衣服口袋里卸下黑笔,但看了一眼围观群众后,他换了金笔。他灌好墨水,用纸擦干净笔头,递给阿四。阿四倒怯场了,说,要不校长你帮我签吧。我爸说,那不行,签名必须本人。

阿四在我们聚精会神的注视下,签下了自己的姓名,章卫国。那支金笔,点石成金地让他的名字有了一种纪念碑感,然后,他郑重地旋上笔帽,夸了一句,这笔真好。

阿四全家囫囵走后,我和姐姐表弟表妹轮流拿爸爸的金笔写自己的名字。我外婆在旁边看着着急,生怕我们把金笔写成废铜烂铁,一个劲地说,你们又不是写书的,签什么签,收起来收起来。

我有时候想,大概就是外婆随口的那句话,在我心里,播下了写作的愿望。而阿四签名时刻的紧张和隆重,也长久地留在我的记忆里。到现在,我每次写文章,虽然改用了电脑,写下名字时,内心还是郑重。

二

有十年，我郑重写下名字，心里是准备写小说的。少年时代流行手抄本，手抄本经常没有封面，最后几张，常常也不知去向。也因此，有时全班没一个人知道看的是什么，是很多年以后，我才知道，当年看的手抄本里有著名的《第二次握手》，而我们当黄书看的一本《少女之心》其实根本不是《少女之心》，只是宁波一个文艺青年写的同名小说。

有一次，我表弟看完缺了结尾的《一双绣花鞋》，心里悲愤，整个晚上都在哀叹命运的不公。然后他突然看着我说，小姐姐，你作文写得好，你来写个结尾吧。这是我生命中的第一次约稿，我没有一点犹豫地答应下来，花了一个通宵写完，而且，非常职业地在结尾留了一个"欲知后事，请看下集"。我的《绣花鞋》被表弟带去给朋友看，还被催更，如果不是班主任发觉，估计我也可能成为一个故事会写手。

在作家这个头衔还光芒万丈的年代，班主任一句，"你以为你作家啊"，倒是侮辱性不强但杀伤力很大，我马上停笔，而且很担心班主任在班上说，怕被人毒舌，蛤蟆做龙之梦。后来我就热爱上了看小说，狼吞虎咽了各种能到手的小说。这些不知道被多少人看过的小说，也被不知道多少人题过词。我记得一本不厚的《茶花女》，竟然被各种旁批和旁批的旁批，写得跟《基督山伯爵》一样厚。有人在小仲马结尾边上，"我再重复一遍，玛格丽特的故事是罕见的，但是如果它带有普遍性的话，似乎也就不必把它写出来了"，非常激越地写了粗体字"少见多怪"，然后讲了一个他们象山玛格丽特的故事。后面，又有人接着讲了一个镇海茶花女的故事，再接着，宁海茶花女，衢州茶花女……后一个茶花女超克前一个茶花女，茶花女批评茶花女，惊心动魄，叹为观止。这些喷涌的民间旁批家，令人心潮澎湃，我承认，在某些忘我的时刻，我也加入过旁批的队伍。有一段时间，我醉心于迪伦马特，把图书馆能找到的迪伦马特全部看了一遍，最后看的是《诺言》，书的封面被锯齿图案切割，很B级片感，但是看了十来页，一个丧心病狂的旁批出来：马泰伊没错，他就是凶手。围着这个旁批，是一吨当年弹幕：人渣。人渣。人渣。这个事情本身让我觉得非常迪伦马特，我自己也在边上抄了句迪伦马特："作为人，我们必须估

213

计到那样的可能性，必须作好思想准备以便能够应付它。更重要的是我们必须理解荒谬的事总是要出现的，今天它们已经越来越有力地显示出来了，我们只有谦卑地把这种荒谬性包括到我们的思想体系里去……"

隔了很久，我再遇到这本书，打开它，看到自己的旁批边上，被好多人竖了拇指。我把这个不文明的旁批，当作我的第一次公共评论。

三

因此，某种程度上，我是小说梦没做成，退而求其次，做起了批评。而从1997年开始有规律地写作，也算是没怎么间断地写了四分之一个世纪。

最早是许纪霖老师推荐我为《万象》写稿，《万象》主编陆灏大概觉得我写随笔分寸的评论还有点前途，就引导我主场写电影。因此，我后来有一个影评人的身份，是陆灏的栽培。虽然我打小是影迷，但狂看各种电影书并且不再用趣味看电影，则是陆灏的催逼，基本上，我也算是在自己的现当代文学专业外，辅修了一个电影学硕士。

《万象》红火的那些年，我自己也收到过不少读者来信。有些读者因为我经常写一些先锋电影以为我口味大概比较重，所以会在男女关系上向我提一些奇怪的问题。有人约我踢足球也有人约我打乒乓，有女孩子寄照片给我，随信附了她自己以及张国荣的照片。在我力气充沛的时候，我也偶尔给读者回信，但从来没有去见过面。曾经有人约我在华东师大大操场从毛主席像方向开始数的第二个篮球架下见面，遗憾我来不及告诉他，我那时在香港科大读书。互联网不发达的时候挺好的，我们在暗处写作，读者在明处阅读，诚恳的批评通过各种渠道抵达，每一次，我都心存感激。后来有了微博又有了微信，事情就不一样了。

2001年，陆灏约我一起在《信报》上写专栏，隔天一篇。当时觉得小菜一碟，开始两三个月，我常常是一天三篇一骨碌写完，想想古人所谓"倚马可待"，也不过如此，心里嘚瑟。然而很快疲态毕露，半年下来，变成死期作者，不到最后时刻绝不交稿，再半年，就拉了宝爷一起分担。我想得很好，两男一女，他们会照顾我一点。但是，事实马上打了我耳光。中秋佳节，酒酣耳热，螃蟹盖子掀开，陆灏问一句，今天轮到谁写专栏？

宝爷，我响亮回他。我们看着宝爷，就像看 KGB 敲对面的门。

可宝爷到底是宝爷，心胸不是一般的宽，他斟满酒杯，说，今天不写了，让他们开天窗。然后他们两个变成 KGB 看着我。我后来明白，那天晚上，我站起来回家去写专栏是多么错，这就像，婚姻中，谁洗了第一天的碗，谁就要洗一辈子碗。反正，我很快也就意识到，一旦你拿起笔写上专栏，你生命中的所有红利就都被兑换成了责任。

四

我的责任感，一半被专栏塑造，一半被周围师友催生。21 世纪的头十年，我们跟着王晓明老师做文化研究，那时罗岗成天把雷蒙·威廉斯、斯图亚特·霍尔这些人挂嘴上，我们为学生开设周末跨校联合课程，老倪拖着刚刚打了钢钉的腿上了半个学期的《表征》，薛毅讲《战争与和平》的场景跟书中的卫国战争一样令人难忘，罗岗炼红晓忠小董春林启立倪伟都奉献了最好的自己，那是我们的新浪潮时期。在一间固定教室都搞不定的年代，我们迫使自己也迫使学生周末来上课，共同改变这个犬儒社会。里尔克说，只要是艰难的事，就使我们更有理由为它工作。当时，我们就是这么践行的。

岁月流逝，其实大家后来和文化研究也各有分歧，但是，当年和王老师一起讨论问题的场景却成为时间里的金子。有时候，我们几乎是集体"批斗"王老师，你追我赶，就怕自己不够凶残。每一次，王老师都是全神贯注听我们说完，然后顽强又顽固地陈述自己观点一二三。在那些经常一开开到十一二点的会议上，王老师让我们相信，我们可以挑战整个世界，而且也有责任挑战世界。

我的专栏因此逐渐有一个转向。我原来的写作导向主要是"好看"，不少读者对我的鼓励也是"杂树生花"。然后我开始写时评，马上有读者批评我，"怎么变脸了，整这么严肃好吗？"我接受了批评，试图边严肃边好看，同时，因为种种限制我也越来越把话题控制在影视和文学领域，用一个朋友的话说，骂骂咧咧二十年，伤不伤身。

伤身是伤身，不过写久了，也能强身。一个专栏作家的外伤谁都看得见，全国人民都在看春晚，你要交稿。同学聚会大家排山倒海，你要写稿。哄孩子睡自己先睡着了，夜半惊梦，专栏还没交。这些都没什么。比较烦恼的倒是，一个词不合适了，编辑随手帮你删了半句，然后整个句子秃在那儿。我现在还记得，超大牌记者石大人约我写奥运会开幕式，文章出来，前面一字没改是我对张艺谋的批评。最后一段，他给删了，然后帮我补了结尾，基本大意是，虽然如此，还是一个很好的开幕式。我当时就起不了床了。不过，外伤也罢内伤也罢，遇到多了，也就瓷实。这些年，我也不知被多少朋友拉黑过，搞得我妈有一次半夜坐到我床边，叫我以后别说人家坏话了，她担心我会被生气的剧组"杀掉"。

其实我写的那些小文章并不崇高也谈不上悲壮，只是，在一个作者和批评者越来越彼此点烟点赞的年代，我还是试图做一个诚实的人。

五

有一年，佩里·安德森先生在上海。那一阵我有点沮丧，因为批评了一部电影，在网上被很多人骂。我和安德森先生说起这事，然后故作轻松地说，不过我也无所谓，骂就骂吧，我不看。佩里的反应却出乎我的意料，他说，怎么可以装看不见，去网上和他们继续打啊。

心灰意冷的时候，我常常会想到安德森先生说这句话时候的精气神。后来，遇到比我年轻的朋友来跟我叹气，我也常常用安德森的话鼓励他们，看着他们脸上重新发出光芒，我会觉得，自己也成了"点灯的人"，就像斯蒂文森的诗所描绘的：

汤姆愿意当驾驶员，玛利亚想航海，
我爸爸是个银行家，他可以非常有钱；
可是，等我长大了，让我选择职业，
李利啊，我愿意跟你一起去巡夜，把一盏盏街灯点燃。

六

以上，大约就是，如果你问我为什么写作，我认真想想会写下的回答。

　　但是，现在，此刻，黄昏，整个小区出奇的安宁，不知道谁家开着的电视机声音隐隐约约在空气里飘荡着寻找耳朵。我突然觉得，这个傍晚，多么像我小时候，那天，外婆让我去把小舅舅叫回家一起去看《神秘的大佛》。

　　我走出弄堂，不知道舅舅会在哪家贫嘴，就一家一家走过去辨听声音，因为小舅舅有大海般的共鸣腔。但是，很奇怪，以前吵吵闹闹的宝记弄那天特别安静，庞贝城一般静止了，我既听不到舅舅的声音，也听不到任何人声。我突然有些害怕，飞快地跑回了家。跟外婆说，没找到舅舅。

　　外婆让我再去找。这次，我带上了表妹一起。然后，我刚出家门就听到小舅舅的声音了，表妹说，28号海龙家。我们跑过去，每一户人家都人声鼎沸。有的开着无线电在听评书，有的咿咿呀呀家长里短着。

　　这个事情一直让我觉得不可思议，前前后后，还为此编了很多故事，只是从来没有写出来过。但那个神秘的黄昏一直藏在我心里，甚至我想，我后来要写那么多嘈嘈切切的小文章，是不是为了要镇住那个突然静止的傍晚呢。

　　谁知道呢，也许为了让一个人写作，大自然做了很多工作，也或者，让一个人成为作家，大自然连吹灰之力都不必付出。

（《小说评论》2021年第6期）

217